a Fritz Schneider Project

1. Auflage

www.fritzschneider.org

Einbandgestaltung:

Cover Shot by:
Fotografiemitschuss/Maike Hüls-Graening

Cover Design by:
Semnitz™

Druck: KDP
erhältlich bei Amazon oder im Buchhandel

ISBN Ebook: 978-3-9820087-5-2
ISBN Taschenbuch: 978-3-9820087-3-8
ISBN Hardcover: 978-3-9820087-4-5

Dog Donator

Kein Fux im Kaninchenkittel

Dieser Roman spielt in der Gegenwart, die man einst Zukunft nannte und bald schon Vergangenheit sein wird. Es handelt sich um eine echte Geschichte. Eine Ausgeburt der Fantasie, so wirklich und wahrhaftig wie jedes Märchen.

Autor Fritz Schneider

Wenn du vor einer schweren Entscheidung stehst und nicht weißt, wie du handeln sollst, dann rate ich dir, Ruhe zu bewahren. Atme tief durch und dann tue einfach genau das Richtige!

Dipl. Psych. & Heilpraktikerin Sonja Leitner

Und ich finde, die Menschen schlafen zu wenig, vögeln zu wenig und arbeiten zu viel.

Rettungsschwimmer Holger Arndt

Mord im Sand

Mittwoch, 1. Juni, 14:41 Uhr, Sylt

Lewwer duad üs Slaav war auf den breiten Unterarm tätowiert, der jetzt nach der Schaufel griff. Seenebel kroch über den Strand. So dicht, dass man die Hand vor Augen kaum sah. Nichts würde ihn aufhalten können. Er rannte los.
Es sollte alles ganz schnell gehen. Noch im Rennen schwang er die alte, verbogene Schippe wild hinauf in die Luft. Sie würde keine Chance gegen ihn haben. Wie auch? Wehrlos lag sie am Boden vor ihm, nur wenige Meter entfernt. So zart und zerbrechlich. Er schloss die Augen und schlug zu. Mit aller Gewalt, auf das zierliche Genick. Das Blut spritzte auf seinen Unterarm, als wollte es den heroischen Satz des Pidder Lüng unterstreichen. Ja, lieber tot als unfrei! Sie schrie erbärmlich, so laut und schrill sie konnte. Aber es würde ihr nichts nützen! Wer sollte sie hören? Sie waren allein hier draußen. Sollte sie doch schreien! Und selbst wenn? Es war richtig, was er tat. Das würde jeder einsehen müssen!
Plötzlich war es still. Endlich! Eine Böe verfing sich in der Düne hinter ihm und ließ den Strandhafer zittern. Sie musste tot sein. Nein! Unglaublich, trotz dutzender brachialer Schläge mit der Schaufel zuckte sie noch immer. Scheiße, verfluchte! Sie sollte sich nicht unnötig quälen, und auf keinen Fall durfte sie lebend entkommen. Das wäre ein Desaster. Dann wäre alles vergebens gewesen. Panik ergriff ihn bei diesem Gedanken, und auf einmal übernahm die Schaufel in seiner Hand die Kontrolle. Wie im Rausch ging das rostige Werkzeug auf und nieder. Wieder und wieder. Auch als sich längst nichts mehr bewegte, schlug er weiter mit aller Macht auf sie ein. Erst als sich der zertrümmerte Schädel bis zur Unkenntlichkeit verformt hatte, hielt er inne. Die Augen waren geplatzt und das bisschen Hirn herausgequollen. Vor ihm im Sand ein Brei aus Blut, Haut und Knochen, der einmal ein

Kopf gewesen war. Jetzt zitterte er am ganzen Körper und stützte sich erschöpft auf sein Mordwerkzeug. Es war vollbracht. Sie musste tot sein. Nichts zuckte mehr. Endlich!
Als er sie so geschändet vor sich im Sand sah, überkamen ihn plötzlich Schuldgefühle. Was, wenn es doch falsch gewesen war? Im Zweifelsfall würde er sich heute Abend einfach die Birne wegballern. Aber so richtig! Das hatte ihm schon immer geholfen. Jetzt war es zu spät. Die Entscheidung war getroffen – und sie war tot. Es gab kein Zurück. Wozu man nicht alles fähig war. Nicht, dass er vorher eine weiße Weste gehabt hätte. Er hatte schon oft gelogen und betrogen, und auch wenn seine Tat noch so gut gemeint war, blieb es ein vorsätzlicher und hinterhältiger Mord.

Solche Penner

Freitag, 3. Juni, 22:33 Uhr, Sylt

»Der Garten ist echt nice und die Hütte ist super chillig eingerichtet. Könnten wir später noch hinfahren, wenn du magst?!«
Den verschnörkelten Schriftzug, der auf seinem breiten Unterarm tätowiert war, konnte sie nicht entziffern, dass dieser jedoch nur noch zehn Zentimeter entfernt von ihrem Po im Sand lehnte und langsam aber sicher näherkam, war hingegen eindeutig.
W*aaayyyy toooooo close* für den ersten Abend! *Better safe than sorry,* dachte sich Lotta und stand unvermittelt auf.
»Danke für das Angebot, aber ich wollte gerade gehen«, unterbrach sie abrupt Holgers Redeschwall. Der Mann vom Meer, der neben ihr saß, war gutaussehend. Vollkommen durchtrainiert. Ein Sunnyboy aus dem Bilderbuch, mit Dreitagebart und blonden Strähnen im langen Haar. Mindestens eins neunzig groß und ein Kreuz, das kaum durch normale Wohnungstüren passte. Die vielen Fältchen in dem dunklen Gesicht hatten ihr gleich verraten, dass er keine zwanzig mehr war, auch wenn er sich so kleidete. Sie schätzte ihn auf mindestens Ende dreißig, vielleicht Anfang vierzig. Schon bevor sein endloser Redeschwall sich über sie ergoss, hatte sie geahnt, dass er viel erlebt haben musste. Das Leben hatte es ihm ins Gesicht geschrieben. Lotta konnte zwar nicht sagen, wo genau es stand, aber es war vollkommen offensichtlich. Deutlich und klar wie die bunten Tattoos auf dem Rest seines Körpers. Irgendwo zwischen diesem kantigen Kinn und dem vollen Haaransatz stand es geschrieben.
Holger hatte viel erzählt. Sehr viel! Von ihm selbst und über sich. Von seinen Reisen in fremde Länder, von riesigen Wellen, die er geritten war, von Schneekanonen unter dem

Meeresspiegel, von Banditen, denen er entkommen konnte und natürlich von Menschen, die er gerettet hatte.
Daran, dass er ein wahrer Held war, ließ er keinen Zweifel. Er hatte sie die ganze Zeit freundlich angelächelt, und obwohl er so von sich selbst überzeugt war, war er ihr durchaus nicht unsympathisch.
Auf einmal wurde es ihr klar. Es war sein verschmitztes Lächeln. Oder nein, stopp! Es war das Funkeln in seinen blauen Augen. Er hatte dieses besondere Glitzern, das man sonst nur bei Knaben im Grundschulalter sah. Dieses magische Funkeln eines Achtjährigen – frech, keck und neugierig. Ein Funkeln, das bei den meisten Erwachsenen verblasste oder gar erlosch. Anders als bei einem Grundschüler hatte ihr dieses Funkeln in Holgers Augen in den letzten Minuten zunehmend Angst eingejagt. Im selben Maße, in dem es dunkel wurde und seine Hand sich durch den Sand näher an ihren Po gepirscht hatte, hatte es sie beunruhigt. Vielleicht hätte es andere Frauen angeturnt, weil es ausstrahlte, dass Holger wild und unberechenbar war. Dass ihm *alles* zuzutrauen war. Hier und jetzt, an diesem Lagerfeuer. Aber *alles* war im Moment einfach etwas zu viel für Lotta.
»Danke!«, sagte sie höflich, aber distanziert und spürte Unruhe in sich aufsteigen. »Es ist Zeit für mich, nach Hause zu gehen.«
»Jetzt schon?«, fragte Holger sichtlich enttäuscht.
Lotta nickte schüchtern. »Ich gehe immer, wenn es am schönsten ist!« Sie zeigte mit ausgestrecktem Arm auf den Fleck am Horizont, an dem vor einem dreiviertel Glas Rotwein die Sonne das Meer geküsst hatte. »Schau, wie sich gerade das letzte Blütenblatt von den rosaroten Rosenwolken da hinten verabschiedet und die Nacht über der Nordsee aufzieht. Das ist der perfekte Moment, um zu gehen. Es war schön, dich kennengelernt zu haben. Wir werden uns ja jetzt bestimmt öfter sehen.«

Sie drehte sich um und lief los. Ohne ein weiteres Wort zu sagen oder zu denken. Ohne seine Reaktion abzuwarten. Einfach so.
»Warte!«, rief er ihr hinterher. »Hey Lotta, jetzt warte doch mal kurz!«
Panik überfiel sie wie karibische Piraten spanische Galeeren. Sie blieb stehen, obwohl sie unbedingt hier wegwollte. Ihre Beine hielten plötzlich inne, als ob Holger sie kontrollieren könnte.
Er kam gelassen auf sie zuspaziert. »Du, ich komm mit! Ich will dich wenigstens noch runter zum Auto bringen. Es ist schon spät, und man kann ja nie wissen. Lass mich nur schnell das Feuer ausmachen.«
Lotta winkte ab. »Wie lieb von dir, aber das ist nicht nötig! Was soll hier schon passieren?«, sagte sie so selbstbewusst wie möglich.
Holger griff nach der Schaufel, die neben seinem Rettungsschwimmerturm im Sand steckte. »Man kann nie wissen. Angeblich spukt es hier gelegentlich. Die Seelen verlorener Seemänner wohnen dahinten im Dünental.« Er deutete mit der Schaufel auf eine Öffnung in der Vordüne, und zog eine Augenbraue hoch.
Da war es wieder, dieses Funkeln in seinen Augen. Doch diesmal ließ es ihn verrückt erscheinen. Was für eine bizarre Situation. Lotta schüttelte sich. Als ob die Panik, die seit jenem Abend vor sechs Wochen immer in ihr aufstieg, wenn ihr Männer im Dunklen zu nahe kamen, nicht schon reichen würde. Jetzt musste er auch noch von Gespenstern erzählen und unheimlich funkeln.
»Scherzkeks! Ich bin nicht abergläubisch!«, antwortete Lotta verkrampft und lächelte trotzig zurück. Das Einzige, wovor ich Angst habe, bist du!, sagte sie nicht.
»Wie du willst«, entgegnete Holger relaxed und zwinkerte ihr zu. Dann grinste er sein schelmisches Grinsen und drehte

sich um. Die Panik, die eben noch wild in ihr klopfte, war nun komplett außer Kontrolle geraten. Sie kannte dieses Grinsen. Es war dasselbe verrückte Grinsen, das ihr dieser Penner auf der Schanze zugeworfen hatte. Dieses leicht verschrobene Grinsen eines völlig abgedrehten Typs. Es verfolgte sie seit sechs Wochen jede verfluchte Nacht. Jede einzelne, dunkle, verdammte Stunde war sie vor diesem Grinsen geflohen.
Holger schwang die Schaufel auf seine Schulter. »Mutiges Mädchen! Nicht schlecht!« Er nickte anerkennend, dann drehte er sich um und lief zurück zum Lagerfeuer.
Doch was war das? Nein, das konnte nicht wahr sein. Das hatte sie sich nur eingebildet! Sie musste übergeschnappt sein! Jetzt fing sie schon an zu halluzinieren. Unmöglich konnten das, was da am Stiel der Schaufel klebte, Blut und Haare sein.
»Okay! Du drehst dich jetzt einfach langsam um und läufst zurück zum Auto wie eine ganz normale, erwachsene Frau«, murmelte sie vor sich hin und lief los, während sie den Satz mantraartig wiederholte. Sie musste sich beruhigen, es war alles nur in ihrem Kopf. Sie bildete sich diesen Wahnsinn nur ein. Zügig lief sie vorbei an dem blauweißen Korbwärterhäuschen und ließ auch das flache Toilettengebäude links liegen. Sie wagte es nicht, sich umzuschauen, und wiederholte immer denselben Satz.
»Du gehst jetzt einfach schön ruhig zum Auto! So wie eine ganz normale, erwachsene Frau!« Den Kopf nach unten gerichtet, eilte sie mit hastigen Schritten durch den immer enger werdenden Tunnel der Panik. Keinen Blick für die Schönheit der Umgebung. Selbst als sie oben auf der Kuppe des von Heckenrosen gesäumten Weges über die Küstendüne zum Parkplatz ankam, war nicht daran zu denken, den Ausblick zu genießen. Das blasse Licht schimmerte silberglänzend auf einer von Heidekraut bedeckten Mondlandschaft. Am Horizont thronte eine riesige Wanderdüne unter dem

Sternenhimmel. Doch Lotta sah nichts als die dunkle Angst aus ihren grauverschwommenen Erinnerungen. Immer wieder schaute sie hektisch über ihre Schulter. Das Lagerfeuer war erloschen, doch sie ahnte einen Schatten näherkommen. Sie konnte ihn fühlen, diesen Scheiß-Schatten mit dem verrückten Grinsen. Wäre sie doch damals nur eine früher abgebogen oder hätte die Grillage selbst gegessen.

An diesem verfluchten Tag vor sechs Wochen.

»Das ist für dich!« Sie lächelte ihn an, während er eine Kippe in die Pfütze drückte, in der er saß. Zwischen seinen Beinen war ein Fleck, und die zerrissene Jeans roch nach Urin. Lotta standen Tränen in den Augen. Halb vom beißenden Gestank, halb von dem jämmerlichen Anblick.

»Man muss was machen. Die Probleme anpacken«, hatte ihre Mutter immer gesagt. »Nicht nur meckern!« Und sie hatte recht gehabt. Wenn man diese Welt verändern wollte, musste man anpacken, nicht nur quatschen.

Als Lotta ein paar Jahre zuvor fürs Studium hierhergezogen war, hatte sie der tägliche Anblick von Obdachlosen maßlos geschockt. In dem Kaff, in dem sie aufgewachsen war, hatte es keine Penner gegeben. Natürlich wusste sie, dass auch in Deutschland Menschen auf der Straße lebten, aber sie täglich mit eigenen Augen zu sehen und mit dem eigenen Herzen zu spüren, war etwas anderes. Lotta hatte sich Zeit genommen für sie, mit ihnen geredet und schnell festgestellt, dass die meisten der ziemlich abgefuckt aussehenden Typen im Grunde gute Kerle waren. Viele von ihnen hatten stinknormale Leben geführt, bevor sie eines Tages an einem Schicksalsschlag zerbrachen und auf der Straße landeten.

Weil sie den Worten und dem Beispiel ihrer Mutter folgen wollte, statt nur zu meckern, hatte sie beschlossen, es sich zur Angewohnheit zu machen, den Obdachlosen Gaben zu bringen. Nichts Großes, nur Kleinigkeiten. Blumen oder etwas zu

essen. Aber schnell hatte sie gemerkt, dass Zeit und Aufmerksamkeit die wertvollsten Geschenke waren für Menschen, denen es zumeist an Liebe und Anerkennung mangelte.
Heute war einer dieser langersehnten Frühlingstage gewesen. Einer von jenen verlogenen Tagen, die einen im März glauben machten, der Sommer stehe vor der Tür. Einer von diesen Tagen, an denen man nicht genug der warmen Sonnenstrahlen auf die Haut bekommen konnte. Lotta hatte ihr Blümchenkleid angezogen und war mit ein paar Freundinnen im Park gewesen. Sie hatten gegrillt, jongliert, gemalt oder einfach auf der Wiese gelegen und in den Himmel geschaut. Auf dem Heimweg am späten Nachmittag hatte sie natürlich wieder gefroren. Gerade als sie sich die blonden Locken aus dem Gesicht streichen und die Haustür aufschließen wollte, hatte sie ihn dann gesehen. An der Ecke gegenüber. Die Schanze war voll von Pennern, und die meisten, die hier abhingen, mochte und kannte sie. Ihn nicht. Noch nicht! Sie ging hinüber, um sich vorzustellen und zu geben, was sie übrighatte.
Sie lächelte ihn an und stellte die Reste der festlichen Grillage neben der Pfütze ab.
»Das ist für dich«, wiederholte Lotta.
Er lallte etwas, das Lotta nicht verstehen konnte, während der Wind um die Ecke und unter ihr Kleidchen pfiff und keinen Zweifel daran ließ, dass es noch mehr Winter als Sommer war.
Der Neue war offensichtlich im Delirium. Er hatte die geschundenen Hände auf den Knien abgelegt. Sie waren geschwollen, von blauen und grünen Flecken übersäht. Die brüchigen Nägel waren so gelb wie die paar Zähne, die er noch hatte. Und da passierte es. Seine tiefrot unterlaufenen Augen begannen auf einmal zu funkeln – und das, obwohl er das Essen keines Blickes gewürdigt hatte. Lotta freute sich trotzdem und lächelte zurück.

»Wie heißt du?«, fragte Lotta zögerlich.
Wieder quollen drei kurze, aber schwer verständliche Worte über seine aufgeplatzten Lippen. An diesem Punkt realisierte sie, dass eine Unterhaltung mit ihm im Moment aussichtslos war. Außerdem war sie müde, und ihr war kalt.
»Also, ich bin Lotta!«, leitete sie die Verabschiedung ein. »Ich muss jetzt erst mal nach Hause. Wir sehen uns sicher die Tage noch mal. Lass es dir schmecken.«
Sie wollte sich gerade herumdrehen und gehen, als erneut drei Worte über seine Lippen quollen. Es dauerte einen Moment, bis ihr Verstand das Lallen, das wie eine Schicht Zuckerguss über dem Gesagten lag, gelöst hatte und zum Inhalt vordringen konnte.
»Sehr, sehr schön!«, hatte er gesagt.
Lotta blieb stehen, um sich zu bedanken, als er erneut ansetzte.
»Die ist sehr, sehr schön!«, wiederholte er zum dritten Mal. Plötzlich schossen seine Hände nach vorne und packten sie am Rockzipfel. »Deine Muschi ist sehr, sehr schön! Die gehört mir!«
Völlig entsetzt trat Lotta ihm reflexartig erst gegen den Arm und dann in den Bauch.
Doch er lachte nur, und während sie hinüber zur Haustür rannte, rief er ihr hinterher. »Ich warte hier auf dich und wenn du nur einmal nicht aufpasst, dann komm ich und hol sie mir, deine süße Muschi!«
Dann spuckte er, noch immer grinsend, Blut in die Pfütze, in der er saß, während Lotta in den Hausflur rannte.
Selbstverständlich hatte sie sofort die Polizei angerufen. Der freundliche Beamte hatte ihr zugesichert, dass sie sich um den übergriffigen Obdachlosen kümmern würden, und tatsächlich war nur eine halbe Stunde spater ein Streifenwagen da gewesen. Der war jedoch nach fünf Minuten wieder verschwunden, ohne den Neuen gefunden zu haben. Als sie ihn

am nächsten Tag wieder lächelnd in der Ecke sitzen sah und erneut die Cops rief, war der Beamte am Telefon schon skeptischer – und es kam keine Streife mehr vorbei. Beim dritten Anruf realisierte Lotta, dass ihr die Polizei nicht helfen würde. Wie auch? Es gab weder Zeugen noch Beweise. Und selbst wenn sie ihn einige Tage weggesperrt hätten, die Angst vor diesem Lächeln konnten sie ihr nicht nehmen.
Sie hatte ihn danach mehrfach in der Ecke sitzen gesehen. Sie hatte Abstand gehalten und er nichts weiter gemacht, als zu grinsen und zu winken. Sechs Wochen war das jetzt her, aber seit jenem Tag spürte sie sein Grinsen im Genick. Jede verdammte Sekunde der Dunkelheit. Sie hatte so sehr gehofft, dass ihre Angst in Hamburg auf der Schanze bei diesem abgefuckten Penner bleiben würde. Dass sie hier auf Sylt mit der frischen Nordseebrise um die Nase einmal tief durchatmen könnte und alles von ihr abfiel. Pustekuchen! Das beklemmende Gefühl war ihr klammheimlich hinterhergekrochen.

Zurück im Hier und Jetzt rannte Lotta den Schotterweg hinunter zum Parkplatz. Die Angst im Nacken. Sie hätte schwören können, verfolgt zu werden. Vielleicht hatte Holger ja recht, und es spukte hier tatsächlich. Sie hörte Schritte, wagte es aber nicht mehr, sich umzudrehen. Auf den letzten Metern warf sie einen Blick in ihre Handtasche. Wo war der verfluchte Schlüssel? Warum nur hielt sie nie Ordnung? Jetzt würde ihr ihr eigenes Chaos zum Verhängnis. Sie bildete sich ein, den Atem ihres Verfolgers zu hören. In ihrer Verzweiflung schüttete sie den Inhalt der Tasche aufs Autodach. Das Mondlicht schien auf Lippenstift, Federn, Muscheln und den Bernstein, den sie am Morgen gefunden hatte. Aber wo war nur der verdammte Autoschlüssel?
Plötzlich spürte sie eine Hand auf ihrer Schulter. Sie zuckte zusammen. Das durfte nicht wahr sein! Sie drehte sich um

und nutzte den Schwung der Drehung für einen satten Handkantenschlag gegen den Kopf. Dann, fast gleichzeitig und vollautomatisch, trat sie zu. Mit voller Kraft und direkt zwischen die Beine. Genau so, wie es ihr ihr Vater beigebracht hatte. Der Angreifer ging jaulend in die Knie. Zusammengekrümmt kauerte er am Boden. Doch er grinste, das erkannte sie im Mondlicht, dieses durchgeknallte Grinsen.

Schwertmuschelkampf

Montag, 6. Juni, 09:08 Uhr, Sylt

Christian stand auf der Aussichtsplattform seines Rettungsschwimmerturms und konnte es noch immer nicht fassen. Die mannshohen Wellen waren perfekt und reihten sich bis zum Horizont. So was kam hier nicht oft vor. Womit hatte er das nur verdient? Egal! Es war ein Geschenk der Götter. Die Sonne warf ihre jungen, goldglänzenden Strahlen gegen die smaragdgrünen Kämme der Nordsee. Eine Welle nach der anderen brach in absoluter Perfektion über die Sandbänke am FKK-Strand.

Er ging in die Hütte, um mit dem Telefon ein paar Beweisfotos zu machen. Das würde ihm ja sonst niemand glauben. Als er die Tür öffnete, sprang ihm sofort Holgers Chaos ins Auge. Holger war sein bester Freund, aber jedes Mal, wenn der sein Chaos in Christians Kosmos ausdehnte, hätte er ihn erwürgen können. Christian strich sich durch das kurze, schwarze Haar und atmete tief durch. Sein Blick viel durch die Scheibe hinaus auf die Nordsee. Na gut, heute würde er eine Ausnahme machen. Wie sollte er es Holger übelnehmen, dass er sich vor lauter Vorfreude einfach die Klamotten vom Leib gerissen hatte, um so schnell wie möglich ins Wasser springen zu können. Klar hätte man sie nicht in alle Himmelsrichtungen schmeißen müssen, aber so war er nun mal.

Christian nahm den Neoprenanzug vom Bügel und begann sich umzuziehen, als er einen lauten Schrei vernahm. Aus dem Augenwinkel sah er, wie Holger, der schon mit dem Brett unterm Arm auf dem Weg ins Wasser war, mitten auf dem Strand zusammenbrach.

Christian ließ alles stehen und liegen und rannte zu ihm. »Alles gut bei dir?«, schrie er auf halben Weg hinüber zu Holger.

Der raffte sich auf und fluchte lautstark. »Verdammte Scheiße! Das darf doch nicht wahr sein! Ich bin in irgendwas reingelatscht.«
Christian kniete sich vor ihn. »Zeig mal her!«
Holger streckte ihm seinen Fuß entgegen. Der Schnitt war tief, und soweit Christian das ausmachen konnte, steckte eine abgebrochene Schwertmuschel in der stark blutenden Wunde.
»Wow! Das hast du ja gut hinbekommen.« Christian klopfte ihm auf den Rücken. »Komm, stütz dich auf. Ich bring dich zurück zum Turm. Dafür brauch ich Pinzette und Desinfektionsmittel.«
Sie humpelten zurück, und er setzte Holger auf der Treppe zum Rettungsschwimmerturm ab. »Warte, das haben wir gleich!«
Frustriert lehnte sich Holger zurück. »So eine Scheiße! Ich wollte doch heute scoren. Mann, da ballert es einmal im Jahrhundert an diesem Strand, und dann muss ich Idiot mir den Fuß aufschneiden.«
Als Christian mit dem Verbandskasten in der Hand aus der Hütte kam, fiel sein Blick auf die rostige Schaufel. Der Stiel war noch immer mit Blut beschmiert. Er schaute sich um. Der Strand war leer. Genauso wie an jenem Tag, an dem er sie erschlagen hatte. Perfekt! Diese Gelegenheit konnte er sich nicht entgehen lassen. Er ließ sich nichts anmerken und ging die Treppe hinunter zu Holger. Der saß mit schmerzverzerrtem Gesicht auf der untersten Stufe und fluchte unaufhörlich weiter. Christian öffnete den Verbandskasten und nahm die Pinzette heraus. Dann griff er nach Holgers Fuß und stocherte in der noch immer heftig blutenden Wunde herum. Der Cut war tief, und das Stück Muschel war schwer zu greifen. Holger schrie gelegentlich auf, wenn Christian abrutschte. Beim vierten Versuch klappte es dann schließlich.

Er zog einen ungefähr drei Zentimeter langen Muschelsplitter heraus. Holgers Fuß blutete jetzt noch stärker als zuvor. Christian stand auf. »Warte, ich hol schnell etwas Wasser, damit wir den Sand abspülen können.«
Während Holger vergeblich versuchte, den Cut selbst zu begutachten, lief Christian zu der großen Schwarzen Kiste, die hinter dem Turm im Sand stand. Er nahm die Schaufel, die zwischen Kiste und Turm lag, und rannte dann mit weit aufgerissenen Augen auf den verletzten Spannemann zu.
»Was soll das denn, Diggi?«, entfuhr es Holger, aber Christian antwortete nicht. Stattdessen hob er die Schaufel und holte aus. »Lass den Scheiß!«, schrie Holger ihn an.
Doch es war zu spät. Mit voller Wucht schlug Christian zu. »Oh, hab ich wohl dein Genick verfehlt«, sagte er übertrieben enttäuscht, als die Schaufel neben Holger im Sand einschlug. »Wie schade!«, fügte er mit einem Lächeln auf den Lippen hinzu. Dann lehnte er sich lässig auf den Stiel, wie ein Bauarbeiter zehn Minuten vor der Frühstückspause, und grinste zufrieden.
Holger schaute ihn entgeistert an. »Du hast sie ja nicht mehr alle! Schon mal dran gedacht, zum Psychiater zu gehen?«
Christian lachte. »Längst erledigt, du Vogel! Meine Therapeutin hat gesagt, dass bei mir alles i. O. ist, aber vielleicht solltest du mal ein Coaching in Anspruch nehmen. Du Möwenmörder!«
Verzweifelt schüttelte Holger den Kopf. »Mann, wie oft willst du mir das vorwerfen? Du hast doch selbst gesehen, dass ihr Flügel gebrochen war. Der hing nur noch an einem seidenen Fädchen. Die ist den ganzen Tag hier am Strand entlanggehumpelt und wurde hart von den andren Möwen gehackt. Ich habe sie nicht ermordet, sondern erlöst!«
Christian verschränkte die Arme. »Wir hätten sie auch fangen und gesund pflegen können.«

»Jetzt fängst du wieder damit an! Alter, die Viecher sind 'ne Plage! Man kann in Westerland ja nicht mal mehr in Ruhe seinen Crêpe an der Promenade essen, ohne dass dieses Gesindel einen von links und rechts angreift. Es sind viel zu viele geworden, weil die Scheißtouris sie ständig füttern!« Holger hinkte zur Ecke des Geländers, das die Plattform des Rettungsschwimmerturms umgab. Da wo sein rechter Fuß das Holz berührte, waren jetzt rote Abdrücke. Dann stieg er aufs Geländer, ohne sich die Schmerzen anmerken zu lassen. Er lehnte sich weit nach vorne und streckte die Arme theatralisch zur Seite. Leise summte er die Melodie von *My Heart Will Go On*. Sein schulterlanges, blondes Haar wehte im kühlen Nordseewind.

Christian schüttelte den Kopf – und da war es wieder, dieses Funkeln in Holgers Augen. Ein Funkeln, das Christian daran zweifeln ließ, ob er auch nur den Hauch einer Ahnung davon hatte, wer dieser Typ, den er mittlerweile seinen besten Freund nannte, überhaupt war. Sie saßen jetzt schon seit fünf Jahren jeden Sommer gemeinsam hier am FKK-Strand, aber immer, wenn Holgers Augen zu funkeln begannen, bekam Christian es mit der Angst zu tun. Das schelmische Lächeln des sonst so sympathischen Spannemanns konnte nicht darüber hinwegtäuschen, dass sich bei ihm hin und wieder eine Schraube lockerte.

»Fliegen, Christian. Fliegen heißt frei sein. Eine Möwe, die nicht mehr fliegen kann, ist ein Krüppel. So unfrei wie ein Fisch an Land oder ein Löwe im Käfig. Wolltest du ihr das antun? Ich habe sie erlöst, verdammte Scheiße noch mal!«

I don’t care

Donnerstag, 14. Juli, 09:09 Uhr, Sylt

Lotta hatte es sich gemütlich gemacht auf der Bank vor ihrer kleinen, weinroten Holzhütte. Die Sonne schien und es war windstill, als ein Zitronenfalter auf dem Klapptisch neben dem frisch gepressten Orangensaft landete. Der gelbgeflügelte Besucher schien es nicht eilig zu haben. Ganz im Gegensatz zu den ersten Strandgästen, die schon vor einer Viertelstunde mit scharrenden Füßen darauf gewartet hatten, ein Parkticket für ihre Luxuslimousine bei Lotta zu lösen. Sie hatte die Gäste wie immer höflich und freundlich bedient, bevor sie ihren Frühstückstisch fertig gedeckt hatte. Jetzt war erst mal keine Kundschaft in Sicht. Lotta legte die Füße hoch, biss genüsslich in das Marmeladenbrötchen mit Butter, das sie sich gerade geschmiert hatte, nahm wie jeden Morgen die Tageszeitung zur Hand und begann zu lesen:

Dog Donator hat wieder zugeschlagen

Sylt steht Kopf

Ein Artikel von S. Reiter

Die Polizei Westerland gab bekannt, dass Oliver D. gestern am späten Nachmittag die Entführung seines Dackels *Ray* meldete. Polizeipräsident Leinerath bestätigte, vieles deute darauf hin, dass es sich um die zweite Tat des als »Dog Donator« bekannt gewordenen Entführers handelt.
Die leitende Kommissarin der Polizei Westerland bittet aus gegebenem Anlass alle Hundebesitzer darum, nun besonders achtsam zu sein. Es könne jederzeit zu weiteren Entführungen kommen. In einer ersten schriftlichen Stellungnahme hieß es:

»Wir werden alles in unserer Macht Stehende tun, um *Ray* so schnell wie möglich gesund und munter seinem Besitzer zurückzubringen.
Entführung bleibt Entführung, auch wenn es sich bei dem Entführten um einen Hund handelt. Erpressung ist ein ernstzunehmendes Delikt, und der Täter hat bereits deutlich unter Beweis gestellt, dass er ein außergewöhnliches Maß an krimineller Energie besitzt.
Wir betonen, dass wir es hier keinesfalls mit einem Bagatelldelikt zu tun haben. Bei dem Unbekannten handelt es sich um einen Verbrecher, dem alles zuzutrauen ist! Und wenn wir sagen alles, dann meinen wir auch alles! Deshalb bitten wir speziell die Presse darum, den Fall nicht weiter herunterzuspielen und den Täter als Helden zu stilisieren. Dieses Verhalten ist nicht nur den Opfern gegenüber respektlos, sondern generell verantwortungslos, weil es potenzielle Nachahmer ermutigt und so unschuldige Leben gefährdet.«

Katja Jansen
Leitende Kommissarin, Polizei Westerland, Sylt

Lotta nahm einen Schluck Kaffee und legte das Marmeladenbrötchen vor sich auf den Teller. Dann blätterte sie um und las weiter:

Die *Spiegelbild* hat bereits mehrfach kritisch sowohl über die Ermittlungen der Polizei als auch über die Taten des Dog Donator berichtet. Wir nehmen die Sache sehr ernst und bemühen uns nach Kräften um eine sachliche und kompetente Berichterstattung, die diesen ambivalenten Fall aus möglichst vielen Winkeln beleuchtet und der hochkomplexen Sachlage gerecht wird. Trotzdem – oder gerade

deshalb – muss uns als unabhängiges Medium die Frage erlaubt bleiben:
Handelt es sich bei dem unbekannten Täter um einen wahnsinnigen Psychopathen oder vielleicht doch eher um einen genialen Umweltaktivisten, der die Zeichen der Zeit erkannt hat?
Oliver D. hat angegeben, das Lösegeld nicht bezahlen zu wollen. Über ihn ist bisher nur bekannt, dass er als Manager beim europäischen Erdölgiganten Absolut tätig ist und die Verantwortung für das operative Geschäft auf dem afrikanischen Kontinent hat. Der Dog Donator hat ihn aufgefordert, das Lösegeld von 500.000 Euro in Bitcoin an Greenpeace zu spenden. Die Vermutung liegt nahe, dass der Täter einen Zusammenhang zwischen der Umweltkatastrophe im Nigerdelta und den Aktivitäten von Oliver D. als Manager bei Absolut sieht. Wir werden auch diesmal alles in unserer Macht Stehende tun, um herauszufinden, ob dem so ist.
Simone S., deren Mops *Mr. Magoo* vor vier Wochen das erste Opfer des Dog Donators geworden war, hatte ja bekanntlich die geforderte Spende von 50.000 Euro als Lösegeld an *The Ocean Cleanup* unverzüglich gezahlt und in der Folge ihren Schoßhund umgehend und unbeschadet zurückbekommen. Damit Sie, liebe LeserInnen, sich ein eigenes Bild der Lage verschaffen können, haben wir die Zeit genutzt, um für Sie zu recherchieren, was Simone S. in den letzten Jahren getrieben hat.

Lotta konnte sich noch genau daran erinnern, wie alles begonnen hatte. Vor ungefähr vier Wochen war der erste Hund entführt wurden. Genau hier am FKK-Strand, und seitdem stand die Welt Kopf. Simone Schrink und ihr Mops Mr. Magoo waren Stammgäste und oft zum Gassi gehen hier gewesen. Frau Schrink war meistens stark geschminkt und

genauso kurz angebunden gewesen wie ihr Mops. Sie hatte nie Trinkgeld gegeben und immer streng auf Lotta herabgeblickt.
Jetzt war doch tatsächlich ein zweiter Hund entführt worden! Kaum zu glauben – und die Presse hatte sich sogar die Mühe gemacht zu recherchieren, wer Frau Schrink denn nun genau war. Das war unglaublich spannend. Der Artikel hatte Lottas volle Aufmerksamkeit. Selbst wenn 100 Strandgäste jetzt Schlange stehen würden, um ein Ticket für den Parkplatz zu kaufen, diese Reportage würde sie zu Ende lesen.

Das dreckige Geschäft der Sauberfrau

Wie Simone S. alle hinters Licht führte

Eine Reportage von S. Reiter

Ist Simone S. zufällig Opfer eines Verbrechens geworden, oder hat der Dog Donator recht und sie ist selbst Täterin? Diese Frage beschäftigt uns seit der Entführung ihres Hundes.
Meine Bemühungen am Schreibtisch haben zutage gefördert, dass Simone S. als CEO von Green-Solutions dafür verantwortlich war, dass sich die deutschen Recyclingquoten deutlich erhöht haben. Klingt ja erst mal gut.
Green-Solutions ist ein Privatunternehmen, das im Auftrag der Dualen Systemlosigkeit große Teile des deutschen Plastikmülls zum Zweck der Wiederverwertung exportiert. Um einen Eindruck davon zu bekommen, was das konkret bedeutet, bin ich unserem Müll hinterhergereist.
Deshalb stehe ich jetzt in diesem schwülwarmen Hinterhof. Vor mir türmt sich altes Plastik, und durch meine Funkkopfhörer schallt: *I don't care. I love it. I love it.* Ein Song von Icona Pop, der 2013 die Charts stürmte. Damals waren Orte wie dieser noch in China, und nicht nur der

musikalische Einwegmüll kam aus dem Westen. Aufgrund der extrem starken Verunreinigung und der oft absichtlichen Untermischung von Hausmüll hatte die Volksrepublik jedoch 2018 die Annahme und Verarbeitung des dreckigen Plastiks praktisch eingestellt. In den Charts laufen neue Instant-Hits aus Europa, und unser Müll landet jetzt halt etwas südlicher. Unter anderem hier auf der indonesischen Insel Java.

Ich nehme meine Kopfhörer aus dem Ohr und versuche, mich mit einem Mann ohne Zähne zu unterhalten. Er sitzt vor mir auf einem Ballen aus Industriefolien und sortiert PET-Flaschen, aber ich merke schnell, dass er kein Englisch spricht. Mir kommen die Tränen. Nicht aus Mitleid, sondern als Reaktion auf den beißenden Rauch, der in der Luft hängt. Ich räuspere mich ständig und frage mich, wo die schwarze, dampfgewordene Plastikteerwolke herkommt. Mr. San Jung Ta, der Chef der 15-köpfigen indonesischen Firma kommt, um mich abzuholen. Sein Betrieb ist einer der zahlreichen Vertragspartner von Green-Solutions, und Mr. San Jung Ta zeigt mir voller Stolz die lizenzierte Anlage.

Ein Dieselgenerator tuckert in der Ecke. Er stammt aus einer Zeit, in der das Wort Stickoxid dem Handarbeitsunterricht zugeordnet und Feinstaub noch mit Puderzucker verwechselt wurde. Über Riemen treibt der Dieselsaurier einen Schredder an, um den herum weitere Arbeiter auf Bergen aus Plastik hocken. Sie sitzen barfuß in einer Lache aus Fäkalien, Schwermetallen und Lösungsmitteln und tragen weder T-Shirt noch Handschuhe, aber sie lächeln mich freundlich an. Im Akkord wird das draußen vorsortierte, hochwertige Plastik in den Schredder geworfen. Die entstandenen Flakes werden im nächsten Schritt erhitzt.

Meine Augen sind mittlerweile heftig geschwollen und feuerrot. Ich habe mir ein Tuch vor Mund und Nase gebunden, um mich überhaupt nähern zu können.
Endlich finde ich die Ursache der Lungenkrebswolke. Die Arbeiter nutzen das minderwertige, schwer wiederverwertbare Plastik dazu, das notwendige Feuer unter dem Schmelzkessel zu füttern. All das hierher verschiffte Plastik zählt in der bundesrepublikanischen Statistik als »recycelt«. Deutschland exportiert ungefähr 40% des als recycelt verbuchten Plastiks in Anlagen wie diese. Der Rest wird in deutschen Müllverbrennungsanlagen mit aufwendigen Filteranlagen energetisch wiederverwertet, also verbrannt.
Mr. San Jun Ta erklärt mir später, dass im ersten Jahr, nachdem China seine Grenze für Plastikmüll geschlossen hatte, die großen europäischen Containerschiffe ganze Ladungen ohne Weiteres in den Ozean löschten. Ich spüre, dass er ehrlich stolz darauf ist, dass diese Praxis jetzt dank Unternehmen wie seinem fast vollständig zum Erliegen gekommen ist. Es ist ihm außerdem wichtig zu erwähnen, dass die Arbeiter hier bis zu einem Dollar am Tag verdienten und so endlich ihre Familien ernähren könnten. Ich nicke freundlich und komme nicht drumherum zu denken, dass man Simone S., die all das hier direkt zu verantworten hat, getrost als Täterin bezeichnen kann und dass die 50.000 Euro Spende im besten Fall ein billiger Ablasshandel sind. Wenn ich ehrlich bin, würde ich jeden, der um das hier weiß und nichts unternimmt, als Täter bezeichnen. Mich eingeschlossen … und Sie jetzt auch.

Wow … Lotta war platt. Der Artikel hatte sie bewegt. Unglaublich. Wer hätte gedacht, dass diese meist extravagant gekleidete Frau mit ihrem süßen Schoßhund dafür verantwortlich war, containerschiffweise Müll in den Ozean zu kippen oder ihn unter unmenschlichen Bedingungen zu Hunger-

löhnen von Arbeitern auf der anderen Seite der Welt sortieren zu lassen, damit wenigstens ein Bruchteil davon recycelt werden konnte.
Lotta blickte auf und realisierte, dass ein Auto direkt neben ihrem Frühstückstisch hielt. Der Zitronenfalter war verflogen und der Orangensaft wahrscheinlich längst warm geworden. Der Fahrer des schwarzen Mercedes' ließ die Scheibe herunter und lächelte sie großspurig an.
»Hey Sweety, heut Abend schon was vor?« Es war Holger.
Lotta verdrehte die Augen und winkte ab. Sie hatte mehr als genug von seinem Machogehabe. Am Anfang fand sie ihn ja noch ganz süß, aber nur bis zu dem Moment, an dem er den Mund aufgemacht hatte. Vielleicht hätte sie ihm damals beim Vollmond, als er sie so erschreckt hatte, noch fester zwischen die Beine treten sollen. Sie würdigte ihn keines weiteren Blickes und las stattdessen einfach weiter in der Tageszeitung:

Wir von *Spiegelbild* können an dieser Stelle nur feststellen, dass es im Moment so scheint, als wäre der Dog Donator ein Aktivist. Radikal in seinen Methoden, operiert er zweifelsohne jenseits des gesetzlich Erlaubten, aber vielleicht ja doch im Rahmen des moralisch Vertretbaren? Es bleibt abzuwarten, zu welchen Mitteln er greift, wenn sich Oliver D. im aktuellen Fall tatsächlich weiterhin weigert zu zahlen und die Spende für Greenpeace ausbleibt. Eines ist sicher. Wir werden weiter recherchieren. Darauf können Sie sich verlassen!

Schwarzes Loch

Freitag, 15. Juli, Deutschland

Völlig benommen rappelte sich Ray auf. Es war stockduster um ihn herum. Er versuchte, sich zu bewegen, aber er spürte seine Gliedmaßen kaum. Die Zehen waren taub, der Körper schlaff, und der Kopf dröhnte. Ihm juckte das Fell, und er ließ den Schwanz hängen wie ein begossener Pudel. Die Zunge klebte am Gaumen, und der ganze Mund war geschwollen. Beim Versuch aufzustehen, fiel er dreimal nacheinander wieder hin. Dabei bemerkte er, dass der Boden mit Katzenstreu bedeckt war. Alles war verdammt eng. Es roch seltsam hier drinnen. Die Luft war schwer. Ein bisschen modrig und ziemlich kühl. Die Kiste, in der er sich befand, war aus Plastik. Da war er sich sicher. Die schwarzen Wände stanken nach Weichmacher, als kämen sie gerade frisch aus der Reifenfabrik. Da musste man ja Kopfschmerzen bekommen. Eine schwache Wolke seines eigenen Urins vermochte es gelegentlich, die Polyurethan-Ausdünstungen der Kiste zu überlagern. Nachdem er es endlich geschafft hatte, auf allen vier Pfoten zu stehen, stieß er sich den Kopf an der Decke. In seinem Gefängnis war gerade genug Platz, um nicht aufrecht stehen zu können.

Man konnte über die Durants sagen, was man wollte, aber so etwas hätten Eve und Oliver ihm niemals angetan.

Während Ray damit beschäftigt war, die Enge des schwarzen Lochs, in dem er sich befand, genauer zu erkunden, hörte er Schritte über sich. Sie klopften an der Decke und wurden langsam lauter. Er bekam Angst und kauerte sich zusammen. Zitternd hockte er in der Ecke der Kiste. Es knarzte über ihm in einiger Entfernung. Jemand schien eine Klappe zu öffnen und eine Leiter hinabzusteigen. Wieder knackte die Decke, bevor es nebenan raschelte. Ray ahnte nichts Gutes. Panisch kratzte er übers Polyurethan. Als ob er eine Chance hätte, sich

so zu befreien. Es war aussichtslos. Der einzige Effekt war, dass der Plastikgestank noch unerträglicher wurde. Er war kurz davor, sich zu übergeben.
Nach ewigen fünf Minuten des Raschelns kam, was immer es war, etwas näher. Ray zuckte zusammen. Zwar konnte er nichts sehen, aber dafür deutlich riechen, dass eine Person jetzt genau vor ihm stand. Es hämmerte gegen die Wand. Der Schall dröhnte durch die Kiste, und Ray hatte das Gefühl, ihm würde jeden Moment der Kopf platzen. Benommen schwankte er von rechts nach links und stieß gegen das Plastik, bevor er kraftlos zusammensackte.
»Weißt du, Ray, Eve und Oliver haben dich wohl doch nicht so lieb, wie erwartet. Das Ultimatum ist vor einer Stunde abgelaufen, und sie haben keinen einzigen Cent lockergemacht! Findest du das nicht auch schade?«
Wieder klopfte es an die Wand, und der Schall schepperte durch Rays Kopf wie eine Dampflok.
»Ich fürchte, wir müssen ihnen beweisen, dass wir es ernst meinen! Es tut mir ja leid für dich! Versteh mich nicht falsch! Mir wäre es auch lieber gewesen, sie hätten anständig Buße getan. Es wäre so easy gewesen, den Ablass zu entrichten. Ich wollte doch nur, dass sie eine lächerlich kleine Wiedergutmachung bezahlen für ihre Verbrechen. Es wäre ja nur eine Geste gewesen, ein Zeichen des Anstandes und der Einsicht. Tja ...«
Es roch nach Desinfektionsmittel, und Ray hörte, wie etwas abgestellt wurde. Vielleicht auf einem Tisch? Die hölzernen Beine eines Stuhls kratzten über den Boden.
»Stattdessen wollen sie jetzt auch noch dich opfern. Kaltblütig wie sie sind! Diese Monster!«
Eine Klappe öffnete sich, und Licht flutete das schwarze Loch. Es schmerzte in den Augen und brannte im Kopf.
Er hörte es klappern, und als er vorsichtig ein Auge öffnete, sah er vor sich eine Schüssel mit einer klaren Flüssigkeit.

Wasser! Geil! Er hatte noch keine Zeit gehabt, daran zu denken, aber plötzlich spürte er, wie durstig er war, und stürzte sich darauf.
»Weißt du, wie viele Tiere und Pflanzen jämmerlich verreckt sind, weil dein guter Oliver korrupt und geizig war?«
Ray war völlig egal, was die seltsame Stimme da im Hintergrund faselte. Für ihn zählte nur das Wasser in der Schüssel vor ihm. Er trank so schnell und so viel er konnte.
»Hauptsache, das Rohöl bleibt schön billig! Und Olivers Taschen sind randvoll! Scheiß doch auf den Rest! Nachdem er ein ganzes Ökosystem zerstört und Tausenden von Menschen die Lebensgrundlage genommen hat, wird er doch jetzt nicht wegen dir einlenken, oder was denkst du?«
Ray hörte, wie sich jemand setzte. Der Stuhl knackte ein wenig, aber der Vortrag riss nicht ab.
»Es gibt zum ersten Mal seit Beginn des Ölzeitalters echte Alternativen zum schwarzen Gold. Plastik haben wir ja noch nie gebraucht, und zur Energiegewinnung gibt es jetzt Solar-, Wind-, Gezeiten-, und Thermalkraftwerke. In Kombination mit neuer Speichertechnik eine echte Energierevolution! Nachhaltig und in vielen Fällen noch dazu günstiger als Dieselstrom. Trotz der massiven Subventionen, die wir den Erdölförderunternehmen gewähren, weil wir sie von den Kosten der Schäden, die sie anrichten, befreien. Und zwar pauschal!«
Jetzt klapperte etwas auf einem Tisch, der vermutlich vor ihm stand.
»Der aktuelle Gesellschaftsvertrag sieht ja zum Glück vor, dass die unabsehbaren Folgeschäden der Ölförderung von den zukünftigen Generationen übernommen werden. Okay, ihre Unterschrift unter dem Papier fehlt noch, aber irgendwas ist ja immer. Oliver und seine Kumpel zapfen die absurdesten und riskantesten Ölquellen an, ohne Rücksicht auf Verluste. Und warum?«

Es war zu hell, als dass er nach all der Dunkelheit hätte erkennen können, was dort im Licht vor sich ging.
»Ach, richtig! Damit wir weiter fleißig Auto fahren können und neues Plastik billiger bleibt als recyceltes. Danke! Da wäre ich selbst nicht draufgekommen. Stell dir mal vor, wir müssten mit Elektroautos fahren oder auf vorgeschälte Granatapfelkerne in Plastikverpackung verzichten. Welch unzumutbare Einschränkungen! Dann sollen lieber die Bauern im Nigerdelta ihre Lebensgrundlage verlieren! Wenigstens konnte sich Oliver die Taschen vollmachen. Haben wir doch alle was von. Die Menschen vor Ort werden zwar in den nächsten Jahren an Krebs erkranken und Hunger leiden, aber egal. Alles hat seinen Preis!«
Ray fühlte sich müde, aber er versuchte sich auf die Stimme zu konzentrieren. Kannte er sie etwa?
»Ja, ja Ray, ich weiß, du wirst jetzt sagen, Oliver sei nur einer von unzähligen Managern! Sie alle müssen schwere Entscheidungen treffen, und die Situation in Nigeria ist viel komplexer, als ich denke. Die Einheimischen klauen Erdöl, das Militär ist korrupt, und es gibt Politiker, die sich selbst bereichern. Das wäre nicht so einfach, wie ich mir das vorstelle.«
Jetzt hatten sich Rays Augen langsam an das Licht gewöhnt. Etwas, das ihn an eine riesige Weißwurst erinnerte, saß da am Tisch und hielt ihm diesen Vortrag. Es trug einen Mundschutz, Brille, Latexhandschuhe und Plastiktüten über den Schuhen. Beim Anblick dieser feingekutteten Brühwurst bekam er Hunger, aber eine Meinung zu dieser Sache hatte er ganz sicher nicht. Er wusste ja nicht mal, wo Nigeria war.
»Weißt du, was ich dir da antworte?«, fuhr es fort.
»Doch! Es ist genauso einfach, wie ich mir das vorstelle. Und das beweise ich jetzt! Man muss nur mal den Mut haben und anfangen. Die Manager, die Verantwortung tragen, müssen es am eigenen Leib spüren! Oder zumindest am Leib derer, die sie lieben. Wer nicht hören will, muss fühlen! Ganz

einfach. Und du wirst sehen, im Nu ändert sich etwas. *Absolut* und Manager wie Oliver Durant würden dreimal überlegen, ob und wie sie im Nigerdelta Öl fördern, wenn sie wüssten, dass sie direkt haftbar sind. Klar, jetzt sagst du wieder, deshalb selbst kriminell zu werden, sei keine Lösung.«
Was für eine lustige Weißwurst das doch war. Sie meinte tatsächlich immer zu wissen was er dachte?
»Da bleibt mir nichts, als zu antworten: Doch Ray, es ist die einzige Lösung! Seit 50 Jahren passiert eine Ölkatastrophe nach der anderen im Nigerdelta, und die Konzerne sagen immer das gleiche. ›Wir sind nicht schuld, es sind die blöden Bimbos, die die Pipelines anzapfen, um Öl zu klauen, und sie dabei zerstören. Wir würden ja gerne alles besser machen, aber die Strukturen im Land sind so korrupt.‹ Bullshit! Einfach nur Bullshit! Die Konzerne fördern die Korruption, weil es ihre Macht sichert. Sie nehmen die Umweltschäden in Kauf, weil sie so günstiger produzieren können. Für die verursachten Schäden werden sie ja seit Jahrzehnten nicht verantwortlich gemacht. Wäre es anders, würden sie darauf achten, dass die Pipelines gewartet werden und dass niemand sie anbohrt. Falls sie dies nicht garantieren könnten, zum Beispiel wegen korrupter Strukturen, würden sie dort kein Öl fördern. Weil das Risiko und etwaige Kosten zu hoch wären. So einfach ist das! Aber gegen die Lobbyarbeit von multinationalen Konzernen habe ich keine Chance. Internationale Abkommen ändern und nationales Recht beeinflussen, das geht vielleicht in der Theorie, in der Praxis hat sich auf diesem Gebiet seit einem halben Jahrhundert nichts getan. Das hier ist kein Verbrechen, sondern die längst überfällige Disruption des Rechts.«
Vor der Weißwurst lag OP-Besteck in einer Edelstahlschüssel. Ein Skalpell, Pinzette, Nadel und Faden, Tupfer und Verbandmaterial. Ray wurde schwindelig. Er spürte seine Beine nicht mehr.

»Brav hast du das gemacht. Die ganze Schüssel hast du ausgetrunken. Du wirst ein Held! Wenn du wieder aufwachst, dann kannst du sicher sein, auch deinen Teil zur Revolution beigetragen zu haben. Danke schon mal dafür!«

Vorruhestand

Samstag, 16. Juli, 18:17 Uhr, Sylt

Herbert Leinerath saß wie immer stocksteif auf seinem Bürostuhl. Der Präsident der Sylter Polizei hatte die Beine überkreuzt und die Hände aufs Knie gelegt. Das dunkle Haar war wie immer sauber gescheitelt und frisch gestriegelt.
»Jetzt wurde bereits der zweite Hund entführt. Ihr ermittelt seit fünf Wochen in dem Fall Dog Donator und habt absolut nichts vorzuweisen. Oliver Durant hat nach Ablauf des Ultimatums heute Morgen den Schwanz seines Dackels im Briefkasten gefunden. Wir haben immer noch nichts in der Hand gegen diesen wahnsinnigen Ökoterroristen, und er hat es wieder geschafft, sein Opfer dazu zu zwingen, das Geld zu überweisen. Herr Durant hat mich soeben informiert, dass er aus mangelndem Vertrauen in uns und aus Angst um das Leben seines Hundes nun doch das Losegeld uberwiesen hat. Als ob das nicht schon Blamage genug ist, wurde mir vor fünf Minuten auch noch dieser Clip hier von einer anonymen Quelle zugespielt.« Herbert klappte den Laptop, der vor ihm auf dem Schreibtisch stand, auf und drückte *Play*. Dann drehte er den Bildschirm so, dass Bernd das 30-sekündige Video sehen konnte. Wortlos nahm der die Vorführung zur Kenntnis.
»Nackt!? Nur mit einer Hasenmaske bekleidet!? Ist das Ihr Ernst!?«, wütend schlug Herbert den Laptop zu.
Bernd lehnte sich andächtig lächelnd zurück. Was für ein abgefahrenes Wochenende das gewesen war. Er, der abgehalfterte Mittfünfziger, hatte sich noch mal wie Anfang zwanzig gefühlt. Wie damals, als er noch nicht bei der Polizei war und das ganze Leben noch vor ihm lag. Als sein lockiges Haar noch eine wilde Mähne war und nicht nur lichter Schmuck einer funkelnden Halbglatze.
»Ich habe eine Badehose an und bin nicht nackt!«, antwortete Bernd weiterhin lächelnd.

»Eine leuchtgrüne Dreieckbadehose!«, entgegnete Herbert wütend.
Bernd schmunzelte noch immer zufrieden. »Und das mit der Maske war der pandemischen Lage geschuldet. Die Teilnehmer dieser Kunstaktion waren verpflichtet, einen Mundschutz zu tragen!«
Herbert schien sich provoziert zu fühlen. »Willst du mir erzählen, die erfüllt den FFP2-Standard?«
»Vielleicht nicht, aber das war von der Kunstfreiheit gedeckt.« Bernd grinste frech.
Herbert drückte das Entsetzen beinahe die Augäpfel aus den tiefen Höhlen seines hageren Gesichts. »Es ist unschwer zu erkennen, dass es sich bei dem als Karnickel getarnten Primaten um einen Bernd Borcherts handelt! Sind Sie jetzt völlig übergeschnappt?! Was hat Sie dazu bewogen, sich halb nackt, nur mit einer Hasenmaske bewaffnet, durch diese Baumkrone zu schwingen?«
Bernd schwieg. Was sollte er sagen? Dass er es nur seiner Freundin zuliebe gemacht hatte? Nein, das wäre auch gelogen.
Dass es seinem ultrakonservativen, erzkatholischen Boss nicht gefallen würde, wenn er sich für den Erhalt eines bedrohten Ökosystems zusammen mit einer Horde alternativer Künstler engagieren würde, war ihm von Anfang an klar gewesen. Deshalb war er ja auf die geniale Idee mit der Hasenmaske gekommen. Die anderen fanden es so cool, dass daraus das Motto der Aktion entstand. Wie hätte er im Frühjahr ahnen sollen, dass ihm ausgerechnet das unschuldige Motiv von Meister Lampe im Sommer zum Verhängnis werden würde.
Seine Freundin hatte eine Leidenschaft für Maskenbälle und mindestens zehn verschiedene Fastnachtsgesichter für ihn zur Auswahl gehabt, aber die Hasenmaske hatte einfach am besten gepasst. Wer, um Himmels willen, hatte ihn nur beim

Aufsetzten gefilmt, und es konnte doch kein Zufall sein, dass das Video ausgerechnet jetzt dem Leiter des Sylter Polizeipräsidiums zugespielt wurde.
»Herr Borcherts, ich habe Ihnen in den letzten Jahren wirklich viel durchgehen lassen. Nicht, weil Sie so ein toller Ermittler sind, sondern ...« Er ließ eine Pause und stand auf. Seine Lackschuhe klackerten über das Eichenparkett.
Bernd spürte Herberts Hand auf seiner Schulter.
»Sondern weil ich dich mag, Bernd!«, sagte er mit weicher Stimme und plötzlich ohne Zorn. Nachdenklich lief er hinüber zum Fenster. Mit verschränkten Armen schaute er hinaus auf die Dächer Westerlands. »Aber irgendwann ist die Grenze erreicht! Saufen und rauchen im Dienst ist eine Sache, nackt von Ast zu Ast springen eine andere.« Er räusperte sich. Sichtlich um Fassung bemüht, wurde er wieder förmlich. »Herr Borcherts, Sie gefährden das Ansehen der Polizei Westerland. Was sollen denn die Leute bitteschön über uns denken?«
Bernd hatte es noch nie gekümmert, was die Leute über ihn dachten. »Mensch Herbert, das war in meiner Freizeit. Da kann ich machen, was ich will! Necht?«
Herbert streckte die Brust heraus wie ein Hahn, der sich am Morgen weit oben auf dem Misthaufen zum Krähen bereitmacht. »Als Diener des Staates muss man sich auch in seiner Freizeit angemessen verhalten!«
Bernd unterdrückte sein Lachen und nickte stattdessen pflichtbewusst. Er wusste, dass es keinen Sinn haben würde, mit Herbert zu diskutieren. Dessen Entscheidung stand ohnehin schon fest. Er würde ihn feuern. Bernd hatte im vergangenen Jahr drei Verwarnungen bekommen. Bei der letzten hatte Herbert mit Suspendierung gedroht.
»Und was nun?«, fragte Bernd, obwohl er die Antwort kannte. Herbert atmete tief ein und setzte sich auf die Ecke des Schreibtischs. Er verschränkte die Arme und schaute ihn

gönnerhaft an. »Hast du schon mal über Vorruhestand nachgedacht? Das würde mir die Suspendierung und dir den Gesichtsverlust ersparen.«
»Vorruhestand?« Damit hatte er nicht gerechnet – und nein, darüber hatte er noch nie nachgedacht. Doch jetzt, wo Herbert es ins Spiel brachte ...
Die Tür sprang auf, und Katja kam in den Raum. Ohne zu klopfen und mit Schritten so fest, dass sie Kontinentalplatten hätten spalten können. »Was sind das denn hier für neue Sitten? Ziehen sich die Herren jetzt zurück, wenn es Neuigkeiten in einem Fall zu besprechen gibt?«
Bernd atmete auf. Er war heilfroh, sie zu sehen. Katja würde ihm mal wieder den Arsch retten. So wie immer. Auf sie war Verlass. Sie feuerte einen Stapel Papiere auf den Schreibtisch. »Er lebt noch!«
Bernd war völlig überrascht. »Wer?«
Herbert stand auf und nahm Haltung an. »Ray?«
Katja nickte. »Ja! Er ist gerade eben von einem Spaziergänger gefunden wurden. Der Tierarzt ist schon auf dem Weg, aber es sieht so aus, als fehlt ihm nichts weiter.« Sie lächelte entschuldigend. »Außer seiner Rute natürlich.« Katja atmete sachte aus. Sie wusste, wie man Spannung aufbaut. »Und ich hab noch was.« Sie schaute Herbert triumphierend an. »Dreimal dürfen Sie raten, von wem die Haare waren, die Bernd gestern im Kofferraum des Rettungsschwimmers gefunden hat?«
Bernd verschränkte die Arme. Ja, er hatte sie gefunden. Aber es war auch nicht besonders schwer gewesen. Das Heck des Mercedes hatte schon aus drei Metern Entfernung nach Hund gerochen, und Holger hatte den Kofferraum quasi mit Dackelfell ausgekleidet.
Herbert striegelte nachdenklich seinen Scheitel. »Von Ray?«
Katja nickte selbstsicher. »Ich denke, das reicht für einen vorläufigen Haftbefehl!«

Besser hätte es nicht laufen können. Es war mal wieder knapp gewesen, aber er würde es auch diesmal schaffen, seinen Kopf aus der Schlinge zu ziehen. Bernd lächelte Herbert zufrieden an. »Na, sehen Sie. Jetzt hat Herr von und zu Durant seinen treuen Begleiter zurück, und wir haben unseren Ermittlungserfolg. War doch alles halb so wild. Und wer weiß? Vielleicht gewinnt unser armer französischstämmiger Ölmultimanager beim nächsten Züchtertreffen sogar einen hochdotierten Preis mit seinem frischkupierten Dackel.«

Lila Lummerland

Montag, 1. August, 17:44 Uhr, Sylt

Sie waren über den stacheldrahtbewehrten Zaun geklettert. *Betreten verboten! Naturschutzgebiet*, stand auf einem Schild, das sie gekonnt ignoriert hatten. Ein Großteil des Listlandes war durch zahlreiche Zufälle und noch mehr glückliche Fügung dem Immobilienmarkt vorenthalten worden. Auf einer Fläche von 1796,3 Hektar stand kein Haus, kein Business wurde hier betrieben, und nicht ein einziger Tourist war zu sehen. Mitten in der Hochsaison. Ein Refugium der Natur auf einer Insel, die sich fast ausverkauft hatte. Es war das Paradies, oder wie Christian und Holger es nannten: das Lila Lummerland.

Einmal im Jahr, wenn die Heide in voller Blüte stand, kletterten sie über den Zaun und ignorierten das Schild, das die anderen vom Betreten abhielt und so die ursprüngliche Landschaft beschützte. Es war schon ganz gut, dass sich die meisten Menschen an Regeln hielten. Christian hatte extra für diesen Anlass etwas vorbereitet. Er hatte zuvor auf den weiten Schafwiesen am Königshafen die kleinen graubraunen Pilze mit dem lustigen Knubbel auf der Spitze gesammelt. Außerdem hatte er ein Glas von dem goldglänzenden Sylter Heidehonig besorgt, den fleißige Bienchen im letzten Jahr genau hier geerntet hatten. Pünktlich zum Feierabend hatten Christian und Holger sich dann jeder eine Portion von den süßen Früchten des Lister Lila Lummerlands gegönnt. Jetzt saßen sie in einem einsamen Dünental und ließen sich die Sonne auf den Bauch scheinen. Christian spürte, wie die Wirkung der Pilze sich langsam, aber sicher entfaltete.

»Bis ins Mark soll es ihnen fahren! Wegen Menschen wie ihnen wird der Planet untergehen!«, schrie Holger und klatschte in die Hände.

»Ja, bis ins Maarrrkkkk soll es ihnen fahrrrrrren!«, wiederholte Christian spöttisch und lachte sich kaputt.
»Die scheiß Pissetrinker haben sich bestimmt in Kampen schön das Heino-Gedeck zum Frühstück bestellt und mussten dann erstmal Dampf ablassen.«
»Heino-Gedeck?«, fragte Christian amüsiert.
»Ach, kennste nicht? Heino hat sich immer Nutten, Koks und frische Erdbeeren backstage bestellt und sich dann mal in einem Interview beschwert, dass die frischen Erdbeeren meistens so schlecht zu kriegen waren.«
Christian schmunzelte. Ja, das passte zu den zwei Typen, die kurz vor Feierabend bei ihnen am fast leeren FKK-Strand erschienen waren. In feinem Zwirn hatten sie sich neben den Turm gesetzt, um Champagner zu schlürfen. Die knallrot glänzende riesige Nase des einen hatte Christian an die Motorhaube eines italienischen Sportwagens erinnert und das Outfit des anderen schien aus einer Segelzeitschrift ausgeschnitten worden zu sein.
Gerade als Christian und Holger fertig abgebaut hatten, kam der Typ mit dem Ferrari im Gesicht wutentbrannt auf sie zugestürmt. Aus dem Nichts hatte er Holger angeschrien: »Was fällt Ihnen ein, die Fahne schon um 16:57 Uhr runterzuziehen? Drei Minuten vor Feierabend!«
Holger, der ja sonst nicht auf den Mund gefallen war, hatte sprachlos vor dem Mann mit dem Schweizer Dialekt gestanden. Überfordert und völlig hilflos.
»Bis ins Mark soll es Ihnen fahren! Wegen Arbeitskräften wie Ihnen liegt die deutsche Wirtschaft am Boden! Da muss man sich ja nicht wundern, wenn es nur noch bergab geht!«
Er schrie lauthals und gestikulierte so wild, dass man meinen konnte, es ginge hier wirklich um das Überleben der menschlichen Zivilisation, ja um das des gesamten Universums.
»Wegen Menschen wie Ihnen wird der Planet zugrunde gehen!«, schrie er allen Ernstes Holger an.

Christian schüttelte in sicherer Entfernung den Kopf. »Wie ironisch! Das sagt gerade jemand wie du. Wenn du wüsstest ...«, flüsterte er und grinste verschmitzt.
Auch Holger konnte nicht anders, als den aufgebrachten Mittvierziger mit seiner klischeehaften Vorliebe für Pünktlichkeit höflich auszulachen.
Christian hatte sich entschlossen, Holger zu Hilfe zu kommen. Behutsam war er näher an den empörten Pünktlichkeitsfetischisten herangetreten und hatte zurückhaltend gefragt: »Wollen die Herren nicht mal Urlaub machen, die Nordsee genießen und einfach mal das Schweizer Uhrwerk Schweizer Uhrwerk sein lassen? Freuen sie sich doch über den Sand zwischen den Zehen und den Wind in den Haaren!«
Selbst der Möchtegernsegler hatte versucht, die Ferrarinase zu beschwichtigen. Ihm war das Verhalten seines hoffnungslos überdosierten Kumpanen offensichtlich hochgradig peinlich. Doch auch sein Bemühen blieb vergebens.
»Bis ins Marrrrrrrk soll es Ihnen fahren! Hören Sie! Bis ins Maaaaaaaaaaarrrrrrrrrrrrrrrkkkkk!!!«, hatte der Schweizer Wutbürger ihnen, noch immer völlig entgeistert, hinterhergeschrien, als sie lächelnd vom Strand gelaufen waren und sich die Süßigkeit einverleibten.
Langsam fingen die kleinen, rosa-lila Blütenglöckchen der Heide vor Christians Augen an, sich zu bewegen. Holger, der neben ihm saß, lehnte sich zurück und verschränkte die Arme hinter dem Kopf. »Ich wette, die beiden treffe ich die Tage noch abends im Häängst an der Bar.«
»Das kann sehr gut sein«, erwiderte Christian, dem die Schweizer im selben Maße egal wurden, wie er Muster zwischen den Blüten entdeckte. Viele verschiedene, die alle miteinander verbunden waren. »Wow, es geht los!«
»Jip!«, pflichtete ihm Holger bei, der sich seines T-Shirts entledigt hatte und vor einem verschlungenen Heidekrautstrauch kniete.

»Sag mal, wird dir die Sache nicht langsam ein bisschen zu heiß?«, entfuhr es Christian mit einem Mal.
»Weil ich mein T-Shirt ausgezogen habe?«
»Quatsch! Ich meine die Sache mit den Cops. Schließlich haben sie dich letztes Mal für 2 Tage ins Kittchen gesteckt. Du kannst froh sein, dass du da so schnell und unbeschadet wieder rausgekommen bist.«
Holger lächelte souverän. »Ach … Hunde, die bellen, beißen nicht. Solange Herbert die Ermittlungen leitet, werden die uns nichts tun.«
»Sicher?«
»Sicher! Mach dir keine Sorgen. Ich hab alles im Griff.«
Das war leicht gesagt. Christian hatte sich von Anfang an mehr Sorgen gemacht als Holger. Vielleicht auch, weil der sich nie Sorgen machte, und einer musste ja schließlich aufpassen, dass die Sache nicht völlig aus dem Ruder lief.
Holger schaute ihn grinsend an. »Entspann dich! Wird schon alles. Wer beichten will, der muss auch sündigen. Apropos Beichten. Hab ich dir schon erzählt, dass ich Carla letzten Samstag auf der VIP-Couch weggemacht habe?« Holger zwinkerte ihm zu. »Bam, bam, bam! Obwohl sie gerade mit ihrem Macker auf der Insel ist, wollte sie unbedingt, dass ich sie mal so richtig rannehme. So 'ne Bitch!«
Christian schüttelte ungläubig den Kopf. Mehr angewidert als neidisch. Die meisten Frauen, mit denen Holger schlief, sahen aus wie eine photogeshopte Variante ihrer selbst. Bemitleidenswerte Barbiepuppen, zwar mit ordentlich Cash auf Täsch, aber ohne Sinn und Verstand. Mit den wenigsten konnte man sich länger als fünf Sekunden unterhalten. Trotzdem musste Christian zugeben, dass ihn die schiere Anzahl der Dates beeindruckte. Hin und wieder, in absoluten Ausnahmefällen, waren coole Chicks dabei. Die waren zwar dann immer crazy, aber besser verrückt als langweilig. Nur Frauen mit Klasse, mit Intellekt und Charme, Frauen mit Köpfchen

und Haltung hatte er noch nie auf Holgers langer Liste gefunden. Frauen wie seine Freundin Sophie. Sie war der Grund, weshalb Christian kein bisschen neidisch war auf Holgers wildes Rumgevögel. Außerdem gehörte Carla zweifelsfrei zur beknackten Barbie-Fraktion – und so was ging gar nicht klar. Das war eindeutig Holgers Welt und sollte auch so bleiben.

»Ihr Stecher ist Anwalt«, fuhr der fort. »Kommt sich besonders wichtig vor, weil er 'n paar Jahre in den Staaten abgehangen hat. Immer die große Fresse, aber im Bett 'ne totale Null.«

»Woher weißt du das? Redest du jetzt etwa auch mit den Frauen, mit denen du vögelst?«

Holger lachte. »Quatsch, Diggi! Hat mir Nina erzählt.«

Nina Fieten war eine jener seltenen Ausnahmen. Sie war keine Barbie, aber definitiv crazy.

»Das ist dann wohl ein Ja«, entgegnete Christian und biss sich auf die Unterlippe.

Holger grinste verschmitzt. Sie wussten beide, was abging. »Nein! Spaß beiseite. Nina ist ja nur 'ne ...« Holger stockte. »... Geschäftspartnerin oder gute Freundin, könnte man sagen.«

»Na klar! Sicher! Alles rein platonisch!«, entgegnete Christian so ironisch er konnte.

»Wirklich!«, wehrte sich Holger, ohne dass Christian ihm auch nur den Bruchteil einer Sekunde geglaubt hätte.

Plötzlich richtete sich Holger auf. »Sag mal, was ist denn das?« Er zeigte mit dem Finger auf die große Wanderdüne am Horizont.

»Eine Wanderdüne«, antwortete Christian und zuckte mit den Schultern.

»Nein, da ist doch jemand«, zischte Holger.

»Was? Wo? Ich kann niemanden sehen!«

»Das ist Lotta!«

Christian war verwirrt. »So ein Quatsch! Wir sind mitten in der Heide. Hier ist niemand außer uns!«
Aber Holger ließ nicht locker. »Doch! Da ist Lotta, und sie fährt auf dem Fahrrad!«
Christian schaute angestrengt Richtung Wanderdüne. Dass sich außer ihnen noch jemand ins Naturschutzgebiet gewagt hatte, war äußerst unwahrscheinlich. Dass sie jeden Moment mit Halluzinieren beginnen würden, hingegen so gut wie sicher.
Er drehte sich zu Holger. »Da ist niemand. Beruhig dich! Der Einzige, der hier mit dem Fahrrad rumfahren würde, wäre Alfred Hoffmann.«
»Klappe, du Spaßvogel!«
Holger rieb sich erst die Augen und ließ sich dann enttäuscht fallen. »Unglaublich, Diggi! Ich hätte schwören können, dass sie da war.«
Christian zuckte ratlos mit den Schultern. »Hätteste gerne gehabt, aber wir sind ja hier nicht bei Wünsch-dir-was.«
Holger wischte sich durchs Gesicht. »Ist echt 'ne Süße.«
Dann schwiegen sie. Lotta gehörte ganz sicher in die dritte Kategorie. Jene, die, so es einen Gott gab, Holger zum Glück auf ewig verschlossen bleiben würde. Sich in der Frage, ob es so etwas wie absolute Gerechtigkeit jemals geben würde, verlierend, beobachtete Christian, wie eine Biene neben ihm Blüte für Blüte der lila Heideglöckchen anflog. Er war fasziniert von der Präzision und dem Geschick der fleißigen Nektarsammlerin. Schließlich antwortete er unvermittelt: »Lass die ja in Ruhe! Die ist viel zu gut für einen wie dich! Du kannst dich bei deinen Kampen-Bitches im Häängst austoben. Bei Lotta hast du keine Chance!«
»Wieso?«
»Sie ist ein Engel, und du hast einen Pakt mit dem Teufel geschlossen! Das kann nicht gutgehen!«

Holger grinste selbstbewusst. »Ein Engelchen also? Holy Shit!«
Er griff sich zwischen die Beine. »Mir tun immer noch die Eier weh. Boah, wie die zugelatscht hat! Ohne mit der Wimper zu zucken. Das hat sich nicht angefühlt wie ein Engelskuss.«
Christian schlug sich aufs Bein. Die Schadenfreude ließ ihn lachen wie schon lange nicht mehr. Voller Inbrunst und Genugtuung. So sehr, wie Holger es verdient hatte, hätte Lotta nicht zutreten können.
»Da will man ganz Gentleman sein und ihr den Autoschlüssel bringen, den sie am Lagerfeuer vergessen hat und dann so was.«
Holger schaute in die Ferne und schüttelte ungläubig den Kopf. Dann stand er abrupt auf. »Wollen wir doch erst mal sehen, ob das wirklich nicht gutgehen kann mit mir und dem Engelchen!« Er lief los. Langsam und wackelig. Sein Schatten war lang und gebogen.
Christian lag noch immer am Boden und krümmte sich vor Lachen. Nachdem er sich etwas beruhigt hatte, richtete er sich auf. Doch er konnte weder Holger noch Lotta sehen. Stattdessen war auf einmal alles voller dreidimensionaler Hologramme, die langsam die Düne hinaufwanderten. Lilafarbene Heidebüsche gruppierten sich zu sechseckigen Wabenstrukturen, darüber flogen dunkle Schatten vor einem himmelblauen Prisma. Dicker, zähflüssiger Honig kam ihm entgegen. Vom Rand der Düne quoll er hinab. Christian erschrak. Er wollte aufstehen und losrennen, bevor ihn der Honig überrollte, aber es ging nicht. Er saß da wie angewurzelt, rief Holger hinterher, doch es war zu spät. Der war verschwunden und hatte ihn allein zurückgelassen. Mitten im Wespennest. Alles um ihn herum drehte und spiegelte sich, als würde er die Welt durch ein Kaleidoskop betrachten.

Plötzlich öffneten sich die Waben in den Dünen, und sie kamen auf ihn zu. Von allen Seiten kamen sie geflogen. Mit wütenden Gesichtern und Stacheln so groß wie Schwertern.

Wo ist mein Schatz

Donnerstag, 4. August, 18:09 Uhr, Sylt

Die drückende Hitze schlug ihr ins Gesicht, als sie die rote Tür ihres klimatisierten Porsches 911 Cabrio öffnete. Der Weg von der Einfahrt ins Haus war glücklicherweise kurz und der Champagner in der Tüte unter ihrem Arm eiskalt. Carlas spitze Schuhe waren edel und schick, aus einer Mailänder Boutique, und genau wie die Fingernägel in Wagenfarbe lackiert. Die langen, schweren Ohrringe funkelten golden wie das frisch aufpolierte Emblem auf der Haube ihres Sechszylinders. Zügig und souverän wie immer lief sie sicheren Schrittes hinüber Richtung Eingangsportal. Precious wartete sicher schon hungrig. Carla öffnete eilig einen Flügel der schweren Holztür.

Sie hatte das ganze Jahr hart gearbeitet und selbst heute Morgen im wohlverdienten Urlaub Mails beantwortet. Es war kein Zuckerschlecken, im Vorstand des weltweit bedeutendsten Chemie- und Pharmaherstellers zu sitzen. Als einzige Frau! Sich von neidischen Kollegen hinterrücks als Quoten-Uschi verspotteten zu lassen. Quoten-Uschi!? Sie, die jahrzehntelang unglaublich hart gearbeitet hatte, um sich ihren großen Traum zu erfüllen. Die immer mindestens doppelt so viel Stress schultern musste, wie jeder einzelne ihrer Kollegen. Sie hatte eine Ehe geopfert, und erst nachdem sie ihren Sohn verloren hatte, war sie in das heilige Gremium berufen worden. Ihre Kollegen durften Kinder haben. Kein Problem, aber eine Mutter im Vorstand? Für die meisten war es schon Provokation genug, dass sie eine Frau war. Mehr als nur ein Testosteroni hatte versucht, sie abzusägen, ihr Eier zwischen die Stöcke zu werfen und sie zu Fall zu bringen, auf dem steinigen Weg in die Top-Etage. Aber nicht mit ihr! Sie war eine Kämpferin! Und hatte ihre Ziele stets erreicht.

Den Urlaub in ihrem bescheidenen Ferienhaus hier auf Sylt hatte sie sich mehr als verdient.
»Precious ... Precious, Honey! Wo bist du?«, rief Carla gutgelaunt, ohne eine Antwort zu bekommen.
Lady Precious, wie ihr voller Name war, hatte sie um die ganze Welt begleitet. Sie war auf allen Geschäftsreisen dabei und die Einzige, der Carla wirklich vertraute. Die gute Seele. Ihre bessere Hälfte. Wobei die andere Hälfte auch nicht schlecht war.
Carla schmunzelte bei dem Gedanken und stellte die braune Papiertüte mit dem Feinkostmüller-Logo auf die rosarote Marmorplatte der Küchenzeile. Ihr Lebensabschnittsgefährte war heute Morgen nach Hamburg gefahren. Geschäftlich. Ralf musste zu einem ganz besonders wichtigen Meeting. Persönlich! Carla hatte Verständnis. Das hätte ihr genauso gut passieren können. Außerdem bot sich auf diese Weise mal wieder die Gelegenheit für ein kleines Abenteuer. Rettungsschwimmer oder Yogalehrer? Schwierig.
Carla zündete sich eine lange, dünne Zigarette an und goss sich ein Schlückchen Champagner ein. Sie würde die Sache wohl mit ihrer besten Freundin abstimmen. Precious hatte immer den richtigen Riecher und deshalb das letzte Wort, wenn es um Männer ging. Doch wo war sie nur? Carla nahm drei hauchdünne Scheiben von dem argentinischen Bio-Rinderfilet und richtete das Carpaccio auf dem schönsten Teller des Hauses an. Schnell noch ein Foto *#foodporn* für Precious' Insta-Account. Dann machte Carla sich auf die Suche.
»Precious Schatzi, Precious, wo bist du?«
Normalerweise dauerte es keine zwei Sekunden, bis Precious sie begrüßte. Aber heute war sie nirgendwo aufzufinden. Nicht auf ihrem Stammplatz in der Ecke des beigefarbenen Designermöbels im Wohnzimmer und nicht im Bad. Nicht hinter den langen, zinnoberfarbenen Vorhängen im Schlafzimmer und auch nicht in Ralfs Fitnesskeller. Nicht in einem

ihrer begehbaren Kleiderschränke und nicht im *Panicroom*, dem atombombensicheren Versteck für alle Fälle. Sie war nicht in einer der Tiefgaragen und nicht in den Gästezimmern.
Verzweifelt ließ sich Carla auf die Couch in der Wohnstube fallen. Wo konnte ihr Schätzchen sich bloß versteckt haben? Die Gartentür stand offen. Carla lief eilig hinüber. Die drückende Hitze des Tages strömte durch den Spalt in das kühle Haus. Ein leichter Ostwind schob die heißen Luftmassen vom Kontinent übers Watt und die sorgsam gestutzte Hecke direkt in ihr Gesicht. Sie ging hinaus in den schlichten und aufgeräumten Garten, während sich über ihr etwas zusammenbraute. Saftig grüner Rasen wuchs um eine Terrasse aus behauenem Naturstein, auf der sie nun voller Sorge stand. Dunkle Regenwolken zogen wie ein böses Omen eilig heran. Die alten Kirschbäume vermochten nicht, sie zu beruhigen. Carla lief ein Schauer den Rücken hinab. Nein, das durfte nicht wahr sein! An heißen Tagen wie diesem verließ Lady Precious nur in den seltensten Fällen freiwillig das kühle Haus. Sie war ja mittlerweile eine alte Dame.
Plötzlich donnerte es so laut, dass Carla auf dem Weg zurück ins Haus vor Schreck beinahe hingefallen wäre. Leise klopfte ein beunruhigender Gedanke hinter ihrer langen, breiten Stirn. Nein, nein, nein! Das konnte unmöglich wahr sein! Und Ralf hatte sie noch gewarnt. Erst gestern hatten sie zufällig über das Thema geredet. Carla hatte Precious auf seine Empfehlung hin extra nicht mit zum Shoppen genommen, sondern zu Hause gelassen. Einen sichereren Ort gab es schließlich nicht. Mit zittrigen Knien lief sie vorsichtig zurück ins Haus. Sie ahnte Schlimmes.
Zur Beruhigung schenkte sie sich noch ein Gläschen Moët ein. Dann drückte sie die Zigarette wütend in den Aschenbecher. Nein, sie würde keinen Umschlag bekommen haben. Precious wollte bestimmt nur Verstecken spielen, sie ein

wenig an der Nase herumführen. Obwohl sich ihr Kopf wehrte, machten sich ihre Füße auf den Weg zum Briefkasten. Langsam, Schritt für Schritt. Dann immer eiliger. Sie hielt den Atem an, während der Schlüssel ins Schloss fuhr.
»Bitte, lass ihn leer sein! Bitte lieber Gott!«
Es begann zu regnen. Große, schwere Tropfen fielen auf den säuberlich gestutzten Rasen mit seinen fein gestochenen Kanten. Der satte Geruch frisch befeuchteter Erde drückte sich ungefragt in ihre Nasenlöcher, als sie die Klappe öffnete. Da lag er vor ihr. Ein schlichter, weißer Briefumschlag. Mit zittrigen Händen griff sie nach dem unscheinbaren, unschuldigen Kuvert und riss ihn auf.

Zu Händen Frau Tunichtgut

Es war einmal vor langer, langer Zeit
Frau Tunichtgut, die brachte, ach, viel Leid
Sie wollte reich sein wie der reichste König
Doch was immer sie bekam, es war zu wenig
Gierig stahl sie von Ihresgleichen, was sich heimsen ließ
Und machte auch nicht halt vor Gottes Tür zum Paradies
Sie raubte der Erde, was sich rauben lässt
Und rauchte den Himmel zu. Es war die Pest
Sie sorgte sich der Tiere wie der Pflanzen nicht
Sie klaubte schon bei Nacht und schon im Tageslicht
Doch plötzlich kam ein Engel ihres Weges
Und sprach: Nur wer gibt, der wird auch selig
Er nahm, was ihrem kalten Herzen wohl am nächsten lag
Und sagte: Jetzt gib, du Bitch, als wäre es dein jüngster Tag

Wenn Sie Ihre Kostbarkeit unversehrt zurückhaben wollen, senden Sie 1 000 000 Euro in BTC auf folgendes Wallet:

Das Geld wird den Aktivisten der Save Nature Group zur Verfügung gestellt.
Schalten Sie unter keinen Umständen die Polizei ein. Sie haben bis morgen 19 Uhr Zeit, um für die Sünden der letzten Jahre zu büßen. Sonst Gnade Ihnen Gott ...
Grüße aus dem Wonderland

Mr. Rabbit

Blaubeertraum mit Schlag

Donnerstag, 4. August, 18:59 Uhr, Hamburg

Das Café war klein, unsortiert und ein bisschen zu dunkel. Das Gegenteil von den gut aufgeräumten und durchgestylten Late-Hipster-Bodegas, in denen so viele seiner Kollegen sich ihren Workspace eingerichtet hatten. Die Besitzerin war eine Freundin von Bastis Mutter. Sie hatte volle, rote Wangen, grüne Kulleraugen und schulterlanges Haar. Auf der weißen Schürze vor ihrem kugelrunden Bauch waren immer fettige Fingerabdrücke, und sie war mit Abstand die beste Konditorin diesseits der Elbe. Basti kam fast jeden Tag hierher.
Zur Begrüßung gab es eine herzliche Umarmung. Er bestellte ein Kapuzineräffchen im Porzellankäfig und ein Stück Blaubeertraum Schlag auf Schlag, und dann verschwand er meist an den schwarzen, runden Tisch in der Ecke vor dem Fenster zur Straße hinter seinem Laptop. Nur wenn die Bedienung kam, um den Cappuccino und das Stück Heidelbeertorte mit Sahne zu servieren, hob er kurz den Kopf und nickte freundlich. So war es auch heute abgelaufen.
Es war schon spät, und Basti hatte sich mal wieder erfolglos festgebissen an einem Detail, das nur in die Irre geführt hatte. Verzweifelt und erschöpft schaute er aus dem Fenster. Eine Mutti Mitte 40 mit Basecap, Sneakers und Outdoor-Jacke schlurfte über die Straße. Es schien so, als würde sie sich gerade mit ihrem ungefähr zehn Jahre alten Sohn, der neben ihr lief, streiten. Vielleicht darüber, was es zum Abendessen geben sollte?
»Dunkelgrüner Ford Mondeo, Baujahr 99, Unterboden wie ein Sieb und Sommerreifen, die als Slicks durchgehen. Am Rückspiegel baumelt ein Traumfänger, Schokoriegelpapier im Fußraum, und der Kotflügel ist hart verbeult ...«
Basti konnte nicht anders. Das Kopfkino sprang immer sofort an, wenn er Ablenkung brauchte. Ob er wollte oder

nicht. In seinem Kinosaal lief Reklame für Gebrauchtwagen. Mutter und Sohn waren hinter dem Häuserblock verschwunden. Zum Glück. Er musste sich auf das Wesentliche konzentrieren, statt nach Ablenkung zu suchen. Eigentlich sollte er zwei Spitznamen haben, denn *Prokrastinator* passte zu ihm wie ein Himbeerkern zwischen zwei Backenzähne. Er hatte schon immer alles hinausgezögert. Aber *Prokrastinator* war noch länger und komplizierter als Sebastian, und deshalb war sein Nickname eben einfach Basti geworden. *Keep it simple!*
Nach der Schule hatte er sich nicht entscheiden können, wo er studieren sollte, weshalb er sich erst mal nirgendwo einschrieb und stattdessen seinen Kopf zwischen Büchern vergrub. Das Politikwissenschaftsstudium in Berlin brach er dann ab, um in Hamburg Journalistik zu studieren. Dass das eine gute Entscheidung gewesen war, bezweifelte er mittlerweile. Während der Zeit an der Uni hatte er aus Geldnot eine Weile für *Blue Cow* gearbeitet und Marketingtexte für Surfcontests, Basejump- und Motocross-Events in aller Welt erstellt. Die Zusammenarbeit mit dem Energydrink-Hersteller war von Anfang an zum Scheitern verurteilt gewesen. Sein konsumkritisches Selbst-verständnis und die antikapitalistische Weltanschauung passten einfach nicht unter das Dach eines Weltkonzerns, der bewusst Menschenleben opferte, um seine Marketing-Maschine am Laufen zu halten. Deshalb arbeitete er seitdem als freier Journalist – »nur gefangen im eigenen Idealismus«, wie er gerne mit einem Augenzwinkern hinzufügte.
In den letzten fünf Jahren hatte er hauptsächlich Reportagen geschrieben. Immer gut recherchiert und schlecht bezahlt, oft mit Bezug zum Sport. Basti war fasziniert vom Leistungssport. Weniger von den Ergebnislisten der Olympiaden und den heroischen Siegern als mehr von den ewig Zweiten, den persönlichen Dramen und gescheiterten Profikarrieren. Von den dunklen Machenschaften im Hintergrund und den

mächtigen Strippenziehern, die mit den Athleten Schach spielten. Er verkaufte seine Reportagen an wechselnde Magazine, Blogs und Zeitschriften.
Der Artikel, an dem er momentan arbeitete, war sein Baby. Seit zwei Jahren recherchierte er, wann immer er konnte, für diese Story. Basti war dem größten Dopingskandal der Geschichte auf der Spur. Wenn seine Recherchen stimmten, würde dieser Fall alles in den Schatten stellen, was bisher ans Licht der Öffentlichkeit gekommen war. Systematisches Doping im Fußball, und zwar nicht in der Regionalliga, sondern bei den deutschen und europäischen Top-Clubs! Es handelte sich um ein ganzes Netzwerk mit eigener Infrastruktur. Weltklassespieler, die dopten, Ärzte, die sie fit spritzten, Trainer und Manager, die sogenannte Leistungswochen organisierten, und Funktionäre, die Bescheid wussten, aber alles unter der Decke hielten. Es war der ganz große Skandal, die gewaltigste Story, an der Basti je gearbeitet hatte – und er stand kurz vor dem Durchbruch.
Schon damals, als er bei *Blue Cow* ausgeholfen hatte, hatte er sich gewundert, dass ein Energydrink-Hersteller ganze Vereine und Teams kaufen konnte, die dann auch noch wahnsinnig erfolgreich wurden, ohne dass jemand an Doping dachte. Energydrinks waren ja quasi legales Doping für Bürohengste, Partypeople und Hobbysportler. Dass solch zweifelhafte Produkte überhaupt im Sport werben durften, war verrückt genug. Wer Jugendliche dazu aufforderte, Aufputschmittel zu trinken, nur um Spaß zu haben, der würde doch sicher nicht davor zurückschrecken, Sportler zu dopen, um erfolgreich zu sein.
Also hatte er mit den Recherchen auf der *Blue-Cow-Farm* begonnen. Er war schneller fündig geworden, als er gedacht hatte, und die Story wuchs jeden Tag. Schon nach wenigen Wochen hatte er den Bauernhof mit den fliegenden Kühen verlassen, weil deutlich wurde, dass es sich bei ihnen nur um

kleine Fische handelte. Der gesamte internationale Zirkus der Fußballjongleure war eine einzige korrupte und vom Doping durchzogene Gangsterbande. Das war seinen Recherchen zufolge so klar wie Kloßbrühe. Doch ihm fehlten die Beweise. In einem Sport, in dem Milliarden gescheffelt wurden, gab es genügend mächtige Männer, die dafür sorgten, dass nichts an die Öffentlichkeit kam. Die alles vertuschten und jeden, der kritische Fragen stellte, verschwinden ließen. Genau deshalb hatte Basti noch nichts veröffentlicht. Sobald sie merken würden, dass er auch nur an der Oberfläche kratzte, würden sie ihn aus dem Weg räumen. Nein, so funktionierte es nicht. Entweder er konnte sie alle sieben auf einen Streich erledigen, oder sie würden das tapfere Schneiderlein kaltmachen.

Der Schlüssel zum Mega-Coup lag gleich nebenan. Davon war Basti überzeugt, denn alle Spuren führten zu einem Mediziner, der unter dem Decknamen Lupus arbeitete und in der Hansestadt praktizierte. Vermutlich war er die zentrale Schnittstelle. Seit zwei Wochen durchkämmte Basti jetzt das Internet auf der Suche nach Lupus und dessen Praxis. Bisher vergebens. Vollautomatisch fuhr die Gabel in seiner rechten Hand durch den Blaubeertraum und streifte dann frischbeladen durch die Schlagsahne, bevor die Kalorienbombe zwischen seinen Lippen detonierte.

Gerade als die seismischen Wellen der Geschmacksexplosion sein Kleinhirn erschütterten, klingelte das Telefon. *Reiner Newsroom* stand auf dem Display.

Fuck it!, dachte Basti. Das durfte nicht wahr sein! Ausgerechnet jetzt! Das Lustige war, dass, ganz egal, wann sein Telefon klingelte und *Reiner Newsroom* anzeigte, er immer das Gleiche dachte. Genervt nahm er ab. »Hallo Reiner! Was ...«

Doch die aufgeregte Stimme auf der anderen Seite ließ ihn mal wieder nicht ausreden. »Wo bist du?«

»In Ham...«

»Egal! Der Dog Donator hat wieder zugeschlagen! Pack deine Sachen und mach dich auf nach Sylt.«
»Reiner, ich arbeite gerade an einem anderen Arti...«
»Ach, dein *anderer Artikel*!« Reiner lachte gekünstelt. »Te ... das ist wohl das Codewort für ausschlafen, Füße hochlegen und Netflix glotzen oder wie? Du kommst jetzt besser mal in die Pötte, und wehe du schreibst wieder so 'nen linksversifften Kommunistenartikel. Ich hoffe, du hast aus dem Einlauf gelernt, den sie dir beim letzten Mal verpasst haben. Don't fuck with dogs!, mein Lieber!«
Reiner lachte laut und schrill. Es musste eine unheimliche Genugtuung für ihn gewesen sein, dass Basti mit seinem letzten Artikel einen Shitstorm sondergleichen ausgelöst hatte. Die Kommentare reichten von einfachem Entsetzen, über Verleumdungen und Anschuldigungen bis hin zu Morddrohungen. Basti hatte eindeutig unterschätzt, wie viel Mitgefühl kleine, süße Hunde erzeugen konnten. Der erste Artikel, den er über den Dog Donator verfasst hatte, war unglaublich erfolgreich gewesen und fand bei einer überwältigenden Mehrheit der Leser große Zustimmung. Reiner hatte den Fehler gemacht, die Sache anfangs nicht ernst zu nehmen. Er hätte sich nicht erträumen lassen, dass Basti es damit auf die Titelseite schaffen würde. Doch beim Abschlussmeeting an jenem ereignisarmen Tag vor ungefähr zwei Monaten entschied der Chefredakteur der *Spiegelbild*, den ziemlich unkonventionellen Artikel über den Hunde-Psychopathen, wie Reiner ihn zu nennen pflegte, als Aufmacher auf der ersten Seite zu bringen. Damit hatte auch Basti beim besten Willen nicht gerechnet. Sein Artikel wurde ungekürzt veröffentlicht und das in so einem konservativen Blatt. Es wurde die auflagenstärkste Ausgabe der *Spiegelbild* seit Jahren, und seitdem hatte er Rückendeckung von ganz oben. Reiner musste den Schwanz einziehen, obwohl ihm die Stoßrichtung der Artikel absolut nicht gefallen hatte. Es stand eins zu null für Basti und der

hatte die Halbzeitpause genutzt, um einen ausführlichen Artikel über das erste Opfer zu schreiben. Die Öffentlichkeit hatte seine Reportage gefeiert. Bis zum zweiten Fall des Dog Donators.
Familie Durant war nicht bereit gewesen, die geforderte halbe Million bis zum Ablauf des Ultimatums zu spenden. Deshalb sah sich der Dog Donator gezwungen, dem armen Ray den Schwanz abzuschneiden. So gelang es dem Entführer zwar, den Geldfluss in Gang zu setzen, doch die Nebenwirkung war, dass er die Öffentlichkeit gegen sich und damit auch gegen Basti aufgebracht hatte.
Denn obwohl Ray zwar kupiert, sonst aber unversehrt freikam, nachdem Herr Durant die geforderten fünfhunderttausend Euro in Bitcoin zu Gunsten von Greenpeace überwiesen hatte, wendete sich die Meinung weiter Teile der Öffentlichkeit. Während Basti den Dog Donator auch für seinen zweiten Coup gefeiert hatte, formierten sich unter:

#dontfuckwithdogs

zunehmend mehr Menschen, die der Polizei Versagen und Basti die Mithilfe und Anstiftung zu Tierquälerei unterstellten. Die Annahme, dass es sich bei dem unbekannten Entführer um einen Geisteskranken handelte, der Tiere quälte und gegebenenfalls auch nicht davor zurückschrecken würde, Menschen zu verletzen oder gar umzubringen, um sein Ziel zu erreichen, wurde immer populärer. Basti hatte ungeahnte Kritik dafür einstecken müssen, dass er den Dog Donator in seinen Artikeln als Ökoaktivisten verharmlost und dessen Vorgehensweise als radikale, aber konsequente Methode bezeichnet hatte. Die Öffentlichkeit hatte den populärsten Unterstützer, nämlich ihn, in geistige Geiselhaft genommen und an den Pranger gestellt, weil der Dog Donator selbst keine Spuren hinterlassen hatte. Reiner musste sich ins Fäustchen

gelacht haben. Es hatte also eins zu eins nach der zweiten Halbzeit gestanden, und jetzt sollte es in die Verlängerung gehen.
Hektisch öffnete Basti einen anderen Artikel, an dem er in den letzten drei Wochen gearbeitet hatte.

Die klebrigen Hände des Oliver Durant

Dunkle Machenschaften auf dem schwarzen Kontinent

Der Artikel war sechs Seiten lang und ausführlich recherchiert. Die Enthüllung der Verbrechen eines geldgierigen Top-Managers, Bastis Plädoyer für den Dog Donator und eine Rechtfertigung für dessen außergewöhnliche Maßnahmen. Gleichzeitig war es ein Befreiungsschlag. Gerichtet in erster Linie an die Hater, die den Shitstorm gegen ihn und den Dog Donator ausgelöst hatten.
Reiner schnaubte genervt durchs Telefon. »Ich hoffe, deine Schrottkarre läuft noch, denn wenn dein fauler Arsch nicht in Nullkommanichts da oben an der Küste ist, dann knallt's, und zwar keinen Beifall!«
Dann klatscht's, heißt das!, dachte Basti und biss sich auf die Lippe. Er hatte Reiner noch nie leiden können.
»Ich sag's ungern, aber du hast die gesamte Redaktion immer noch hinter dir. Alle recherchieren für dich. Dass du das nicht verdient hast, wissen wir beide, aber ich konnte es nicht ändern. Anweisung von ganz oben«, fuhr der aufgebrachte Leiter der wichtigsten deutschen Tageszeitung fort. Auch wenn die Berichterstattung über den zweiten Fall des Dog Donators Basti einen Haufen Probleme beschert hatte, die Auflage hatte er noch mal gesteigert. Um genau zu sein, stand es nun also Einskommaneun zu Nullkommanichts für Basti, denn für Reiner gab es nichts Wichtigeres im Leben als die

Auflagezahlen. Sollte er trotzdem in die Verlängerung gehen? Es konnte ja niemand wissen, was diesmal passieren würde.
»Hab dir gerade 'ne Mail geschickt mit den wichtigsten Fakten und den heißesten Gerüchten zum dritten Fall: Causa Carla Roth.
Du bekommst stündliche Updates. Die Headline hat absolute Priorität. Herzlichen Glückwunsch! Du musst ja ein ganz hervorragender Arschlecker sein.«
Ganz im Gegensatz zu dir habe ich in meinem ganzen Leben noch nicht ein Mal arschgeleckt, um die Karriereleiter hochzukriechen, dachte Basti, während er das Telefon etwas vom Ohr wegnahm und die Augen verdrehte.
Reiner schrie weiter. »Wenn du in drei Stunden nicht auf der Insel bist, sorge ich höchstpersönlich dafür, dass du fliegst, aber diesmal nicht nach Bali. Verstanden?«
Basti schüttelte ungläubig den Kopf.
»Und nimm dich vor der Jansen in Acht! Die hat 'ne Journalistenallergie. Wenn die mitkriegt, dass du für mich arbeitest, dann ...«, schrilles Gelächter dröhnte durch die Leitung.
»Hmm ... Ich weiß nicht, Reiner, habt ihr nicht wen anders für den Job?«
»Ich weiß nicht? Wen anders? Klar hab ich wen anders! Wenn's nach mir gehen würde, dann ...!« Reiner schnaubte und Basti konnte vor sich sehen, wie er mit hochrotem Kopf durch die Redaktion lief. »Der Chefredakteur will, dass du an der Story dranbleibst, also komm in die Gänge.«
»Ich bin freier Journalist und entscheide immer noch ...«
Es tutete in der Leitung, denn Reiner hatte die Antwort nicht abgewartet. Widerworte akzeptierte er ohnehin nicht, und wenn es eines gab, was er noch weniger hatte als Zeit, dann war es Geduld. Die Redaktionsleitung im Newsroom der *Spiegelbild* war ein superstressiger Job. Wahrscheinlich der beschissenste, den es gab. Darum beneidete ihn Basti kein bisschen. Aber es war ja nicht seine Schuld, dass Reiner sich

diesen Posten ausgesucht hatte. Der frustrierte, alte Sack hatte sowieso nichts Besseres zu tun, als sich die Birne wegzukoksen und 24/7 zu arbeiten, um sich wenigstens ein bisschen wichtig vorzukommen. Im Moment saß Basti ausnahmsweise am längeren Hebel. Zum allerersten Mal. Sonst musste er tausend Reportageideen einreichen, um mal eine genehmigt zu bekommen, und jetzt könnte er die gesamte Redaktion von Deutschlands größter Tageszeitung hinter sich haben. Er durfte schreiben, was er wollte, und solange er die Auflage in die Höhe trieb, würde Reiner nichts von seinen gesellschaftskritischen Artikeln streichen dürfen. Das war verlockend. Außerdem würde Basti richtig Kohle verdienen, was angesichts der vierstellig tiefroten Zahl, die seinen Kontoauszug schmückte, die zweite Fliege darstellte, die er mit dieser Klappe würde schlagen können.
Auf der anderen Seite musste er dafür »Lupus und die Lüge vom sauberen Fußball« auf die lange Bank schieben. So kurz vor dem Ziel!
Basti schaute wieder durchs Fenster auf den Bürgersteig. Es hatte zu nieseln begonnen, als Leander mit Sabine zurückkam. Er hüpfte fröhlich über die Straße, während Mutti versuchte, ihm den Kragen der Regenjacke hochzuziehen. Basti ahnte Schlimmes. Sie liefen direkt auf einen dunkelblauen Opel Astra zu. Das war die Auflösung.
Shit! Da lag ich daneben, aber passt auch gut, dachte er. Der Kombi Baujahr 2002 war in erstaunlich gutem Zustand. Am Rückspiegel baumelte ein Duftbaum, Holzperlenüberzug auf Fahrer- und Beifahrersitz und ein weißes Oval mit einem schwarzen D auf der Heckklappe.
Oldschool Deutschland Schlecki! Die Karre hatte sie frisch von einem Rentner gekauft. Ganz klar! Eins-a-Garagenwagen. Nur einen Kotflügel hatte sie offenbar schon beim Ausparken verbeult.

Basti ließ sich genüsslich ein weiteres Stück Heidelbeertorte auf der Zunge zergehen. Sie schmeckte heute noch besser als sonst. Aus dem Augenwinkel konnte er erkennen, wie die Stoßstange des Opels leicht gegen die des dahinter parkenden Fiat stieß. Leander packte fröhlich lachend sein Snickers aus und ließ das Papier in den Fußraum segeln. Es war Basti eine Genugtuung.
»Schwere Entscheidung«, murmelte er und schnaufte dabei. Er war sich keinesfalls sicher, ob es eine größere Befriedigung wäre, Lupus zu finden oder Reiner und der gesamten tiefbraun verkackten *Spiegelbild*-Redaktion einen weiteren linksversifften Artikel über den Dog Donator um die Ohren zu hauen. Der Shitstorm, der aus der Kommentarspalte seines letzten Aufmachers hinaus ins Netz gezogen war, sich dort zu einem Hurrikan entwickelt und ihn dann mit voller Wucht getroffen hatte, war gerade eben erst abgeflaut. Basti hatte wenig Lust, sich sofort wieder ins Gewitter zu stellen. Denn dieses Mal, das wusste er, konnte leicht der Blitz einschlagen.

Wenn jemand spricht, wird es hell

5 Monate zuvor
Donnerstag, 10. März, 09:10 Uhr, Hamburg

Mit einem frisch gebrühten Kaffee in der Hand lief Sonja zu ihrem Schreibtisch und ließ sich in den bequemen Sessel fallen. Ihr Studio war hell beleuchtet und wirkte freundlich. Es war gemütlich eingerichtet. Ein bunter, leicht ausgeblichener Wandteppich verdeckte die cremegelbe Tapete über dem flachen, hölzernen Regal direkt hinter ihr, und zwei große Leinentücher hingen an der Wand gegenüber den Fenstern. Auf einem waren viele kleine Kreise, die in Gelb-, Orange- und Rottönen alle zusammen wieder einen großen Kreis bildeten. Auf dem anderen Tuch waren drei unterschiedlich große, braune Quadrate, die sich überlappten. In einer Ecke ragte das wilde Grün einer prächtigen Yucca-Palme aus einem runden Terrakottatopf, in der anderen stand eine Ledercouch.
Sonja saß in einem schwarzen Sessel an dem hölzernen Beistelltisch vorm Fenster. Es war heller hier drinnen als draußen vor der Tür, an diesem regnerischen Tag am Ende des langen Winters. In fünf Minuten würde die erste Sitzung der neuen Woche beginnen. Sonja war gut gelaunt, denn sie hatte die letzten beiden Tage auf Sylt bei ihrem Freund verbracht. Er war leider oft beruflich super busy, was die ohnehin schon schwierige Fernbeziehung nicht leichter machte. Selbst an den Wochenenden war er oft eingespannt und 12-Stunden-Schichten waren keine Seltenheit. Umso dringlicher war dieses Wohlfühlwochenende mit *quality time nonstop* gewesen. Sie hatte sich am Freitag in den Zug gesetzt und war zu ihm auf die Insel gefahren. Vormittags waren sie bei Schnee und bitterkaltem Ostwind lange am Strand spazieren gegangen. Am Nachmittag hatten sie sich in die Sauna verzogen und die Abende mit Rotwein und Kerzenschein ausklingen lassen. Winterromantik vom Feinsten. Für nächstes Wochenende

hatte er versprochen, sie in Hamburg zu besuchen. Aber dann stand Abenteuer auf dem Programm, denn ihre Freunde planten eine Aktion in einem Waldstück ganz in der Nähe. Es sollte abgeholzt werden, um den Bau einer Umgehungsstraße zu ermöglichen. Bei dem Wald handelte es sich nicht um einen Fichten- oder Kiefernforst, eine auf maximalen Holzertrag getrimmte Monokultur also, wie sie hier im Norden an jeder Ecke stand, sondern um ein natürliches Waldgebiet mit angrenzender Moorlandschaft. Es war ein artenreiches Biotop, das unter keinen Umständen für eine weitere Asphaltpiste weichen durfte. Außerdem gab es genügend alternative Möglichkeiten, die Umgehungsstraße auf Ackerland zu verlegen. Sonja und ihre Freunde waren entschlossen, mit einer künstlerischen Baumbesetzungsaktion auf die Situation aufmerksam zu machen – und ob er wollte oder nicht, sie würde ihn mitschleifen. Wenn er es ernst meinte, würde er sich sowieso an politisches Engagement gewöhnen müssen.
Da klopfte es auch schon an der Tür. Sie nahm einen letzten Schluck Kaffee, atmete tief durch und drei, zwei, eins: Ready for work!
»Guten Morgen! Immer hereinspaziert«, sagte sie fröhlich. Sonjas Stimme klang angenehm. Sanft und warm wie ein Kamillentee mit Honig. Ihre Haut war straff und warf nur dort Falten, wo sie sich beugen musste, wenn es mal wieder etwas zu lachen gab. Sonja lachte gerne, oft und herzlich. Um ihre Stupsnase herum verteilten sich unzählige Sommersprossen, wie dunkle Punkte auf dem roten Rücken eines Marienkäfers. Der kalte Winter hatte sie zwar blass werden lassen, aber ihrem warmen Lächeln konnte das nichts anhaben. Es flutete den ohnehin hellen Raum. Sie stand auf und lief zur Begrüßung hinüber zur Tür.
»Hallo! Schön, dich persönlich kennenzulernen. Mein Name ist Sonja, aber das weißt du ja bereits.« Sie reichte die Hand,

jedoch ohne Resonanz. Stattdessen erntete sie nur skeptische Blicke. Sonjas Lächeln konnte dies nichts anhaben. Sie nickte verständnisvoll und deutete mit der ungeschüttelten Hand auf den Polsterstuhl auf der anderen Seite des hölzernen Beistelltischs. »Warum nimmst du nicht einfach auf dem Sessel hier Platz?«

Auch diesmal war die Antwort nonverbal chiffriert. Die Augenbrauen verzogen sich genervt, aber nach einem Seufzer liefen sie gemeinsam die drei Schritte zurück zum Tisch und setzten sich halb nebeneinander, halb gegenüber.

»Wie geht es dir heute?«, fragte Sonja ruhig.

Ihre dunkelgrünen Augen schienen auf einmal müde. Ihr leicht gelocktes Haar hatte mehr graue Strähnen, als man bei einer Frau Mitte vierzig vermuten würde. Aber Sonja versuchte gar nicht, das Grauweiße in ihrem Haar zu vertuschen. Sie hatte noch nicht einmal daran gedacht, sich die Haare zu tönen. So ein Kokolores kam für sie nicht infrage. Nein, sie trug das graumelierte Haar offen und mit Stolz. Erstaunlicherweise wirkte sie trotzdem gesund und munter, nur nicht besonders ausgeschlafen. Als hätte sie letzte Nacht kein Auge zugetan.

Sonja hatte die Hände auf den Oberschenkeln abgelegt und ertrug geduldig die Stille. Sie nickte fast unmerklich, um zu verstehen zu geben, dass alles in Ordnung sei. Dann lehnte sie sich zurück, schaute durch die Glasfront ihres Studios hinaus auf die graue Landschaft und wartete. Jeder Klient sollte selbst wählen, wie er begann. Es war egal, wo genau er anfing, denn viele Wege führten nach Rom. Die Kunst ihrer Zunft bestand darin, den Patienten abzuholen, und zwar egal wo. Ihn an die Hand zu nehmen, um gemeinsam durch das verschlungene Labyrinth aus Erfahrungen, Erinnerungen und Interpretationen bis zur Quelle des Problems zu gehen, zu driften, zu tanzen oder zu fliegen. Sie wusste, dass es genauso

viele Trampelfade gab wie Patienten, die sich auf den Weg machten. Deshalb würde sie erst einmal geduldig warten.
Nach zwei ungewöhnlich langen Minuten kam Sonja auf die Idee, ein Spielchen zu wagen. Sie drehte sich schwungvoll zu dem hölzernen Regal hinter sich, in dem gut zwei Dutzend Bücher standen, hauptsächlich Lehrbücher, Romane und Gedichtbände.
»Sag einfach stopp, wenn du so weit bist«, sie nahm das graue Strähnchen, das ihr während der eiligen Drehung ins Gesicht gerutscht war, und klemmte es wieder hinter ihr Ohr. »Ach so ... wenn du nicht reden willst, dann klopf einfach auf den Tisch, als Stoppsignal. Okay?«
Natürlich bekam sie keine Antwort. Kein Ja oder Nein, aber auch kein Nicken, Zwinkern oder Kopfschütteln. Egal! Sie schloss ihre Augen und begann ganz langsam, mit dem Zeigefinger über die Buchrücken zu fahren. Doch es blieb still. Gerade als sie kurz davor war, das Spiel abzubrechen, hörte sie ein schwaches Klopfen.
Sonjas Finger war auf einer Bibel zum Stehen gekommen. Überrascht öffnete sie die Augen. Sie zog das Buch heraus und legte es behutsam auf den Schreibtisch.
»Bist du gläubig?«, fragte Sonja, ohne eine Antwort zu erwarten. Sie schaute voller Bewunderung auf die Heilige Schrift vor sich. »Egal! Spielt ja keine Rolle für unser Spiel.«
Sonja begann, vorsichtig in dem Buch zu blättern. Seite für Seite legte sie langsam um, ohne hinzuschauen. Die Bibel war uralt, und Sonja hatte sie schon eine ganze Weile nicht mehr in der Hand gehalten. Ihr Großvater mütterlicherseits war Pastor in einer kleinen norddeutschen Gemeinde gewesen und hatte ihr dieses wertvolle Stück vererbt. Einige Seiten waren bereits den Jahrhunderten zum Opfer gefallen. Die allermeisten aber hatten die unzähligen Kriege und die Hungersnöte genauso überstanden wie die Taufen und Bibelstunden.

Das gute Stück war seit mindestens acht Generationen in Familienbesitz und allein deshalb ein Heiligtum.
Sonjas Blick hing starr auf dem beigefarbenen Tuch an der Wand, und ihr Kopf bewegte sich sachte hin und her. Als wäre sie in Trance. Es klopfte leise und Sonja hielt inne. Anstatt weiterzublättern, fuhr ihr Finger nun sachte über die Zeilen der aufgeschlagenen Seite.
»Stopp, stopp, stopp!«, raunte es ihr auf einmal energisch entgegen.
Sonjas Finger hielt an.
»Was soll denn dieser Quatsch? Ich bin hierhergekommen, weil ich eine seriöse Behandlung erwartet habe und keinen Hokuspokus!«
Sonja klemmte einen Streifen Papier zwischen die aufgeschlagenen Seiten des uralten Testaments, unter die Zeile, an der ihr Finger zum Stehen gekommen war. Behutsam schloss sie das Buch und legte es zurück in das Regal. Dann drehte sie sich wieder um und lächelte zufrieden. »Schön, dass du dich entschlossen hast, mit mir über deine Erwartungen, Ziele und Wünsche zu reden«, sagte sie ruhig und voller Dankbarkeit.
»Du hast vollkommen recht, das *Hoc est enim corpus meum* überlassen wir lieber den Priestern.«
Sonja war weder in der Kirche noch religiös im engeren Sinne. Eher eine esoterische Wissenschaftlerin. Sie hatte Psychologie studiert, dann eine Heilpraktikerausbildung absolviert und war zwischendurch oft und lange gereist. Sie hatte Menschen aus verschiedenen Kulturkreisen zugehört. Sie hatte sich gleichermaßen mit therapeutischer Hypnose, klassischer Psychoanalyse, Verhaltenspsychologie und systemischer Therapie beschäftigt und schreckte auch nicht davor zurück, in ihrem Selbstfindungsstudio gelegentlich Karten zu legen. Nicht weil sie glaubte, man könne damit tatsächlich die Zukunft voraussagen, sondern weil es Patienten gab, die sich lieber auf die Karten als auf die Couch einließen. Es war

elementar, dass sich der Patient dem Therapeuten öffnete, damit dieser Hilfe zur Selbsthilfe leisten konnte. Außerdem erinnerten sie die Tarotkarten immer an ihre Großmutter. Die war Wahrsagerin gewesen und hatte mit Kartenlegen ihr Geld verdient so wie viele weibliche Vorfahren in ihrer Familie väterlicherseits. Sonja hatte sich zurückgelehnt und die Beine überkreuzt.

»Ich bin nur hier, weil meine Mutter mich dazu gedrängt hat.«

»Deine Eltern machen sich wohl Sorgen um dich?«

»Meine Mutter, habe ich gesagt!«

Sonja versuchte, ein Gähnen zu unterdrücken. Erfolglos. Die letzte Nacht war genauso lang und romantisch gewesen wie der Sylter Sandstrand. »Entschuldigung! Ist ja noch früh am Morgen«, sagte sie ironisch und grinste verlegen. »Bist du auch müde?«

»Geht so«, entgegnete es ihr teilnahmslos.

Sonjas Blick verfing sich in dem Traumfänger, der hinter ihrem Patienten in der Yucca-Palme hing. »Sind ihre Sorgen berechtigt?«, fragte Sonja beiläufig.

»Als ob meine Mutter eine Berechtigung für Sorgen bräuchte! Die macht sich doch schon ihr ganzes Leben lang verrückt!«

»Okay, und wie würdest du selbst deine momentane Situation beschreiben?«

Es war wieder eine Weile still, bevor sie eine zögerliche Antwort bekam.

»Ich bin traurig und wütend!«

»Auf einer Skala von null bis zehn, wenn zehn das Maximum ist, wie traurig bist du?«, fragte Sonja ernst.

»Elf!«, kam es wie aus der Pistole geschossen.

»Und wie wütend?«

»Zwölf!«

Sonja nickte wieder unmerklich und machte sich Notizen. »Du bist also völlig verzweifelt. Hast du Selbstmordgedanken?«

»Ich hab mit dem Strick um den Hals auf dem Baum gesessen. Ein Glas selbstgekochten Eibensud in der Hand. Stark genug, um die gesamte römische Armee auszuknocken.«
Mit Eibensud hatte es ihre Mutter auch versucht. Vergeblich. Sonja hatte sie beim Spielen im Garten gefunden. Sie konnte sich noch genau daran erinnern und immer, wenn jemand vom Bogenbaum redete, schossen ihr die Bilder wieder in den Kopf. Ihre Mutter bewusstlos in einer Lache aus Erbrochenem. Als sie die Schuppentür öffnete und die Bilder sah, die sie den Rest ihres Lebens verfolgen würden, war sie gerade einmal sechs Jahre alt gewesen. Ihre Mutter hatte überlebt, aber bleibende Leberschäden davongetragen. Die Sache mit dem Strick um den Hals funktionierte deutlich zuverlässiger, wie sie vier Jahre später herausfand. Zum Glück war Sonja dieser Anblick erspart geblieben. Ihr Vater hatte die Mutter, am Birnenbaum baumelnd, im Garten gefunden.
Es war für weitere zehn Sekunden still gewesen, während Sonja gealbtagträumt hatte. Sie hatten beide durch die Glasfront hinaus ins trübe Grau eines Spätwintertags geschaut. Doch nun drückte Sonja unvermittelt auf das Ende ihres Kugelschreibers und das Klicken hallte im Raum.
»Was hat dich davon abgehalten, deinen Plan in die Tat umzusetzen?«
»Ich saß auf einem alten Birnenbaum ...«
Auch das noch, dachte Sonja.
»... mitten auf der Streuobstwiese, auf der ich als Kind immer gespielt habe. Um den Hals ein Hanfseil, das ich an den Ast geknotet hatte. In der Hand den Becher Eibensud. Ich habe die Augen zugemacht und die Schlaufe festgezogen. Bereit, zu gehen. Für immer! Wirklich! Doch dann habe ich mich selbst gesehen. Damals, wie ich als Kind zwischen den Bäumen auf dieser Plantage umhergetobt bin. Wie ich Purzelbäume gemacht und so viele Kirschen gegessen hab, dass ich den Rest des Tages Bauchschmerzen hatte. Ich sah mich

plötzlich, wie ich einen Haken schlage, um den Baum renne, und dann hängt da vor mir diese Leiche. Ein erwachsener Mensch, der das Leben offensichtlich nicht mehr ertragen hat, schaut aus kalten, leeren Augen auf mich herab. Ich bin so erschrocken, mir ist der Becher aus der Hand gefallen. Ich habe mich an den Baumstamm geklammert und geweint. Bitterlich geweint. Dann hab ich meinen Hals aus der Schlinge gezogen, bin herabgestiegen und langsam mit zittrigen Knien nach Hause gegangen.«

»Sehr gute Entscheidung!«, antwortete Sonja und musste sogar Tränen unterdrücken. Sie wusste genau, warum sie gerade so emotional wurde. Ihr fehlte die professionelle Distanz. Sie hatte täglich mit suizidgefährdeten Klienten zu tun und nie Schwierigkeiten, Abstand zu wahren, aber heute war sie persönlich berührt. Eigentlich hätte sie an dieser Stelle abbrechen müssen. Sie hätte dem Klienten die Telefonnummer eines Kollegen geben und sich selbst einen Termin für eine Supervision besorgen sollen.

»Ich hatte dich ja per Mail gebeten, kurz aufzulisten, was dich beunruhigt, wütend werden lässt oder traurig macht. War es dir möglich, mir etwas aufzuschreiben?«

»Ja«, entgegnete es ihr zurückhaltend. Ein dünnes, in Leder gebundenes Buch aus handgeschöpftem Papier wanderte über den Schreibtisch.

Sonja nahm es entzückt entgegen. »Das ist aber schön! Wo hast du das her?«

»Das ist mein Tagebuch.«

Sonja begutachtete es von allen Seiten. »Das erinnert mich an ein Märchenbuch. Magst du Märchen?«

Ein zögerliches Nicken untermalte die trotzigen Worte. »Ja. Da gewinnen immer die Guten!«

Sonja lachte etwas zu laut und spürte, dass sie gerade am liebsten weinen würde. Wie wahr, wie wahr. Und es war klar, wer der Gute und wer der Böse war. Ganz im Gegensatz zur

Realität, da war das leider meistens etwas komplizierter. Ja, dachte sie, Märchen waren schön. »Darf ich hineinschauen?«
»Sonst hätte ich es Ihnen nicht gegeben«, raunte es ihr entgegen.
Sonja öffnete das Buch, und ihr Blick fiel auf den verrückten Hutmacher, der es sich rechts oben auf Seite eins bequem gemacht hatte. Darunter stand in schnörkeligen Buchstaben:
Sometimes I believe in as many as six impossible things before breakfast.
Sie freute sich. »Alice im Wunderland« war immer ihr absolutes Lieblingsmärchen gewesen. Sie hatte Lewis Carroll stets dafür bewundert, Mitte des 19. Jahrhunderts eine solch emanzipierte Heldin zu erschaffen. Eine, die sich unbekümmert in die Herzen der Kinder und Erwachsenen spielte. Es schien ganz so, als gäbe es hier noch einen Fan. Sonja lächelte warm, während sie anerkennend auf das in Leder geschlagene Buch schaute.
»Das ist dann wohl meine Hausaufgabe. Bis zur nächsten Sitzung arbeite ich es durch. Ich freue mich schon drauf.« Sie holte Luft. »Aber wenn du zurückblickst auf die letzten Wochen, gibt es da etwas, das dich besonders bewegt hat?«
»Sie meinen etwas außer der zum Himmel schreienden Ungerechtigkeit in dieser verfluchten Welt?«
Sonja kratzte sich beiläufig am Hals. »Du bist also der Meinung, dass diese Welt kein guter Ort ist?«
»Der Meinung? Das hat doch mit Meinung nichts zu tun! Diese Welt ist die Hölle!«
»Schau mal da drüben!«, unterbrach Sonja. Sie zeigte aus dem Fenster ihrer Praxis hinaus auf den von Efeu umschlungenen Walnussbaum, der hinter dem Haus stand. »Wusste gar nicht, dass Eichhörnchen in der Hölle leben.«
»*Sciurus vulgaris* bei der Nahrungsaufnahme. Ohh ... wie niedlich! Da können Sie ja gleich mal einen Clip mit Ihrem Handy drehen und den online stellen. Das ist sooo süß, das wird bestimmt millionenfach geteilt. Und die Sonne scheint immer

irgendwo auf diesem Planeten. Ich weiß! Alles nur eine Frage der Perspektive! Sonst noch irgendwelche buddhistischen Weisheiten auf Lager? Dafür bin ich nicht hierhergekommen! Ja, vielleicht scheint in Ihrer Welt die Sonne, Ihre Katzenbabys sind niedlich und zwischen Ihren Räucherstäbchen herrscht immer Harmonie. Bestimmt fahren Sie ein schönes Auto und fliegen regelmäßig ins Urlaubsparadies. Den meisten Menschen auf dieser Welt geht es jedenfalls nicht so gut!«
Sonja atmete tief durch. Nein, oft hatte die Sonne in den letzten Wochen in ihrer Welt nicht geschienen.
»Wir sind dem Untergang geweiht. Überall Ungerechtigkeit, Ausbeutung und Zerstörung, und keiner tut was dagegen. Am schlimmsten ist, dass ich selber nichts mache. Nichts! Absolut gar nichts von Bedeutung! Ich stehe auf, gehe an die Arbeit und lege mich wieder hin. Tagein, tagaus. Welch ein Schwachsinn!«
Die Stimme klang jetzt aufgebracht.
Sonja konnte deutlich die Wut und noch deutlicher die Verzweiflung spüren. »Lass uns doch mal versuchen, Ordnung ins Chaos zu bringen. Was stört dich denn am meisten in dieser Welt?«
»Na, das ist ja genau das Problem! Ich kann mich gar nicht entscheiden, welches die größte Katastrophe ist in diesem riesigen Desaster! Wo soll man denn da anfangen? Vielleicht mit diesem völlig schwachsinnigen Krieg in Europa, der Tausenden unschuldigen Menschen das Leben kostet und abertausende Tonnen Kohlenstoffdioxid zusätzlich freisetzt. Oder wie wäre es mit dem übermäßigen Fleischkonsum in den Industrienationen? Die Fleischproduktion ist weltweit Nr. 2 in Sachen Treibhausgasemissionen und Konsum ein gutes Stichwort. Der ist allgemein aus dem Ruder gelaufen. Der CO2-Ausstoß ist trotz Klimakonferenz und internationaler Diplomatie kein bisschen gesunken, und die Weltbevölkerung wächst weiter maßlos an. Juhu, endlich mehr Konsu-

menten! Aber zum Glück wird ja wieder atomar aufgerüstet. Wir brauchen unbedingt mehr Bomben auf dieser Welt! Ach so, und für den strahlenden Müll der knapp fünfhundert bereits existierenden, zivil genutzten Atomreaktoren gibt es wie viele Endlagerstätten weltweit?«

Sonja war überrascht. Dass ein Patient aus politischer Verzweiflung zu ihr kam, war mehr als ungewöhnlich.

»... genau richtig! Es gibt nach wie vor weltweit kein einziges Endlager für hochradioaktives Material. Der am stärksten strahlende Abfall wird halt mal eben eine Milliönchen Jahre zwischengelagert. Lächerlich! Den *Homo sapiens* gibt es seit ungefähr dreihunderttausend Jahren, und Ihre Generation ist verantwortlich für Müll, der mindestens dreimal so lange strahlen wird, wie es überhaupt Menschen auf diesem Planeten gibt.«

Das war eine Steilvorlage! Atomkraft, nein danke! Es war das beste Beispiel dafür, dass politisches Engagement einer Minderheit das Meinungsbild der Mehrheit in einer Gesellschaft durchaus verändern konnte. Nicht von heute auf morgen, aber von den 80ern bis zum neuen Jahrtausend. Sonja war in den 90ern oft nach Gorleben gefahren, um gegen die Castortransporte zu demonstrieren. »Als ob sich das Establishment von ein paar pazifistischen Gleisbesetzern dazu bewegen lässt, die Atomkraftwerke abzuschalten. Kraftwerke, die Milliarden gekostet haben und die jedes Jahr Millionen Gewinne einfahren«, hatte damals ihr Vater gesagt. Heute war der Atomausstieg beschlossene Sache. Die meisten alten Meiler waren vom Netz und ein knappes Drittel des Stroms kam aus erneuerbaren Energiequellen. Was ihm, wie vielen anderen zu dieser Zeit, völlig utopisch und absolut unmöglich schien, war heute Realität. Auch weil Sonja und ihre Kommilitonen damals weiter Widerstand geleistet hatten. Und wenn die Pandemie in den vergangenen beiden Jahren eines gezeigt hatte, dann doch wohl, wie viel sich in kürzester Zeit ändern

lässt, wenn eine Gesellschaft entschlossen handelt. Wenn das nicht Motivation genug war für politisches Engagement, was dann?
Am liebsten hätte sie sofort eingehakt, aber sie wollte den einmal in Gang gekommenen Redefluss vorerst nicht unterbrechen. Deshalb machte sie sich Stichpunkte und hörte weiter aufmerksam zu.
»Aber hey, radioaktive Strahlung fördert Mutationen im Erbgut, und schließlich haben wir ja auch das größte Artensterben seit den Dinosauriern. Da kann ein bisschen Variation nicht schaden, sonst gibt's bald nur noch Menschen – und wer will das schon? Okay ... die Idioten, die den Regenwald abfackeln vielleicht. Aber da können völlig verarmte Bauern in Südamerika dann wenigstens Soja in Monokulturen anbauen, damit wir weiterhin jeden Tag dreimal Fleisch auf dem Tisch haben.«
Sonja nickte nachdenklich. Es war gut, dass das Schweigen vorüber war und normal, dass, sobald sie die Blockade gelöst hatte, sich ein nicht enden wollender Redeschwall über sie ergoss.
»Außerdem gibt es da sicher noch wichtige Rohstoffe im Boden. Erdöl zum Beispiel. Das brauchen wir schließlich, damit unsere Autos weiter billig fahren und wir genug Einwegplastik herstellen können. Wen interessieren schon ein paar Schmetterlinge im Amazonas, wenn man sich, dank kostengünstigen Erdöls, das ach so lästige Schälen eines Granatapfels sparen kann, weil die süßen, roten Kerne in einem praktischen Plastikschächtelchen im Supermarkt stehen? Ist doch super! Wird ja schließlich alles wieder recycelt! Der Grüne Punkt ist doch das Zeichen für die Kreislaufwirtschaft. Oder etwa nicht?«
Sonja klemmte eine der lockigen Strähnen zurück hinter ihr Ohr. »Natürlich wird nicht alles komplett recycelt, aber die

Quote wurde doch erst von 35 auf 65 Prozent angehoben. Siehst du das nicht als Schritt in die richtige Richtung?«
»Dass ich nicht lache«, schallte es ihr wütend entgegen. »Sie glauben auch alles, ohne mal selbst zu recherchieren. Von den 35 Prozent des Plastikmülls, die hierzulande bisher angeblich wiederverwertet werden, sind es gerade mal sieben Prozent, die tatsächlich zurück in den Kreislauf kommen. Und das ist im internationalen Vergleich immer noch gut. Weltweit sind es circa zwei Prozent. Quasi nichts. Von den restlichen knapp 30 Prozent des recycelten deutschen Plastiks wird eine Hälfte nach Südostasien exportiert und die andere Hälfte geht in die heimischen Müllverbrennungsanlagen. Wo es zur Stromgewinnung wiederverwertet wird. Klar, das ist schon besser, als es in Indonesien oder Malaysia einfach an den Strand zu kippen, aber eben auch nicht das, was sich der Verbraucher unter Recycling vorstellt. Da gucken Sie wie ein Kaninchen?«
Sonja spielte nervös an dem Ring, den sie von ihrem Freund geschenkt bekommen hatte. Es war ihr peinlich, erwischt worden zu sein. Sie hatte die Zahlen der Bundesregierung wirklich nie hinterfragt.
»Das ist ja alles kein Geheimnis. Es gibt tausende Artikel über das Thema. Würde man es ernst meinen mit der Wiederverwertung, bräuchte man vollautomatisierte Anlagen hier in Deutschland. Das Ganze wäre sogar verhältnismäßig kostengünstig. Die Technik dafür gibt es längst. Man könnte sich den völlig unnötigen Transport um die halbe Welt sparen. Ganz zu schweigen von den dramatischen ökologischen Kosten, die die Vermüllung des Planeten verursacht. Man hätte Transparenz und könnte eindeutig kontrollieren, was, wann und wie verarbeitet wird. Das Problem sind doch die Politiker, die am Status quo festhalten. Ohne kluge Rahmensetzung durch Regierungen funktioniert es nicht, aber in den Zeiten des Neoliberalismus gab es eben keinen politischen Willen zur Regulierung. Und jetzt, wo wenigstens die Jugend

erkannt hat, dass sich was ändern muss, sind Demonstrationen und Massenkundgebungen aufgrund der pandemischen Lage auf einmal verboten.«
»Hast du schon mal überlegt, dich politisch zu engagieren?«
»Natürlich habe ich darüber nachgedacht, aber erstens weiß man ja gar nicht, wo man anfangen soll bei all den Problemen, und zweitens bringt das doch alles nichts!«
»Das hat mein Vater auch immer gesagt ...«, entfuhr es Sonja, ohne dass sie es wollte. »Und heute sind die Atomkraftwerke fast alle abgeschaltet. Es bringt eben doch was. Man braucht nur Geduld.« Sie stockte. Eigentlich sollte sie jetzt nicht weiterreden, aber die Worte sprudelten einfach aus ihr heraus. »Am Wochenende ist hier ganz in der Nähe eine Kunstaktion für den Erhalt eines Waldgebietes geplant. 100 Teilnehmer sind genehmigt. Das Motto der Aktion lautet: ‚Wir Tiere leben hier!' Natürlich besteht Maskenpflicht, aber wir wollen die Auflage nutzen, um unserer Kreativität freien Lauf zu lassen. Also wenn du auch noch eine tierisch gute Maskierung zu Hause hast, pack sie ein und mach mit!«
Auf einmal kam ihr eine Idee. Sonja drehte sich um und stieg auf ihren Sessel. Während sie auf Zehenspitzen balancierend mit der einen Hand nach der kostbaren Schachtel griff, hielt sie sich mit der anderen am Regal fest. Gerade als sie das edelhölzerne Kästchen zu packen bekam, verlor sie das Gleichgewicht und stürzte zu Boden. Beinahe hätte sie sich den Kopf am Tisch aufgeschlagen, aber zum Glück verfehlte sie die Kante knapp. Die Kiste war auf dem Teppich gelandet und hatte, wie durch ein Wunder, keinen Schaden genommen. Nur der Deckel war aufgegangen und drei smartphonegroße, bräunliche Kartonrechtecke lagen jetzt neben Sonja.
»Wenn das nicht mal eine spektakuläre Kartenlegeaktion war.«
Sie bekam ein Schulterzucken als Antwort. »Ihr Körpereinsatz hat sich leider nicht gelohnt. Ich habe Ihnen doch schon

gesagt, dass ich mit so ’nem Eso-Quatsch nichts anfangen kann.«
Sonja stand auf. »Ach, wie schade! Dann war ja alles umsonst«, antwortete sie unbeschwert und nahm die drei Karten vom Boden, um sie wieder in die mit Perlmutt verzierte Wurzelholzschachtel zu legen.
»Warten Sie! Anschauen würde ich die Karten schon mal gerne. Nur aus Neugier. Die sind doch uralt.«
»Ja, ein Erbstück meiner Ururgroßmutter. Von Hand und mit Liebe selbst gestaltet vor ungefähr 150 Jahren!« Sie legte die oberste der drei Karten verdeckt auf den Tisch und zwinkerte einmal mit dem rechten Auge. »Wenn du sie dir anschauen willst, dann können wir auch ein kurzes Spiel daraus machen. Die wesentlichen Fragen, die dich beschäftigen, dich traurig und wütend werden lassen, waren: Wer bin ich? Wo fange ich an? Wie löse ich Probleme? Richtig?«
»Ein bisschen pathetisch ausgedrückt, würde ich sagen, aber ja, wenn Sie so wollen, sind das meine Fragen.«
»Gut«, flüsterte Sonja.
»Wer du bist, wird dir die erste Karte beantworten. Du darfst sie umdrehen, wenn du möchtest.«
Sonja lächelte. Sie konnte das Hadern spüren und die Überwindung, die es kosten musste, förmlich riechen. Doch nach einer guten Minute des inneren Kampfes hatte die Neugier gesiegt. Die erste braune Karte, deren Rücken genau wie alle anderen Karten ein schlichtes Kreuz schmückte, wurde umgedreht. Ein Mann, der einen Stab in die Luft hielt, kam zum Vorschein. Eine auf dem Bauch liegende Acht schwebte über seinem Kopf, und auf dem Tisch vor ihm lagen ein Schwert, ein Stern, ein weiterer Stab und ein Kelch.
Sonja beugte sich nach vorne und flüsterte: »Du bist ein Magier! Das heißt, du wirst Initiative zeigen und es zur Meisterschaft bringen in dem, was dich begeistert. Du kannst

Menschen beeinflussen und wirst diese Gabe stets zum Guten nutzen.«
»Das ist wirklich eine wunderschön gestaltete Karte, aber sie passt so überhaupt nicht zu mir. Ich habe mein Studium abgebrochen, kann mich nicht entschließen, was ich jetzt machen soll, und als ich vor vier Wochen bei einer Aktion von Greenpeace versucht habe, Unterschriften zu sammeln, hatte ich die schlechteste Quote von allen freiwilligen Helfern.«
»Das sind die Fähigkeiten, die in dir schlummern. So sagen es die Karten. Nur weil du sie bisher noch nicht entdeckt oder genutzt hast, heißt es ja nicht, dass sie nicht vorhanden sind. Magst du auch die zweite Karte umdrehen?«
»Das ist doch sinnlos …«
Während Sonja die Karte langsam umklappte, sagte sie: »Sie wird dir verraten, wo du anfangen sollst, dein Leben zu verändern.« Sonja lachte, als sie das Motiv erkannte. »Das Rad des Schicksals! Das heißt, du musst gar nichts machen. Es wird einfach passieren. Deine Aufgabe wird dir einfach eines Tages über den Weg laufen. Ist das nicht praktisch? Das heißt doch auch, dass du dich nicht mehr weiter verrückt machen musst. Das Schicksal wird dir helfen.«
»Na klar! Wissen Sie, Sie sind als Therapeutin echt 'ne Zumutung! Stellen Sie sich doch nur mal vor, ich würde Ihnen diesen Schabernack glauben. Nicht auszudenken!«
Die letzte Karte wurde gewendet und ein jämmerliches, gebücktes Skelett mit Sense in der Hand stand vor einer grauschwarzen Landschaft. Bevor Sonja erklären konnte, was der Tod bedeuten sollte, schabten Sesselbeine über die Dielen.
»Es reicht!«
»Jetzt warte doch kurz! Die Karte ist nicht so schlecht, wie du vielleicht denkst. Lass mich das Ganze schnell erklären!«
»Erklären? Sie brauchen hier überhaupt nichts mehr zu erklären. Das Einzige, was ein seriöser Betrachter diesen Karten

entnehmen kann, ist, dass Ihre Ururururgroßmutter eine talentierte Malerin war.«
Sonja fuhr sich durchs Haar. Ja, die Karten waren wirklich schön gestaltet. Die Zeichnungen waren so voller Details.
»Die 350 Euro für eine Sitzung bei Ihnen hätte meine Mutter auch aus dem Fenster werfen oder, wenn es nach mir gegangen wäre, für die Kriegsweisen spenden können. Was Sie hier veranstalten ist gefährlich und sollte verboten werden. Stellen Sie sich mal vor, die Leute würden auf Sie hören und Ihnen glauben, sie wären Magier, denen das Schicksal schon früher oder später alles vor die Füße legt.«
Die Tür schloss sich mit einem lauten Knall. Sonja konnte nicht anders, als zu lächeln. Sie war wie gelähmt. Vielleicht hätte sie diese Behandlung gleich zu Beginn abbrechen sollen. Sie hatte sich viel zu verbunden gefühlt. Sie stand auf und schlenderte zum Fenster hinüber. Auf gar keinen Fall hätte sie sich hinreißen lassen dürfen, eine Einladung zu einer Veranstaltung auszusprechen, an der sie und ihr Freund als Privatpersonen teilnehmen würden.
Ihr Blick schweifte über das erste frische Grün des Jahres, das sich aus dem kalten, dunklen Boden erhob. Es stand eine Übung in Milde an, Milde und Nachsicht mit sich selbst. Die Schneeglöckchen und Blausterne blühten schon. Sie sollte sich selbst ein Kroküsschen geben. Es würde schon irgendwie alles gut werden.

Mal so

Donnerstag, 4. August, 19:19 Uhr, Sylt

Herbert schlug mit der Faust auf den massiven Eichenholztisch.
»Verfluchte Scheiße noch mal! Der dritte Hund, der entführt wurde, und wir haben immer noch nichts in der Hand!« Seine Stirn lag in Falten. Ein Gebirge der Ratlosigkeit. »Wie stehen wir denn da? Wie die letzten Dorfbullen! Und jetzt hat er den Erpresserbrief auch noch mit Mr. Rabbit unterschrieben. Weißt du, was passiert, wenn jemand die Aufnahmen von dir mit dieser Hasenmaske der Presse zuspielt?«
Bernd zuckte nur unbeteiligt mit den Schultern, während Herbert fortfuhr. »Ich verliere meinen Job. Das wird passieren!«
Es war das erste Mal, dass er jemanden suspendieren musste. Seit 25 Jahren leitete er das Polizeipräsidium hier in Westerland, und schon oft hatte er unangenehme Entscheidungen treffen müssen, doch für seine Jungs hatte er sich immer ins Zeug gelegt. Auch für Bernd, obwohl der nie mit besonderer Leistung geglänzt hatte, ganz im Gegenteil. Aber irgendwann musste man die Reißleine ziehen. Linksradikale Ökopolizisten auf seinem Revier würde es nicht geben. Punkt. »Ich scheiß mir doch nicht vor die eigene Haustür! Bevor ich das Risiko eingehe, selbst den Hut ziehen zu müssen, werde ich dich wohl suspendieren. Da musst du schon Verständnis haben.«
Herbert machte eine Pause, und Bernd nahm die Füße von seinem Schreibtisch. »Wie du meinst. Vielleicht hast du Recht und es ist besser für mich. Aber du glaubst nicht wirklich, dass ich diese Hunde entführt habe, oder?«
»Natürlich nicht!«
Dass Bernd zwar ein Versager, aber kein Krimineller war, wusste Herbert. Doch er passte einfach nicht mehr ins Team.

Schließlich war Herbert für eine gewisse Konformität verantwortlich und die Polizei sollte Vorbild, Freund und Helfer sein. Es galt, mit einem fein justierten moralischen Kompass zu agieren, und Bernd hatte durch seine Handlungen klar unter Beweis gestellt, dass er seinen Kompass beim Sprung von Ast zu Ast verloren hatte.

»Es tut mir leid, Bernd!« Herbert schaute zu Boden und schüttelte resigniert den Kopf. »Das Risiko kann ich nicht eingehen. Diese lächerliche Aktion mit der Hasenmaske war einfach zu viel.« Linke Baumbesetzer konnte er aus Prinzip nicht im Team dulden. Wo würden sie hinkommen, wenn jeder in seiner Freizeit tun und lassen konnte, was ihm passte. »Du wolltest nicht freiwillig in den Vorruhestand gehen. Pech gehabt! Jetzt bist du suspen...«

Die Tür flog auf und Katja kam herein. »Was ist denn nun schon wieder los?«

Bernd schien aufzuatmen, und noch bevor Herbert die Möglichkeit hatte, die Situation zu überspielen, antwortete er fröhlich: »Ich bin suspendiert, weil ich auf einer gewaltfreien Demonstration für den Erhalt eines Waldes war. In meiner Freizeit und, wohlgemerkt, unter Berücksichtigung der allgemeinen Maskenpflicht.«

Herbert kochte innerlich. Er stand auf und lehnte sich über den Schreibtisch. »Du bist suspendiert, weil du bei dieser Demo, bei der es im Übrigen durchaus zu Ausschreitungen gekommen ist, eine Hasenmaske getragen hast, die nun in Bezug steht zu einem aktuellen Fall, bei dem wir keine Ermittlungserfolge vorzuweisen haben. Dafür aber einen geisteskranken Entführer, der sich als Mr. Rabbit ausgibt. Wie sieht das denn aus, wenn ein linksradikaler Polizist, der sich gerne mal in seiner Freizeit hinter Hasenmasken versteckt, gegen einen Ökoterroristen ermittelt, der sich Mr. Rabbit nennt und dabei rein zufällig keine Erfolge erzielt?«

Katja schob ihre Brille hoch und verschränkte die Arme. »Wenn du Bernd suspendierst, musst du mich auch suspendieren!«, erwiderte sie entschlossen.
»Herrgott noch mal!«, fluchte Herbert und klatschte erneut auf den Eichenholztisch vor sich. Diesmal mit den flachen Händen, sodass es schepperte wie an einem Polterabend. »Gut, dann seid ihr eben beide suspendiert!«

Eingeflogen

Donnerstag, 4. August, 19:33 Uhr, Hamburg

»Ja, los, dann bring ich dich zum Flughafen. Steig ein, du arme Sau!«
Ralf nahm neben Martin, dem *MenSanta*-Chief Executive Manager für Mitteleuropa, auf der geräumigen Rücksitzbank des Bentleys Platz. Der Fahrer startete den Motor, und sie rollten aus der Tiefgarage der Firmenzentrale.
»Da hast du ja mal richtig in die Scheiße gegriffen«, sagte Martin voller Mitleid.
Ralf konnte sehen, dass es ihm naheging. »Fürchte, du hast recht!«, stimmte er ihm zu.
»Nimm dich ja vor diesem übermotivierten Journalisten in Acht!«
Ralf schaute ihn verwundert an. »Vor wem?«
»Na, vor diesem Journalisten Möchtegern-Marx aus der KPD. Der will sich unbedingt einen Ansteckorden verdienen, indem er nichts als Hetze und Hass gegen rechtschaffene, erfolgreiche Manager wie uns schürt. Man muss sich ja in Deutschland mittlerweile verstecken, wenn man mehr als ein paar Millionen auf dem Konto hat. Da lob ich mir *good old America*. Da kann man wenigstens noch anständig Geld verdienen, ohne sich doof vorzukommen.« Er holte tief Luft und setzte erneut an. »Natürlich sind wir auch nur Menschen und nicht frei von Fehlern. Aber dieses Karlchen will unbedingt die Auszeichnung für fleißige Kommunismuspropaganda. So dringend, dass er in seinen Artikeln alle Tatsachen verdreht. Schließlich sind sowohl Frau Schrink als auch der von mir sehr geschätzte Oliver auf völlig legale Weise zu bescheidenem Wohlstand gekommen.«
Martin räusperte sich. Sein Ellenbogen stieß leicht in Ralfs Seite. »Natürlich lächerlich, was die im Vergleich zu uns

verdienen. Im besten Fall gehobene Mittelschicht, würde mein Kumpel Friedrich sagen.«
Ralf konnte sich ein Schmunzeln nicht verkneifen. Es war einfach ein schönes Gefühl, mehr zu verdienen als die Menschen, die von anderen als stinkreich bewertet wurde. »Jeder bekommt das, was ihm zusteht!«, sagte er und streifte mit dem Daumen seine Nase.
»Die haben hart gearbeitet für den Erfolg. Tausende Arbeitsplätze hier in Europa gesichert, aber darüber spricht niemand«, fügte Martin voller Respekt für die Arbeit seiner Kollegen anerkennend hinzu.
Ralf schaute aus dem Fenster. »Ich muss ehrlich gestehen, dass ich die Lügenpresse schon seit längerem nicht mehr verfolge. Über welchen Journalisten redest du genau?«, hakte er nach.
»Ach, Quatsch! Ist nicht dein Ernst?«
»Doch!«, erwiderte Ralf zunehmend beunruhigt.
»Der, der die Berichterstattung für die *Spiegelbild* macht. Der wird versuchen, euch genauso in den Dreck zu ziehen, wie er das bei den anderen beiden Opfern auch gemacht hat.«
Es reichte langsam mit schlechten Nachrichten. Ralf verschränkte entschlossen die Arme. »Keine Sorge, den knüpfe ich mir schon vor. Genauso wie diesen Geisteskranken, der die Hunde entführt. Das Ganze muss ein Ende haben!«
Martin lächelte zufrieden. »Richtig so!«, er hob den Zeigefinger und wechselte den Gesprächspartner. »Bentley! Schicke Ralf bitte den Kontakt von Reiner.«
Das Auto antwortete mit weiblicher Stimme. »Kein Problem, Martin. Den Kontakt von Reiner Spiegelbild oder Reiner Bundespräsident?«
»Reiner Spiegelbild«, antwortete Martin souverän. Das Telefon in Ralfs Hosentasche summte einmal kurz.
»Das ist die Nummer vom Leiter der Nachrichtenabteilung. Reiner Richter. Guter Freund von mir.«

Ralf bedankte sich. Es würde nicht schaden, einen Audiozugang zum Volkslautsprecher zu haben.
»Was ein Pech, dass du heute nicht mit uns um die Häuser ziehen kannst. Das wird ein Spaß werden!«
Martin zwinkerte ihm zu, und Ralf ahnte, was er verpassen würde. Sie waren alle hier. Jimmy, Paul, James und Chantler! Viele von ihnen kannte er seit Jahren, und sie waren extra aus den Staaten eingeflogen. Heute hätte er sie mal rumführen können. Über die Reeperbahn. Niemand kannte die Schanze besser als er. Er wusste, wo die angesagtesten Bars waren, wo welcher Drink am besten schmeckte und wo es die heißesten Mädels gab.
Er hätte alle eingeladen, so wie immer, wenn er loszog, um einen draufzumachen. Es gab einfach nichts Schöneres, als Freunde einzuladen und richtig auf die Kacke zu hauen. Egal, es ließ sich jetzt nicht mehr ändern. Er musste zurück auf die Insel und Carla aus dem Sumpf ziehen. Er würde sie beschützen, das ging vor.
Ein paar Minuten später hielt der Bentley vor dem Bahnhof Altona und Ralf stieg aus.
»Na dann, viel Glück, mein Lieber!«, wünschte ihm Martin, der immer noch sichtlich berührt war.

* * *

Die Rückenlehne war mehr als unbequem. Dass sich so was Erste Klasse nennen durfte, war eine absolute Frechheit. In Amerika wäre die Airline verklagt worden für diese Sitze. Zu Recht! Ralf nahm ein Gefäß aus der Innentasche seines Sakkos und schraubte es auf. Chantler hatte es ihm in die Hand gedrückt, kurz nachdem die Hiobsbotschaft eingetroffen war.

Hab euch ein kleines Geschenk mitgebracht. Aber lass Carla auch 'n paar drin! Mit besten Grüßen aus den Staaten.
Ja, in Amerika war wirklich alles ein bisschen besser als hier. Selbst die Tabletten. Ralf kippte sich eine auf die Hand. Dann schraubte er den Behälter zu und ließ ihn wieder im Sakko verschwinden. Die Pille schluckte er ohne Wasser einfach runter. Er war mehr als angepisst. Nicht nur, dass er zurück zu Carla nach Sylt musste, während seine Kollegen auf der Bahn die Puppen tanzen ließen, jetzt stockte auch noch das Internet. Wie sollte man sich so angemessen auf den Kampf vorbereiten. Er brauchte schließlich Informationen über seine Gegner. Diesen Wahnsinnigen, der die Hunde entführte, und den Typen von der Presse, der die Rufmordkampagnen gestartet hatte, um die Auflage seines Klatschblatts zu steigern. Wahrscheinlich hatte Carla schon den ersten Anruf von diesem Karlchen bekommen. Sie konnte sich mehr als glücklich schätzen, in dieser Situation einen Weltklasseanwalt wie ihn an ihrer Seite zu haben. Er würde eine Verteidigungsstrategie entwickeln, sobald er genügend Informationen zusammengetragen hatte.
Gereizt fuhr er sich durchs Haar. Er musste sich dringend beruhigen.
Etwas Gutes hatte das Ganze. Die nervtötende Zwergpinscher-Krachmaschine war mal für ein paar Tage außer Haus, und die Stewardessen an Bord waren äußerst attraktiv. Sie hatten soeben das *safety briefing* beendet. Als der Pilot die kleine Propellermaschine von der Startbahn in den Himmel hob, hatte Ralf endlich wieder Empfang. Sein Smartphone lud im Nu die Seite der *Spiegelbild*, und er begann zu lesen.

Aller guten Dinge sind drei Böse

Wieder ein Schoßhund auf Sylt entführt

Ein Artikel von S. Reiter

Carla R. meldete heute am späten Nachmittag das Verschwinden ihrer Zwergpinscher-Hündin »Precious«. Polizeipräsident Leinerath ließ verlauten: Vieles deutet darauf hin, dass es sich um die dritte Tat des »Dog Donators« handelt. Es fehlt weiterhin jede Spur von dem unbekannten Entführer, aber die Ermittler sind zuversichtlich, ihn dieses Mal Dingfest zu machen. Bei aller berechtigter Sorge um die »kostbare« Hündin, fragen wir uns jetzt vor allem:
Was haben eigentlich Carla R. und ihr Lebensgefährte Ralf B. auf dem Kerbholz?

Und mal so

Donnerstag, 4. August, 20:02 Uhr, Sylt

Diesmal klopfte sie höflich an und wartete auf die Aufforderung einzutreten. Herbert stand vor ihr und hatte seinen langen, schwarzen Ledermantel schon übergeworfen. Bereit, nach Hause zu gehen. Aber so leicht würde sie ihn nicht davonkommen lassen. Entweder jeder durfte privat tun, was er für richtig hielt, oder ...
»Die Entscheidung steht fest!«, sagte er harsch. »Ich habe äußersten Respekt für Ihr kameradschaftliches Verhalten, Frau Jansen. Hut ab«, fügte er hinzu und legte eine Hand auf Katjas Schulter, während er mit der anderen den schlichten, schwarzen Hut zückte.
Sein spitzes Kinn erinnerte sie immer an eine frischgestochene Rasenkante. »Es tut mir wirklich leid, Sie sind meine beste Ermittlerin gewesen. Aber zu viel ist zu viel!«, gab er ihr mit fester Stimme zu verstehen.
»Sie haben ja heute Ihre ...«
»Ich möchte jetzt nicht weiter diskutieren«, unterbrach er sie forsch und steckte seine Hände in den Ledermantel.
»... Armbinde und die Hunde gar nicht dabei«, fuhr Katja unbeirrt fort. Sie war nicht gekommen, um sich einfach wieder wegschicken zu lassen. Beiläufig schob sie ein Bild auf den Schreibtisch, mit der Oberseite nach unten. Sodass man nicht sah, wer oder was auf dem Foto abgebildet war.
Schon halb aus der Tür verschwunden, schaute Herbert genervt über die Schulter. »Wovon reden Sie?«
Katja klopfte mit den Fingernägeln rhythmisch auf das Bild. »Also, wenn Sie mich fragen ...« Ihre eckige Brille saß tief, und sie schaute über das schwarze Gestell zu Herbert. »Ich finde, in seiner Freizeit sollte jeder machen können, was er für richtig hält. Solange man sich im Rahmen des Gesetzes bewegt,

spricht doch nichts dagegen«, sie zog die Augenbrauen hoch und klopfte erneut mit den Fingernägeln auf das Bild.
Herbert schaute in den Gang. Vermutlich, um sich zu überzeugen, dass niemand kam. Dann schloss er die Tür hinter sich und machte einen Schritt auf sie zu. »Was meinen Sie?«, fragte er und zog die Augenbrauen an, als wären sie seine Handbremse.
Katja presste die Lippen zusammen und zuckte unschuldig mit den Schultern. Herbert ging zurück zum Schreibtisch, um sich das Bild anzuschauen, aber Katja lehnte jetzt auf dem Polaroid.
»Bernd hat doch nur ein paar Bäume beschützen wollen. Wir wissen beide, dass seine Freundin ihn auf die alberne Idee mit der Maske gebracht hat und dass er nur ihretwegen mit auf die Demo gegangen ist. Er ist halt verliebt.«
Herberts Augen schwenkten nervös von Katja hinunter zu dem Bild und wieder hinauf zu ihrem Gesicht. Perfekt! Genau da wollte sie ihn haben. Mit dem Rücken zur Wand.
»Ich habe keine Hunde! Das wissen Sie! Also, wovon haben Sie eben geredet?«
Katja lächelte zufrieden. Dann nahm sie die Hand von dem Bild und verschränkte die Arme. Sie konnte sehen, wie er am liebsten sofort zugeschnappt hätte. Wie die gespannte Zunge eines Chamäleons schienen seine Finger darauf zu warten, endlich vorzuschnellen.
»Es ist nicht mein Problem, dass Bernd sich eine 20 Jahre jüngere Freundin gesucht hat, die ihm Flausen in den Kopf setzt«, sagte er schließlich und lehnte sich nach vorne. Seine Hand war jetzt nur noch wenige Zentimeter von dem Bild entfernt. »Für die Konsequenzen muss er selbst geradestehen. So ist das nun mal! Bei der Polizei, wie im Leben! Dummheit schützt vor ...«

Katja schob ihren Fingernagel unter das Polaroid und schnippte es auf die andere Seite. »... Strafe nicht! Ich weiß!«, vollendete sie Herberts Satz.
Er hielt die Luft an. Nervös schluckte er. »Wo haben Sie das her?«, fragte er angespannt und setzte sich gleichzeitig auf seinen Chefsessel.
»Von meiner Schwester«, antwortete Katja mit einem bescheiden triumphierenden Lächeln im Gesicht.
»Ihrer Schwester? Sie haben eine Schwester?«
»Ja, und sie lebt in München. Geht gerne auf Mottopartys. Ach, und sie hat ihre Freundin geheiratet. Kann ich ja jetzt sagen, wo ich eh schon suspendiert bin. Oder sind Sie in Fragen der sexuellen Orientierung etwa toleranter als in Fragen politischen Engagements?«
Herbert stammelte. Damit hatte er wohl beim besten Willen nicht gerechnet. Er war ja offensichtlich extra bis nach München gefahren, um unerkannt zu bleiben.
»Soll ich Ihnen das Foto zur Erinnerung an die schönen Stunden mit Ihren Kameraden hierlassen?«, fragte Katja amüsiert. »Ist vielleicht besser, wenn Sie selbst drauf aufpassen. Ich meine, bevor die Presse es in die Hände bekommt.« Sie zwinkerte ihm zu. Dann schnalzte sie mit den Lippen und korrigierte den Sitz ihrer Brille. »Schließlich kann ja nicht einfach jeder in seiner Freizeit machen, was er will. Nicht wahr?«
Herbert steckte das Foto in seine Manteltasche. »Ich werde eine Nacht drüber schlafen«, sagte er gefasst. »Eigentlich geht das Privatleben eines Polizisten ja niemanden etwas an. Da haben sie schon vollkommen recht!«
Katja nickte verständnisvoll. Es hatte geklappt. Bernd und sie würden weiterarbeiten können, und Herbert war jetzt ihr braunes Schoßhündchen. Sie fixierte seine schmalen Lippen. »Wir stehen doch alle füreinander ein! Wir sind schließlich ein Team auf dem Präsidium. Ich kann mir wirklich nicht vorstellen, dass hier irgendwer irgendwen ans Messer liefert.«

Herbert war aufgestanden und zu dem Blechschrank in der Ecke gelaufen. Er rückte die perfekt inszenierte Familienidylle zurecht. In Gold gerahmt standen die drei Bilder von Frau und Kindern auf der sauber geputzten, dunkelgrauen Oberflächlichkeit. Dann strich er sich über den akkurat gezogenen Scheitel. »Im Fall Dog Donator gibt es eine Menge zu tun«, erwiderte er allen Ernstes. »Wir müssen dringend vorwärtskommen. Also machen Sie und Bernd sich endlich an die Arbeit. Retten Sie diesen ...«, er zeichnete Anführungsstriche in die Luft. »... *wertvollen* Hund und ihren eigenen Job! Und verschwenden Sie nicht wieder all Ihre Zeit bei Herrn Arndt am Strand! Wenn Sie diesen Ökoterroristen diesmal nicht schnappen, muss ich Sie suspendieren. Egal mit was für Fotos Sie noch um die Ecke kommen.« Er räusperte sich und griff zu seiner Kopfbedeckung, die er zwischendurch auf dem Schreibtisch abgelegt hatte. »Wenn Sie mich in den Dreck ziehen wollen, kann ich es offensichtlich nicht verhindern, aber solange ich hier noch den Hut aufhabe, wird ordentlich gearbeitet.« Er lief zur Tür hinüber. »Ich muss meine Pflicht erledigen und die Bürger und Gäste dieser Insel beschützen. Das gilt im Übrigen für uns alle. Gute Nacht!«

Angriff ist die beste Verteidigung

Donnerstag, 4. August, 21:12 Uhr, Sylt

Der lange Schatten des Reetdaches reichte bis ins Watt. Von außen betrachtet verströmte der idyllische Klinkerbau in Kampens bester Lage vornehme Ruhe. Im Inneren jedoch ging es heiß her. Ralf hatte die Ärmel seines weißen Hemds hochgekrempelt und lehnte über dem Glastisch in der Stube. Carla knirschte mit den Zähnen, während sie hinüber zum Kühlschrank lief. Ihr strenges Gesicht spannte sich zornig vom etwas zu langen Kinn über die spitze Nase bis zum blondierten Haaransatz. Energisch öffnete sie die Tür. Während ihre Augen auf der Suche nach etwas zu trinken waren, fluchte ihr Mund weiter: »Was haben wir uns denn schon zu Schulden kommen lassen? Sobald man Erfolg im Leben hat, werden sie neidisch und fangen an, auf einen einzuhacken. Diese Geier!«
Ralf ließ den Kopf einmal nach rechts und links zucken, und es knackte so laut, dass Carla es hören konnte. »Beruhig dich, Honey. Ich habe schon einen Plan.«
Doch Carla dachte nicht daran, sich zu beruhigen. »Wehe der Psychopath krümmt Precious auch nur ein Härchen! Wenn der es wagt, meiner unschuldigen, kleinen, süßen Hündin etwas zu Leide zu tun, dann ...« Sie ballte die Faust. »Dann kastriere ich ihn höchstpersönlich und stopfe diesem Monster seine viel zu kleinen Eier so weit in den Rachen, dass er jämmerlich daran erstickt!« Inzwischen hatte sie den Weißwein gefunden und schenkte sich ein Glas ein.
Ralf lehnte sich zufrieden zurück und zog das feine, weiße Pulver noch etwas tiefer in die Nasennebenhöhlen. »Richtig so! Angriff ist die beste Verteidigung! Der spinnt wohl ein bisschen, dieser vollkommen gestörte Verbrecher! Sich einfach an einem wehrlosen Ding wie Precious zu vergehen! Aber da ist er bei uns an der falschen Adresse! Ich habe mir

im Flugzeug schon Gedanken gemacht, wie wir das am besten angehen!«

Carla stellte sich das Glas Weißwein auf Ex rein. Sie wusste nicht, ob es eine gute oder eine schlechte Nachricht war, dass Ralf schon einen Plan geschmiedet hatte. Klar, er war Anwalt, vielleicht einer der besten Wirtschaftsanwälte der Welt, aber in letzter Zeit war sie ihm gegenüber misstrauisch geworden. Erst war ihr aufgefallen, dass hin und wieder mittelgroße Summen von ihren Tagesgeldkonten verschwanden, und letzte Woche dann waren sie komplett abgeräumt worden. Außer Ralf hatte niemand Zugang zu den Konten. Als sie ihn zur Rede gestellt hatte, wiegelte er alles ab.

Zittrig schenkte sie sich ein weiteres Glas Weißwein ein. Vielleicht sollte sie sich seinen Plan wenigstens anhören. Immerhin hatte er einen – im Gegensatz zu ihr. Sie konnte im Moment ja keinen klaren Gedanken fassen. Ralf verschränkte die Arme hinter dem Kopf. Völlig erschöpft ließ sie sich neben ihn auf die Couch fallen.

»Was hältst du davon, wenn wir ein Kopfgeld aussetzen, statt Lösegeld zu bezahlen!«

Carla stutzte. Damit hatte sie nicht gerechnet.

»Eine Prämie auf Hinweise aus der Bevölkerung, die zur Überführung des Täters führen«, fuhr Ralf fort. »Ich will, dass morgen in allen Zeitungen des Landes ein Artikel erscheint. 100.000 Euro Belohnung für den, der hilft, dieses perverse Arschloch endlich hinter Schloss und Riegel zu bringen.« Stolz warf er die Arme über die Couchlehne und schaute erwartungsvoll zu ihr herüber.

»So werden wir ihn niemals bis morgen Abend zur Strecke bringen!«, stieß sie hervor. Der Plan war total verrückt. Es waren in den letzten zwei Monaten keine vernünftigen Hinweise bei der Polizei eingegangen. Warum sollten ausgerechnet in den nächsten 24 Stunden Hinweise eingehen? Noch dazu solch zielgenaue, dass der Entführer geschnappt und

Precious' Leben gerettet werden könnte? Resolut kippte Carla sich das zweite Glas Weißwein in den Kopf, bevor sie sich die nächste Zigarette anzündete. »Wir dürfen unter keinen Umständen zulassen, dass Precious etwas zustößt«, fuhr es entschlossen aus ihr heraus. »Ich glaube, es ist besser, wir zahlen die Millionen, holen uns Precious zurück und kümmern uns dann um den Entführer.«
Ralf verschränkte die Arme. »Wir haben keine Mille, und um sie zu besorgen, brauchst du ein paar Tage! Du willst dir doch nicht die Blöße geben und öffentlich machen, dass wir das Geld nicht haben, oder?«
Nein, das wollte sie nicht. Wenigstens nach außen musste der Schein gewahrt bleiben. Sie würde Geld besorgen. So wie immer; aber Ralf hatte Recht, es würde wohl ein paar Tage dauern. Zeit, die sie nicht hatten.
»Ich habe Precious genauso lieb wie du, aber eine Million ist viel Geld für ein Hundeleben«, sagte Ralf ganz ruhig. So ruhig, als würde es um ein Stück Pflaumenkuchen gehen, nicht um das Leben eines geliebten Familienmitglieds. »Erstens brauchen wir Zeit, damit du das Geld besorgen kannst!«
»Ahh, ich wieder!«, zischte ihn Carla gereizt an. Sie kochte innerlich!
»Ja du! Du weißt genau, wer es uns zur Verfügung stellen wird!«, fauchte er zurück. »Und vielleicht ist es sogar besser, wenn Precious etwas zustößt!«, fügte Ralf nach einem Moment der Ruhe hinzu.
Damit hatte sie nicht gerechnet. Was für ein monströser Satz! Er musste den Verstand verloren haben! So etwas zu denken, war schon ein Skandal. Wütend lief sie zu ihm und holte aus.
»Carla! Ich versteh deine Sorgen, aber vielleicht geht es hier um viel mehr als um das Leben von Precious!«
Sie wollte zuschlagen, mitten ins Gesicht! Was für eine Frechheit von ihm! Er hatte sich ja schon viel erlaubt, aber das war die Krönung!

Ralf griff nach ihrem ausgestreckten Arm, bevor sie zuschlagen konnte. »Vielleicht will dieser Psychopath unser Leben ruinieren?«, sagte er ruhig.
Carla gefror der Atem. Daran hatte sie noch gar nicht gedacht! In den letzten Stunden war es ihr überhaupt nicht möglich gewesen, an etwas anderes zu denken als an ihre geliebte Hündin.
»Wenn er Precious etwas zu Leide tut oder sie ganz und gar umbringen sollte, dann haben wir die Öffentlichkeit auf unserer Seite!«, fuhr Ralf fort. »Wir müssen jetzt strategisch denken. Das hier ist nur der Anfang. Der Typ will uns fertigmachen, genau wie er die ersten beiden Opfer fertiggemacht hat! Die Hunde sind nur Mittel zum Zweck! Er hat es auf Menschen abgesehen. Menschen wie uns, die etwas erreicht haben! Er will Karrieren zerstören.«
Carla begann zu weinen. Was, wenn Ralf recht hatte? Sie hatte ihr ganzes Leben darauf hingearbeitet, in den Vorstand zu kommen. Abitur, BWL-Studium und dann all die langen, harten Jahre durch die verschiedenen Abteilungen. Kollege um Kollege, der versucht hatte, sie zu sabotieren, anzuschwärzen oder sie hinterrücks zu stürzen. Sie hatte es ihnen allen gezeigt. Sie war verdammt stolz darauf, es als erste Frau in den Vorstand von *Sachs* geschafft zu haben. Unter keinen Umständen würde sie ihren Schreibtisch dort kampflos räumen.
Zärtlich streichelte sie Ralf über das lange, dunkle Haar und flüsterte ihm ins Ohr. »Hoffentlich schnappt ihn die Polizei bis morgen.«
Er nahm sein Telefon aus der Tasche. »Schau mal, das ist die Nummer vom Chefredakteur der *Spiegelbild*. Den ruf ich jetzt an und erzähle ihm von den 100.000 Euro Kopfgeld! Ja?«
Carla schluchzte. Sie konnte nicht widersprechen. Ihr schossen die Tränen in die Augen, und sie begann zu zittern. Vielleicht ging es hier wirklich um viel mehr als ein Hundeleben – und vielleicht war es besser, zuerst an sich zu denken?

Falling in Love

Freitag, 5. August, 09:44 Uhr, Sylt

Er hatte nicht widerstehen können. Nachdem er die Mail geöffnet und die ersten Fakten über Carla gelesen hatte, stand fest, er musste darüber schreiben. Dem Dog Donator zuliebe. Der Typ war einfach viel zu cool. Also war er in seinen VW T3 gestiegen und hatte sich auf den Weg zur Insel gemacht. Den letzten Autozug hatte er verpasst, weswegen er in Niebüll hatte übernachten müssen. *So what?* Er liebte es, im Bulli zu schlafen. Obwohl, zum Schlafen war er kaum gekommen. Zum Glück hatte er den Artikel über Oliver Durant noch abgeschickt, bevor er losgefahren war, denn die Internetverbindung in Niebüll war grottenschlecht gewesen.
Kurz nach 23 Uhr hatte Reiner ihn nochmals angerufen, um ihn zu informieren, dass er selbst auf Wunsch des Chefredakteurs und in Absprache mit Ralf und Carla Roth am nächsten Tag einen Artikel auf der Titelseite veröffentlichen würde, im Wesentlichen, um die Bevölkerung zur Mithilfe zu bewegen und das Kopfgeld von 100.000 Euro publikzumachen.
Es schien so, als wäre Reiner jetzt tatsächlich aufs Spielfeld marschiert, um gegen ihn anzutreten. Das hatte Basti nur noch mehr angefixt. David gegen Goliath, Gut gegen Böse, er gegen Reiner! Basti hatte wie im Wahn die ganze Nacht recherchiert. Da er über Carla nicht viel mehr rausfinden konnte, als dass sie bei *Sachs* im Vorstand tätig war, hatte er sich Ralf Berger vorgeknöpft.
Der hatte das letzte Jahrzehnt damit verbracht, einen US-amerikanischen Chemieriesen zu verteidigen. Als Staranwalt von *MenSanta* hatte er mit seinen Fällen immer im Blitzlichtgewitter gestanden. Er hatte die kompliziertesten und bestvorbereiteten Klagen gegen den durchaus umstrittenen Konzern abgeschmettert. Anklagen von Tausenden Chicken-Farmern, die allesamt an Lungen- und Hautkrebs erkrankt

waren, kurz nachdem sie begonnen hatten, *FullCare* in ihren Mastanlagen einzusetzen. Sie argumentierten, dass das Mittel hochgradig krebserregend sei, aber *MenSanta* diese Tatsache in der Produktbeschreibung und den Applikationshinweisen unterschlagen habe. Von *FullCare* hatte Basti vorher noch nie etwas gehört. Auf der Website von *MenSanta* war es als DAS Wundermittel angepriesen worden. Offensichtlich ein Verkaufsschlager. Laut Handbuch kam es am 33. und vorletzten Lebenstag der Masthühner zum Einsatz. Es diente dazu, die dunklen Hallen, in denen die Hühner ihr kurzes Leben fristeten, zu desinfizieren. So sollte ausgeschlossen werden, dass Krankheitserreger von einer Charge Schlachthühner auf die frische Generation Mastküken übertragen wurden. Gleichzeitig sorgte die erste von mindestens zwei Applikationen dafür, dass den Hühnern die Federn ausfielen. Dadurch konnten mit der zweiten Applikation gleichzeitig die Haut der Hühner und der Boden der Mastanlage desinfiziert werden. Das Verfahren war zeitsparend und kostengünstig. Mit Hilfe eines Hochdruckreinigers wurde die gesamte Halle inklusive der darin befindlichen schlachtreifen Hühner zweimal abgespritzt. Die Federn wurden zusammen mit den auf dem Boden befindlichen Fäkalien in die extra dafür vorgesehenen Abläufe im Boden gespült. Zurück blieben nur gut gemästete, einwandfrei saubere, schlachtreife, nackte Hühner und ein sauber glänzender Boden. Perfekt! Außerdem erleichterte die Behandlung auch die Weiterverarbeitung im Schlachthof, weil so ebenfalls sichergestellt war, dass keine Keime von den Mastanlagen in die Fleischfabriken gelangten, oder noch schlimmer, eventuell bis zum Verbraucher.

Seltsamerweise hatte sich, seit Beginn des Einsatzes von *FullCare* Anfang der Neunziger, die Zahl an Chicken-Farmern, die an Haut- und Lungenkrebs litten, verhunderttausendfacht. Selbstverständlich stritt *MenSanta* jeglichen Zusammenhang ab und wies die Verantwortung von sich. Das

Unternehmen hatte im Laufe der Zeit mehrere Dutzend Studien in Auftrag gegeben. Allesamt mit dem Ergebnis, dass das Allzweckdesinfektionsmittel, von welchem den Hühnern die Federn ausfielen und das deren Haut zu 99,998 Prozent keimfrei machte, hundertprozentig sicher und absolut ungefährlich für Menschen sei. Der Verbraucher kam sowieso nie in Kontakt mit dem Mittel, da die Hühner am Ende der Verarbeitungskette nochmals mit *SkinCare*, einem weiteren Produkt von *MenSanta*, gereinigt werden mussten.
SkinCare, mit Wasser verdünnt und besser bekannt als Chlorbad, wurde zu einem Politikum im Freihandelsabkommen zwischen Amerika und Europa. *FullCare* nicht! Dank Ralf Berger. Er hatte *MenSanta* gegen Tausende Klagen von Farmern aus dem mittleren Westen verteidigt und immer gewonnen. Sein Job war es gewesen, Strategien zu entwickeln, um die einfachen Farmer, die reihenweise Klage einreichten, vor Gericht wie Idioten aussehen zu lassen. Er zeigte auf, wie sie die Sicherheitsmaßnahmen im Umgang mit dem Produkt sträflich vernachlässigten und sich so grob fahrlässig und selbstverschuldet einer Überdosis aussetzten. Ralf hatte vor Gericht immer darauf bestanden, dass *MenSanta* seiner Informationspflicht nachgekommen sei und die Produkte, sofern sie richtig angewendet wurden, alle internationalen Standards erfüllten. Die Schuld müsse folglich beim Anwender, nicht beim Hersteller liegen.
Dass die Bauern von *MenSanta,* wie auch von anderen multinationalen Konzernen, ökonomisch dazu gezwungen wurden, die Produkte einzusetzen und die Sicherheitsmaßnahmen so weit wie möglich runterzufahren, um Zeit zu sparen, damit sie am Ende wenigsten noch ein paar Cent pro Huhn verdienten, hatte er natürlich unterschlagen. Ralf war vielleicht ein Arschloch, aber nicht schwachsinnig.
Irgendwann kurz vor vier Uhr morgens war Basti dann doch noch mal eingenickt. Ein knappes Stündchen bevor der Zug

auf die Insel abfuhr. Noch ziemlich durch den Wind, war der himmelblaue T3 aus der ersten Etage des rostroten Doppeldeckers hinab auf die Insel der Reichen und Schönen gerollt. Zuerst hatte er im Präsidium Westerland gestoppt, um die für neun Uhr angesetzte Pressekonferenz zu verfolgen.
Nachdem diese ohne wirkliche Neuigkeiten vorübergegangen war, beschloss Basti, jenen Rettungsschwimmer aufzusuchen, der nach der Entführung von Dackel Ray in Untersuchungshaft musste und noch immer vielen als tatverdächtig galt. Also schwang Basti sich hinters Steuer, und Jolly rollte Richtung nördlichster Gemeinde Deutschlands.
Basti war jedes Mal aufs Neue begeistert von der Landschaft. Das Heidekraut stand in voller Blüte, und alles leuchtete violett. Da, wo der blanke, beigefarbene Sand die Grün- und Brauntöne der *Erika Zehen* küsste, da war die Welt noch in Ordnung. Weite Flächen waren durch Naturschutzmaßnahmen davor bewahrt worden, als Eigenheimtraum unter Reet zu enden. Als immobiliares Investmenttool. Auch deshalb konnten hier noch Bienen fliegen und den unvergleichlichen Honig der Heide sammeln. Jedenfalls wenn sie es schafften, den teuersten, edelsten und schnellsten Fliegenklatschen der Welt zu entkommen. Die Straßen waren voll von ihnen. Allein in den letzten fünf Minuten von Kampen bis ins Listland war er auf geschätzte 11 Millionen Euro sauber lackiertes Blech gekommen. Den Parkplatz, auf dem er gerade seinen himmelblauen T3 abstellen wollte, nicht einberechnet. Hier stand mit Sicherheit noch mal genauso viel vierrädriges Vermögen herum. Was für ein Wahnsinn!
Basti hielt an dem kleinen Häuschen mitten in den Dünen. *Abessinien* stand auf einem Schild an der winzigen, roten Hütte. Er kurbelte mit gezücktem Geldbeutel das Fenster runter, um ordnungsgemäß die Parkgebühr zu entrichten, als ihn aus heiterem Himmel der Blitz traf. Boooom! Die junge, blonde Kassiererin raubte ihm spontan den Verstand. Basti

hatte es die Sprache verschlagen. Er wusste, dass Frauen wie sie eine Liga zu hoch waren für einen Typen wie ihn. Er war zwar durchtrainiert, aber sein Gesicht war etwas verschroben. Er trug eine Brille, war schüchtern und zu allem Überfluss nur 1,63 klein. Egal, was einem Freunde versuchten einzureden, das war einfach zu wenig, um Frauen wie sie zu begeistern. Das wusste er sofort.
Basti war Single, schon immer. Damit hatte er sich abgefunden. Das Leben allein hatte auch seine Vorteile. Er konnte so langsam laufen, wie er wollte, ohne dadurch jemanden aufzuhalten. Er konnte jederzeit für eine Reportage um die Welt reisen, ohne es abstimmen zu müssen, und er hatte die gesamte Breite des gemütlichen Bettes in seinem Bulli ganz für sich allein. Gleichwohl – Letzteres hätte er gerne mal mit dieser Kassiererin geteilt.
Unbekümmert lächelte sie ihn an und bat um drei Euro Parkgebühr. Die Zeit schien still zu stehen.
»Hey!« Sie winkte ihm aus einem halben Meter Entfernung zu. »Alles gut bei dir?«
Basti schüttelte sich. »Ähh ... ja ... ähm ... was kostet das Parken hier?«
Sie lachte. »Wie gesagt, drei Euro bitte und die Kurkarte.«
Sie schien routiniert im Umgang mit überforderten Männern wie ihm. Es war wahrscheinlich nicht das erste Mal, dass ihr das passierte. Basti schämte sich. Nachdem er es endlich hinter sich hatte, fuhr er noch immer völlig benommen über den Schotter auf der Suche nach einem Parkplatz. Als der Bulli zum Stehen kam, atmete er tief durch.
»Wow! Jolly, hast du die gesehen! Das war ja wohl mal die schönste Frau auf der ganzen Welt!«
Doch bevor Jolly antworten konnte, schrien schon die Daltons von hinten.
Joe: »Ganz recht!«
Wiliam & Jack: »Wirklich sehr entzückend!«

Averel: »Wer? Wo? Kannst du noch mal zurückfahren? Ich hab sie nicht gesehen!«
»Nein kann ich nicht! Und euch hat auch keiner gefragt!«, antwortete Basti verärgert und zwängte sich durch den Gang. Gleich hinter dem Fahrersitz war die Küchenzeile, und dort standen im Regal zwischen Pfeffer, Salz und Curry auch die Daltons! Vier Kakteen, die wie Orgelpfeifen einer größer als der andere waren.
Joe: »Die musst du dir schnappen!«
Wiliam & Jack: »Ganz genau! Joe hat recht! Schnell, bevor sie jemand anderes klaut!«
Averel: »Ach schade, dass ich sie nicht gesehen habe? Wie klaut man denn eine Frau? Das haben wir ja noch nie gemacht!«
Basti schlug auf die Küchenzeile! »Ruhe jetzt! Hier wird niemand geklaut!«
Die Daltons waren manchmal echt nervig, aber er hatte sie genau wie Jolly von seinem Bruder Luke geschenkt bekommen. Lukas war drei Jahre älter als er und ziemlich *lucky*. Ihm war im Leben einfach alles zugefallen. Er hatte Maschinenbau studiert und vor fünf Jahren geheiratet. Jetzt arbeitete er bei Tesla in Grünheide, hatte eine tolle Tochter und das perfekte Leben. Außerdem war er 11,6 cm größer als Basti. Mit knapp eins fünfundsiebzig wäre Basti auch alles geglückt. Frustriert steckte er seinen Laptop in die Ledertasche und öffnete die Schiebetür.
»Sei einfach freundlich und bleib du selbst!«, sagte Jolly, als Basti ausstieg.
Basti nickte und nahm all seinen Mut zusammen. Er musste wenigstens probieren, sie anzusprechen. Er lief zurück zu dem kleinen Häuschen, vor dem die unbekannte Schönheit auf der Bank saß.
»Du, 'tschuldigung! Wo geht's denn hier zum Strand?«, fragte er, obwohl er den Weg kannte!

Sie lächelte und zeigte mit der Häkelnadel in Richtung Übergang.
»Mein Name ist Basti, und ich bin Journalist!«, sagte er höflich.
»Hallo Basti, ich bin Lotta, die Parkplatzwärterin«, antwortete sie beiläufig und schaute von dem Telefon, das neben ihr auf der Bank lag, nun direkt in seine Augen.
Wow, das war eindeutig zu viel für ihn. Er wäre beinahe rückwärts umgekippt, konnte sich aber gerade noch abfangen.
»Ähh … das habe ich mir schon gedacht! Also, ich meine, das mit dem Job. Also, dass du hier Parkplatzwächterin bist«, stammelte er sich um Kopf und Kragen.
Lotta schien es gelassen zu nehmen. Sie lächelte einfach weiter, aber Basti spürte, wie er einen hochroten Kopf bekam. Scheiße.
»Also ähh …!«, fuhr er fort. »Ich suche Holger Arndt. Der ist doch Rettungsschwimmer hier, richtig?«
Sie rümpfte die Nase, als ob die Frage nach Holger schon stinken würde. »Ja«, antwortete sie und wirkte dabei auf einmal ziemlich steif. »Den kannst du nicht verfehlen«, fügte sie hinzu. Während das Lächeln in ihrem wunderschönen Gesicht verblasste, zeigte die Häkelnadel in ihrer Hand jetzt noch energischer Richtung Strandübergang.
»Hey, danke. Ja super cool von dir. Dann geh ich mal rüber. Ich will ihn nämlich interviewen.«
Eigentlich hätte er am liebsten noch stundenlang mit ihr geredet, aber sie war still und häkelte, und er wusste nicht, was man in solch einer Situation sagte oder tat. Deshalb lief er weiter. Im Vorbeigehen bemerkte der Autofreak in ihm, dass an dem silbernen Renault Kangoo, der hinter dem Kassenhäuschen stand, eine Radkappe fehlte. Dafür baumelte ein Traumfänger am Spiegel und auf der Heckklappe klebte ein Fischsymbol. Der offensichtlich gläubige Franzose gehörte zu ihr. Ganz sicher.

Basti war jetzt völlig aufgedreht. Und ein bisschen stolz auf sich, denn er hatte es gewagt, sie anzusprechen. Lotta, das war aber auch wirklich ein außergewöhnlich schöner Name. Er traute sich nicht, weiterzudenken. Doch so sehr er sich auch auf das bevorstehende Interview zu konzentrieren versuchte, sie ging ihm nicht mehr aus dem Sinn. Wie ein Engelchen schwebte sie bei jedem Schritt um seinen Kopf, während er sich darüber freute, gleich das Meer zu sehen. Mit jedem Meter fiel ein bisschen Alltagstrubel von seinen Schultern, und er wurde leichter. Er mochte dieses Gefühl. Denn egal, wo auf der Welt er an den Strand kam, es fühlte sich immer gut an. Aber so gut wie heute hatte es sich noch nie angefühlt.

Unter der Lupe

Freitag, 5. August, 11:11 Uhr, Sylt

»Ist das ekelhaft hier! Wie kann man nur so leben?«
Katja hielt sich die Nase zu, während Bernd sich betroffen umschaute. In Holgers Küche stapelte sich das dreckige Geschirr neben gelben Säcken voll Müll.
Bernd lächelte verständnisvoll. »Wer braucht schon Topfpflanzen, wenn man so herrliche, bunte Schimmelpilze haben kann.« Aus einer geöffneten Tupperdose blitzte ihn grüner, blauer, schwarzer und weißer Schimmel mit lila Flecken an.
Katja drehte sich angewidert um und hielt sich die Hand vor den Mund, als wäre sie kurz davor, sich aus Ekel gleich zu übergeben. Dann öffnete sie vorsichtig die Tür zu Holgers Zimmer. Eine schwere Wolke kalten Rauchs schlug ihr ins Gesicht. Es stank nach Aschenbecher und verkipptem Dosenbier. Das Chaos schrie sie an.
Räum mich auf!
Sie schüttelte den Kopf. Klamotten, Zigarettenpackungen, Surfmagazine, eine Videospielkonsole und vier Controller, Damen- und Herrenunterwäsche, alles kreuz und quer über den Fußboden verteilt.
Wie verschieden die beiden doch waren, dachte Bernd. Christians Apartment war sauber und ordentlich gewesen. Hübsch aufgeräumt und gut sortiert. Und das, obwohl er sich den kleinen Raum, mit seiner Freundin Sophie teilte – oder vielleicht gerade deswegen. Wobei Bernd ihn von Anfang an als ordentlichen und korrekten Typen eingeschätzt hatte.
Sie hatten nichts Verdächtiges finden können. Zumindest nichts Offensichtliches. Das Labor würde klären, ob die Proben und Fingerabdrücke, welche die Kollegen von der Spurensicherung genommen hatten, Hinweise ergaben. Mit dem bloßen Auge aber hatte man nichts Außergewöhnliches ausmachen können. Ganz im Gegensatz zu Holgers Zimmer.

Das Erste, was Katja dort aufgefallen war, nachdem sie sich beruhigt hatte, waren die Dosen von Hundefutter im Müll. Während in Christians Kühlschrank nur Biogemüse und Veggie-Aufstriche zu finden waren, ernährte sich Holger offenbar ausschließlich von Tütensuppen und Fertiggerichten. An der schwarzen Jacke, die über seinem Stuhl hing, hafteten kurze, weiße Haare. Vermutlich die eines Hundes. Katja machte ein Foto, bevor sie eines vorsichtig mit der Pinzette in eine Plastiktüte packte.

»Wir hätten ihn nicht aus der Untersuchungshaft entlassen dürfen. Die Sache ist doch eindeutig«, entfuhr es ihr frustriert.

Bernd nickte nachdenklich, obwohl er seine Zweifel hatte. »Ja, natürlich spricht alles dafür. Die DNA-Spuren ...«

»Kein einziges belastbares Alibi zu allen Tatzeitpunkten. Holgers Auto ist immer in der Nähe der Tatorte gesehen worden, und er hatte sexuellen Kontakt mit den Opferfrauchen. Das heißt, er hatte vermutlich recht freien Zugang zu den Grundstücken«, ergänzte Katja. »Ach ja, und letztes Mal hast du ja sogar Haare von Ray in seinem Kofferraum gefunden! Leider ohne, dass wir eine Durchsuchungsgenehmigung hatten. Komm schon, das ist doch eindeutig! Er ist nur wieder auf freiem Fuß, weil die von der Staatsanwaltschaft zu viele Verfahrensfehler bei der Beweisaufnahme gefunden haben und sich deshalb nicht getraut haben, die Anklage zu eröffnen. Also, Bernd, ab jetzt muss alles nach Vorschrift laufen. Das ist wirklich wichtig.«

Wahrscheinlich hatte sie recht. Wie immer. Bernd rieb sich über die lange Stirn. Genau nach Vorschrift arbeiten war nicht sein Ding. Aber es gab noch etwas, das ihn viel brennender interessierte. »Sag mal, weißt du, was mit Herbert über Nacht passiert ist?«

Am Morgen hatte er auf dem Revier einfach so getan, als wenn alles in bester Ordnung wäre. So als ob das Gespräch gestern nicht stattgefunden hätte. Mit seiner Kaffeetasse in

der Hand hatte er Bernd wie jeden Morgen begrüßt und gefragt, wie die Ermittlungen liefen. Ob alles okay sei und er sie irgendwie unterstützen könne.
Katja versuchte, sich ein zufriedenes Lächeln zu unterdrücken, aber Bernd erkannte sofort, dass sie wusste, was gespielt wurde. Sie zuckte unschuldig mit den Schultern. »Vielleicht hat er eingesehen, dass auch Staatsdienern ein bisschen Privatsphäre zu gönnen ist.«
Seine über die Jahre lang gewordene Stirn runzelte sich wie ein Waschbrett. Wie nur hatte Katja das wieder angestellt. Bernds Telefon klingelte. Das musste seine Freundin sein. Als er gestern Nacht nach der Ansage von Herbert nach Hause gekommen war, hatte er vergessen, sie anzurufen. Eigentlich hatte er nur fünf Minuten auf der Couch ausruhen wollen, aber natürlich war er eingeschlafen und das, obwohl sie sich ausdrücklich zum Telefonieren verabredet hatten. Es war ihm nicht zum ersten Mal passiert, und sie musste stinksauer sein. Er war ja selbst genervt von seiner Disziplinlosigkeit und konnte sie vollkommen verstehen. Es war aber auch wie verhext. Jedes Mal, wenn sie sich verabredeten, kam etwas dazwischen. Er hatte es diesen Sommer noch nicht geschafft, sie ein einziges Mal zu besuchen. Als er das letzte Mal bei ihr war, waren sie auf der Demo gewesen, die ihm nun beinahe den Job gekostet hatte. An den beiden Wochenenden, die sie sich diesen Sommer freigeschaufelt hatte, um auf die Insel zu kommen, hatte Bernd Überstunden machen müssen, weil wieder ein Hund entführt worden war. Sie hatte es von Anfang an nicht cool gefunden, dass er Cop war, mittlerweile musste sie seinen Job hassen, und wenn es so weitergehen würde, war er wohl bald Single und arbeitslos. Er fasste in seine Hosentasche, um das vibrierende Telefon herauszuholen.

»Ist bestimmt mein Sonnenschein!«, sagte er und kratzte sich verlegen am noch lockigen Hinterkopf. »Könnte etwas länger dauern, wir haben gerade eine kleine Beziehungskrise.«
Katja nickte verständnisvoll. »Nimm dir mal Zeit für sie. Ich kümmere mich hier um alles.«
Bernd ging in den Flur. Seltsam! Der Anruf kam von einer unterdrückten Nummer. Er nahm ab, doch die Stimme, die ihn begrüßte, war nicht die, die er erwartet hatte.
»Entschuldigen Sie meinen Anruf, aber ich habe Informationen, die durchaus von Interesse für Sie sein könnten.«
»Mit wem spreche ich da?«, fragte Bernd überrascht.
»Der Schlüssel liegt in der dunklen Holzkiste, die hinter dem Rettungsschwimmerturm steht. Ein unscheinbarer Schlüssel an einem weißen Band«, entgegnete ihm die Stimme, die er von irgendwoher kannte.
»Wovon reden Sie?«, unterbrach er den Unbekannten.
»Das erkläre ich Ihnen beim nächsten Mal! Besorgen Sie sich den Schlüssel, ohne dass Holger, Christian oder Ihre Kollegin es merken. Sie wissen doch, wie allergisch Frau Jansen auf Hinweise durch die Presse reagiert! Ich arbeite für die *Spiegelbild* und habe noch mehr interessante Neuigkeiten für Sie, aber alles zu seiner Zeit.«
»Wer sind Sie, und was wollen Sie?«, entgegnete Bernd verwundert, doch da war der Groschen bereits gefallen. Den ersten Teil der Frage konnte er nun selbst beantworten. Es musste dieser neugierige kleine Kerl sein, den er auf der Pressekonferenz schon ein paar Mal gesehen hatte. Der, der den Entführer auf den Namen Dog Donator getauft hatte. Die Antwort auf den zweiten Teil ließ auch nicht lange auf sich warten.
»Ihnen etwas unter die Arme greifen, einen Gefallen tun! Wenn Sie es nicht versauen wollen, sagen Sie Ihrer Kollegin nichts davon und besorgen sich den Schlüssel. Bis später, Herr Borcherts!« Der Anrufer legte auf.

Bernd war völlig verwirrt. Ja, es stimmte. Katja reagierte allergisch auf alle Hinweise aus der Presse, aber woher wusste der Anrufer davon? Es gab nur eine Möglichkeit!
Katja kam auf ihn zu. »Das ging aber schnell! Habt ihr euch wieder vertragen?«
Bernd schüttelte den Kopf.
Sie boxte ihn leicht gegen die Schulter, so wie sie es immer tat, wenn sie ihm Mut machen wollte. »Ach, das wird schon wieder! Es ist ganz einfach! Wenn du was falsch gemacht hast, entschuldige dich. Und wenn sie was falsch gemacht hat, dann entschuldige dich auch. So und jetzt fahren wir erst mal zum Strand und nehmen uns Holger und Christian vor.«

Pustekuchen

Freitag, 5. August, 13:12 Uhr, Sylt

»Was hältst du eigentlich von dem kleinen, dunkelhaarigen Kerlchen, das die reißerischen Artikel über den Dog Donator schreibt?«, fragte Bernd auf der Fahrt zum Strand.
»Das ist ein Journalist wie jeder andere. Die Pressevögel sind mit Vorsicht zu genießen. Das weißt du doch!«, antwortete Katja, die sich hinter dem Steuer des schwarzen Audi R6 über die Frage wunderte. »Das sind alles falsche Schlangen. Eine windiger als die andere. Geier, die nichts als die nächste Schlagzeile im Sinn haben.«
»Ja ja, da hast du schon recht, aber irgendwie hat das Kerlchen auf mich einen vertrauenerweckenderen Eindruck gemacht. Schließlich waren seine Artikel gut recherchiert, ziemlich objektiv, und er war erstaunlich freundlich während der Pressekonferenzen. Necht?«
Katja seufzte. »Nicht dein Ernst?«, antwortete sie enttäuscht. Das musste ihm seine Freundin eingeredet haben. Die fand die kapitalismuskritischen Artikel bestimmt gut. Wie es sein konnte, dass diese übermotivierte, halbe Portion, die überhaupt in der *Spiegelbild* veröffentlichen durfte, hatte sie sich schon von Anfang an gefragt.
Bernd schob die Unterlippe unter die Oberlippe, so wie er es oft tat, wenn er in Gedanken abdriftete. Sein Schnauzer kratzte. Er strich über sein Kinn, und es sah so aus, als hätte er einen Kugelfisch auf seinem Hals. Okay, einen Kugelfisch mit schwarzgrauen Locken unter der Halbglatze, Dreitagebart und Schnauzer hatte Katja zwar noch nie gesehen, aber das hieß ja noch lange nicht, dass es keinen gab. Die Tiefsee versteckte noch so manches Geheimnis. Jetzt begann er auch noch zu reden! Na gut, an dieser Stelle musste sie sich eingestehen, dass die Kugel auf Bernds Hals wahrscheinlich doch eher kein Fisch war.

»Schon gut!«, entschuldigte sich der kugelfischartige Kopf neben ihr. »Hatte nur den Eindruck, dass der seriöser ist! Aber was mich viel brennender interessiert, ist, was du gestern Abend noch mit Herbert gemacht hast?«
Katja seufzte. Weißt du, meine Schwester arbeitet doch im Münchner Edel-Gayclub *Pustekuchen*. Dort hatte sie zufällig bei einer Motto-Party ein Foto von jemandem gemacht, der eine Uniform mit roter Armbinde trug und in Göbbels-Manier posierte. Vor dem *Unbekannten* knien zwei in Latex gehüllte Männer, angekettet wie Schäferhunde. Nach der Begutachtung dieses epischen Selbstportraits hat Herbert unverzüglich seine Meinung geändert und entschieden, dass jeder in seiner Freizeit tun und lassen kann, was er für richtig hält.
Nein, sowas würde sie nie sagen. Sie war loyal. Ihm gegenüber genauso wie Herbert. Keiner würde hier irgendjemanden ans Messer liefern. Auf dem Bild waren kein Hakenkreuz, keine Reichsflagge und kein Reichsadler gewesen. Die Szene wurde auf einer Zwanziger-Jahre-Motto-Party in einem Gayclub aufgenommen. Grenzwertig und geschmacklos? Ja! Illegal? Nein!
Katja parkte den Wagen auf dem FKK-Parkplatz und schaute Bernd ernst an. Wie eine Grundschullehrerin, die seine Hausaufgaben kontrollieren wollte und genau wusste, dass er mal wieder keine gemacht hatte. »Ich bin zu ihm ins Büro und habe versprochen, dass ich darauf aufpassen werde, dass du dich benimmst! Dass dieser Fall gelöst wird, und zwar von uns beiden zusammen innerhalb einer Woche!« Sie löste ihren Gurt und schüttelte resigniert den Kopf, als sie bemerkte, dass er nicht angeschnallt war. Dann öffnete sie die Tür. »Also, los geht's! Wir haben keine Zeit zu verlieren!«

* * *

»Guten Morgen, Herr Anderst!«
Christian sprang erschrocken auf. »Guten Morgen, Frau Jansen!«
»Wo ist Ihr Kollege?«, fragte sie in strengem Tonfall.
Christian deutete aufs Wasser. »Der ist beim Training. Morgensport«, antwortete er nervös.
Katja schaute sich um. In einiger Entfernung konnte sie jemanden im Wasser ausmachen.
Christians Stimme wackelte auffällig unsicher. »Kann ich Ihnen irgendwie weiterhelfen?«
Katja schaute ihn skeptisch an. »Vielleicht später! Wir würden gerne zuerst mit Herrn Arndt sprechen, und zwar umgehend!«
»Verstehe.« Christian schlängelte sich an ihr vorbei hinüber zu der großen, leuchtroten, runden Boje, die hinter der Brüstung klemmte. Sie war mit einem Tau am Geländer befestigt, über das Christian sie nach vorne warf. »Holger ist in einer Minute bei Ihnen, Frau Jansen.«
Katja stand noch immer in der engen Hütte und schaute sich um. Wie ein Puppenhaus wirkte der ungefähr drei mal drei Meter große Plastikkubus mit dem roten Spitzdach. Drinnen war alles praktisch eingerichtet. Zwei Stühle vor den großen Glasscheiben Richtung Westen. Ein einfaches Holzbrett klemmte unter der Scheibe und diente als Tisch. Über den Fenstern gab es noch Stauraum, der hauptsächlich mit roten Klamotten gefüllt war. Ein weiteres großes Fenster nach Süden und eines nach Norden schmückten die Kabine, damit die Rettungsschwimmer volle Rundumsicht hatten. An der Rückwand war noch ein Regal, in dem der Sanitätsrucksack mit dem Defibrillator, einem Verbandkasten, Decken, Geschirr, Besteck, Surfwachs und anderer Kleinkram lagen. Auf Christians Seite war die Garderobe angebracht, ein Brett mit Haken, an denen diverse Jacken hingen. An der Rückwand

war die Eingangstür, in der Katja naserümpfend stand. Es roch nach einer Mischung aus Sonnencreme, alten Neoprenanzügen, Algen und Männerschweiß, gewürzt mit einer Prise Lagerfeueraroma.
Katja schaute durch die Fenster hinaus zu Bernd und Christian, die es sich auf der hölzernen Terrasse gemütlich gemacht hatten. Ihr Blick schweifte hinüber zu Holger, der sich gerade umdrehte und mit einer Welle Richtung Strand surfte. Die Einrichtung erinnerte sie an eine Blockhütte im Ferienlager, und auch Holger und Christian wirkten wenig erwachsen auf sie. Männer, die sich nicht um Familie bemühten, waren greise Knaben. Hoffentlich würden ihre Söhne mal nicht genauso werden, dachte sie beim Verlassen des infantilen Puppenhäuschens.
Holger kam mit dem Brett unter dem Arm Richtung Turm gerannt. Er schlug am Fahnenmast ab.
Christian drückte auf den Knopf an seiner Armbanduhr. »53,63 Sekunden ... nicht verkehrt!«
Holger lachte. »Easy Diggi ... easy!« Er hatte natürlich sofort gesehen, wer auf ihn wartete. Katja stand mit verschränkten Armen am Geländer, als er sie freudestrahlend begrüßte.
»Ach, Frau Jansen mal wieder!« Er hob den Zeigefinger mahnend. »Entschuldigung, aber ich muss sie höflich darauf hinweisen, dass dies ein FKK-Strand ist.« Dann deutete er auf das weiße Schild neben dem Turm. »Ich möchte Sie doch nicht des Strandes verweisen müssen!«, sagte er mit einem überbreiten Grinsen, während er begann, sich aus seinem Neoprenanzug zu schälen.
Katja zog die Augenbrauen verächtlich nach oben. Kurz bevor Holger völlig entblößt vor ihr stand, drehte sie sich weg und lief genervt zu Bernd. Ohne den Adonis anzuschauen, raunte sie zu ihm hinüber: »Sagen Sie Bescheid, wenn Sie fertig sind! Wir müssen mit Ihnen reden!«

Während Holger sich in aller Ruhe abtrocknete und die rote Boardshort überstreifte, rief er hinauf zu Christian: »Ich glaube, die kleine Brünette von letzter Woche Mittwoch hat nicht nur ihre Unschuld, sondern auch ihren Bikini hiergelassen. Der liegt gleich neben meiner Badehose im Fach. Kannst du beides mal mitbringen und unseren Gästen hier aushändigen?« Er lächelte Katja an. »Sie werden mit Sicherheit 'ne gute Figur als Rettungsschwimmer abgeben. Dann kann ich mit Christian noch 'ne Runde Surfen gehen!« Holger drehte sich zu seinem Spannemann. »Wellen sind okay. Hab schon Schlechteres für gut erklärt.«
Christian schien sich das Lachen zu verkneifen. Ihm war Holgers Auftreten offensichtlich peinlich.
»Ganz im Ernst, Sie könnten ruhig mal ein bisschen frische Luft und Sonne vertragen. So blass und gereizt, wie Sie immer sind. Der Bikini steht Ihnen bestimmt! Gut, Ihr Kollege müsste ein bisschen trainieren, um wieder in Form zu kommen, aber der bringt andere Qualitäten mit.« Holger klopft Bernd auf die Schulter. »Ein gutes Auge ist die halbe Arbeit, sagt Christian immer.«
Bernd schmunzelte. Er verschränkte die Arme und schaute hinüber zu Katja: »Keine Ahnung, wovon der redet! Ich bin in der Form meines Lebens!«
Holger lächelte: »Das muss ein herrliches Leben gewesen sein.« Er stützte sich auf dem Geländer ab und wandte sich Katja zu. »Spaß beiseite. Wo drückt der Schuh? Wie kann ich helfen?«
Katja hatte noch immer die Arme verschränkt und wirkte nicht gerade amüsiert. »Jetzt passen Sie mal auf! Ihre Machosprüche können Sie sich sonst wohin stecken.«
Holgers Kopf schwang sachte seitlich hin und her. »Huhhh ... Da ist wohl jemand mit dem falschen Fuß aufgestanden heute Morgen.«

Katja zog ein Bild aus der Tasche und hielt es Holger unter die Nase. »Schon mal gesehen?«
»Ja, die hab ich wohl schon mal gesehen, das kann ich Ihnen sagen!« Er schaute wieder zu Bernd hinüber und zwinkerte verschmitzt. »Carla ist zwar schon 50, aber hui ... knackig, sag ich Ihnen! Da könnte sich Ihre schlechtgelaunte Kollegin mal eine Scheibe von abschneiden!«
Katja nickte streng und ignorierte den Kommentar. »Sie kennen Carla Roth also persönlich?«
Holger lehnte sich lässig zurück. »Das könnte man so sagen. Um ehrlich zu sein, viel geredet habe ich mit ihr noch nicht! Wir sind ein, zwei Mal gemeinsam nach einer Nacht im *Häängst* bei ihr zu Hause gelandet, wenn ihr Macker mal wieder in Hamburg bei einem *Meeting* und ich zu besoffen war, um heimzufahren. In ihrer fetten Villa in Kampen war dann immer ein Platz auf der Couch für mich reserviert. Da sagt man doch nicht nein.«
Der *Häängst* war DIE Szenebar in Kampen, und Holger arbeitete dort am Tresen, das hatten sie schon beim letzten Mal herausgefunden.
Katja nickte. »Also hatten Sie ein Verhältnis mit Frau Roth?«
»Das war doch kein Verhältnis! Wir haben nur gevögelt!«
»Sicher, Herr Arndt. Ich verstehe schon! Dann kennen Sie bestimmt auch Carlas Zwergpinscherhündin Precious?«
Holgers rechte Augenbraue hob sich auffällig. Er griff zur Zeitung und drückte sie Katja in die Hand.
»Jetzt reden Sie doch nicht ewig um den heißen Brei! Der nervtötende Köter von Carla ist entführt worden, und Sie denken mal wieder, dass ich es war. Richtig?«
Katja schaute auf die Schlagzeile. »Darf ich?«
»Natürlich!« Holger zwinkerte mit einem Auge, während er ihr die Zeitung reichte und einen Luftkuss gab. »Die schenke ich Ihnen!«

Katja begann zu lesen, und Bernd zündete sich eine seiner krummen Zigarren an. »Oh, Entschuldigung! Ich gehe wohl mal besser runter vom Turm mit meinem Qualmstängel. Wie rücksichtslos von mir!« Noch bevor Holger: Mir doch egal!, sagen konnte, war Bernd die Treppe hinuntergelaufen. Interessiert, ja fast bewundernd begutachtete er den Edelstahlgrill, der neben der braunen Kiste stand. »Und das hier ist wohl eure Schatztruhe? Necht?« Bernd schaute neugierig in die Kiste.

Holger nickte stolz. »Gut erkannt! Da sind unsere Heiligtümer drin!«

Christian fügte hinzu: »Die sind aus Kalifornien, Australien, Indonesien! Von den besten Shapern der Welt!« Er lief die Treppe hinunter zu Bernd und kramte eines der Surfbretter aus der Kiste. *Süden* stand leicht seitlich auf dem Brett.

»Das surfe ich am liebsten hier auf der Insel.«

Bernd paffte an seiner Zigarre. »Wirklich ein wunderschönes Brett«, antwortete er anerkennend, obwohl Katja wusste, dass er keinen blassen Dunst vom Surfen hatte.

»Unglaublich! Carla hat uns weder darüber informiert, dass sie eine Belohnung für sachdienliche Hinweise, die zur Ergreifung des Täters führen, ausgesetzt hat, noch hat sie ihr Verhalten mit uns abgestimmt.« Katja schaute enttäuscht zu Bernd, den Christian offensichtlich noch immer mit seinen Surfbrettern beeindruckte. »Kopfgeld!«, sie lachte künstlich. »Als ob wir hier im wilden Westen sind und der Dog Donator tot oder lebendig beim Sheriff abgegeben werden könnte. Einfach nur unseriös und inkompetent. Denen geht es immer nur um Schlagzeilen und dicke Auflage! Diese Pressegeier!« Sie wendete sich wieder Holger zu. »Dass Sie so ein Klatschblatt lesen, wundert mich nicht!«

Holger, der mit verschränkten Armen am Häuschen lehnte, schmunzelte nur. »Ich und Zeitung lesen? Hätte nicht gedacht, dass Frau Spießig so viel Humor hat, aber um ehrlich

zu sein, ich fand den Pressegeier gar nicht so unsympathisch! Nettes, aufgeschlossenes Kerlchen eigentlich! Klar, ’nen kleinen Vogel muss man schon haben, wenn man bei der Presse arbeitet, aber einen Geier hätte ich den nicht genannt! Außerdem würde ich als Polizist vorsichtig sein, andere Berufsgruppen so pauschal zu beleidigen. Es sind ja auch nicht alle Bullen Vollidioten!«
Der hatte gesessen. Katja knirschte mit den Zähnen.
Holger zwinkerte erneut und fügte hinzu: »Wie man ja deutlich an Ihrem Kollegen sehen kann. Der scheint ganz sympathisch, obwohl er Polizist ist!«
Volltreffer! Jetzt hatte er sie zum Kochen gebracht. Sie musste sich beruhigen. Warum nur konnte sie dieses Großmaul so leicht aus der Fassung bringen. »Waren die liebenswürdigen Herren von der Presse also auch schon hier?«, antwortete sie, so cool sie konnte.
»Nur der von der *Spiegelbild*. Gleich heute Morgen.«
Katja rückte sich die Brille zurecht. »Wo waren Sie gestern Abend zwischen 17 und 19 Uhr?«
»Hier am Strand.«
»Allein?«
»Ja.«
»Sie wollen also sagen, dass es absolut niemanden gab, der bezeugen kann, dass Sie gestern zwischen 17 und 19 Uhr hier waren?«
»Ja! Ich war erst angeln und bin dann kurz vor dem Wärmegewitter wieder zurückgekommen. Da waren schon alle Gäste geflohen. Ich habe das Gewitter abgewartet und mir dann ganz in Ruhe die Makrelen gegrillt.« Er zeigte auf den Edelstahlgrill neben der Kiste, an der Bernd paffend und stillschweigend lehnte.
»Das heißt, Sie haben kein Alibi.«
Holger nickte.
»Und wann sind Sie heimgefahren?«

Holger grinste. »Überhaupt nicht! Habe hier am Strand gepennt!«
Katja schaute ihn skeptisch an. »Können Sie uns dann erklären, warum Ihr Auto um circa 18:30 Uhr in Kampen gesehen wurde?«
»Da müssen Sie Christian fragen!«
Katja schaute hinunter zu Christian, der noch immer mit Bernd und den Surfbrettern beschäftigt war.
»Wo warst du gestern mit meinem guten Benz?«, rief Holger ihm zu.
Christian legte das Surfbrett aus der Hand und kam langsam die Treppe hinauf. »Ach so, ja, gestern nach dem Dienst ... da war ich einkaufen, im Bioladen in Braderup.«
»Gut, das werden wir prüfen.« Katja nickte und wandte sich wieder an Holger.
»Sie hatten Precious nicht zufällig bei sich im Kofferraum, während Sie mit Frau Roth den Geschlechtsakt vollzogen?«
Holger lachte. »Um Gottes willen! Den Fehler mach ich nicht zweimal. Ray hat ja wenigstens gechillt. Aber die Töle von Carla hat ja nie Ruhe gegeben. Unter keinen Umständen wollte ich die in meiner Karre haben.«
Katja nickte. »Gut! Ich wollte nur vorher fragen! Die Kollegen von der Spusi beschäftigen sich gerade mit Ihrem Mercedes und wir haben heute Morgen Ihr Zimmer durchsucht!« Katja schaute hinüber zu Christian. »Ihr Apartment im Übrigen auch!«
»Was? Mein Apartment? Haben Sie überhaupt einen Durchsuchungsbefehl?«, entgegnete Christian energisch.
»Bei Ihnen haben wir nichts Verdächtiges finden können, also beruhigen Sie sich mal. Aber bei Ihnen, Herr Arndt, haben wir etwas ganz Interessantes gefunden!«
»So, was denn?«, entgegnete Holger selbstzufrieden. »Reden Sie von der Damenunterwäsche oder den Surfmags?«

»Weder noch! Ich rede von den leeren Hundefutterdosen im Müll. Haben Sie dafür eine Erklärung?«
Er stieß Christian mit dem Ellenbogen in die Seite. »Wie geil! Das Hundefutter von Mitchi haben sie gefunden.«
Katja schaute ihn an, als hätte er sie auf Spanisch zugetextet!
»Mitchi! Kennen Sie nicht?«
Christian stellte den Zusammenhang dar. »Mitch Buchannon ist der Name des Charakters, den David Hasselhoff in *Baywatch* spielt«, erklärte er wie der Showmaster einer Quizsendung im Zweiten.
»Okay, und was hat das mit dem Hundefutter im Müll zu tun?«
Holger musste sich offensichtlich zusammenreißen, nicht vor Lachen umzufallen. »Ihrer untrüglichen Spürnase ist ja sicher aufgefallen, dass es sich bei meinem Apartment um eine WG handelt. Mitchi ist der Spitzname meines Mitbewohners. Der ist Rettungsschwimmer am Hauptstrand und chronisch pleite, dank seiner Vorliebe für billigen Fusel und etwas Pech beim Zocken mit Aktien. Wenn es hart auf hart kommt, dann kauft sich der gute Mitch Buchannon auch gerne mal 'ne Dose Hundefutter zum Abendbrot. Alles eeeasyyy! Top Nährwert, Eins-a-Preis-Leistungs-Verhältnis, meint er.« Holger ging in die Hütte und holte den Autoschlüssel. »Hier, für Ihre Kollegen von der Spusi. Muss eh mal wieder aufgeräumt werden, und die Fußmatten saugen nicht vergessen! Ich schlepp immer den ganzen Sand vom Strand mit in die Karre!«
Katja hatte trotz der Überraschung den Schlüssel irgendwie gefangen und legte ihn aufs Geländer der hölzernen Veranda. »Danke, aber den brauchen wir nicht. Ihr Auto wird längst durchsucht. Die Kollegen haben ihre eigenen Methoden, Autos zu öffnen.« Katja ging an Holger und Christian vorbei Richtung Treppe. »Gut, Sie waren also gestern Abend alleine hier am Strand«, wiederholte sie in Gedanken vertieft.

»Ja, ganz allein, Frau Kommissarin. Aber das nächste Mal sind Sie natürlich herzlich eingeladen!«, rief ihr Holger hinterher.
»Ich kümmere mich um den Fisch, und Sie bringen die Kerzen und Weißwein mit! Was halten Sie davon?«
Katja hielt auf der obersten Stufe der Treppe inne und drehte sich noch mal um. »Herr Arndt, ich würde vorschlagen, Sie nehmen die Sache mal etwas ernster! Hunde entführen und ihre Besitzer erpressen ist kein Kavaliersdelikt!«
Holger verschränkte die muskulösen Arme vor der breiten Brust. »Uhh ... Muss ich jetzt wieder in Untersuchungshaft, weil Frau Kommissarin ihre Tage hat, oder wie? Haben Sie beim letzten Mal doch gesehen, was das bringt! Gar nichts! Sie sollten langsam mal beginnen umzudenken. Falls ich Scheiße labere, unterbrechen Sie mich gerne, aber wenn ich richtig informiert bin, dann ist dem ersten Köter überhaupt nichts passiert. Dafür sind aber 50.000 Euro bei so 'nem Verein angekommen, der sich darum kümmert, die Weltmeere zu säubern. Genau, die Weltmeere, die Simone Schrink und ihre Saubermänner mit dem Grünen Punkt in der Fresse absichtlich mit Plastik zugeschissen haben, um sich selbst die Taschen vollzumachen.« Holger machte keine Pause. »Die arme Fußhupe von Herrn Durant hat seinen Schwanz geopfert, weil Herrchen nicht den Arsch in der Hose hatte, für seine Fehler geradezustehen. So ein Pissetrinker! Eigentlich hätte man ihm auch gleich den Schwanz abschneiden sollen!«
Bevor Katja Widerspruch einlegen konnte, fuhr er fort.
»Und auch Carla täte nicht schlecht daran, mal ein paar Euro für 'nen guten Zweck lockerzumachen. Das glauben Sie mir mal.« Holger, die Arme in die Seite gestemmt, atmete einmal tief durch. »Ich habe es Ihnen schon tausend Mal gesagt! Es tut mir leid, aber ich bin nicht der Dog Donator, auch wenn ich es vielleicht gern wäre! Verstanden? Ich weiß nicht, was

Sie gegen den Typen haben. Der hat ja nicht mal einen Euro für sich selbst behalten! Wie cool ist das denn bitte?«

»Hier geht es nicht um cool oder uncool! Was hier passiert ist, war ein Verbrechen, und wir werden es aufklären!«, antwortete Katja – offensichtlich um Sachlichkeit bemüht.

»Jetzt passen Sie mal auf. Für Sie bin ich vielleicht nur 'n hirnloser Macho, der nichts als Muschis im Kopf hat, aber ich tue doch niemandem weh damit. Es ist kein Verbrechen, und ich hab keine Lust, mich dafür bei Ihnen zu entschuldigen.«

»Jetzt beruhige dich halt, Holger!«, unterbrach ihn Christian. Er hielt kurz inne, atmete einmal tief durch und fuhr dann etwas gelassener fort. »Ich habe vielleicht nicht Mathematik studiert, aber ich bin auch nicht so bekloppt, dass ich nicht eins und eins zusammenzählen kann. Der Typ ist ein Genie und Ihnen um Meilen voraus. Außerdem kämpft er im Gegensatz zu Ihnen für die richtige Sache. Gegen diese ganzen Pissetrinker, die unseren Planeten verwursten, nur, um noch mehr Kohle zu scheffeln!«

Holgers Zeigefinger schnippte hervor, und seine Stimme senkte sich. »Wissen Sie was, Frau Jansen? Ich habe so viel Scheiße gebaut in meinem Leben, ich hätte sogar ein paar Tage Knast verdient. Aber ich kann wenigstens mit ruhigem Gewissen sagen, dass ich nie mit Absicht etwas Schlechtes gemacht habe. Können Sie das auch?« Holger ließ eine Pause, bevor er fortfuhr. »Da macht sich jetzt wenigstens mal wer gerade und setzt sich für einen guten Zweck ein, aber Frau Gutbürgerin und ihr Zigarren qualmender Kollege haben nichts Besseres zu tun, als dagegen zu ermitteln. Wenn Sie beide ein bisschen Arsch in der Hose hätten, würden Sie zu Ihrem Boss gehen und ihm die Akte Dog Donator auf den Schreibtisch knallen. Ein bisschen Menschlichkeit, ein Funken Vernunft in Ihrem Bürokratenhirn, und Sie würden es verweigern, in diesem Fall zu ermitteln. Das ist das Mindeste,

was Sie tun könnten, um die Sache zu unterstützen. Denken Sie da mal drüber nach, Frau Jansen!«
»Holger!«, ermahnte ihn Christian erneut.
»Was denn? Ich lass mir nicht den Mund verbieten!«, antwortete er entschlossen. »So, und wenn Sie die Wahrheit nicht vertragen, können Sie mich jetzt verhaften!« Er streckte Katja seine Fäuste entgegen. »Na, legen Sie doch ruhig wieder die Handschellen drum. Das ist doch alles, was Sie wollen. Mich hinter schwedische Gardinen bringen. Ich habe keine Angst vor Ihnen und nehme erst recht kein Blatt vor den Mund. Los, machen Sie schon!«
Katja verdrehte genervt die Augen und wischte seine Fäuste mit einer beiläufigen Handbewegung weg. »Von einem kleinen Chauvinisten wie Ihnen lasse ich mich nicht provozieren. Ich werde Sie festnehmen, wenn es an der Zeit ist, und bis dahin rate ich Ihnen, mal darüber nachzudenken, ob es wirklich eine gute Idee ist, sich für einen geisteskranken Tierquäler einzusetzen, von dem keiner weiß, was er als Nächstes vorhat.«

Ratlos

Freitag, 5. August, 14:15 Uhr, Sylt

Schweigend liefen sie bis zum Wagen. Nachdem Bernd auf dem Beifahrersitz platzgenommen hatte, sprach er aus, was auch sie quälte. »Das Schlimmste ist, dass er ja irgendwie auch noch recht hat! Necht?«

Katja hatte die Zweifel längst selbst gespürt, aber sich mit aller Macht gegen sie aufgelehnt. Wer konnte schon von sich behaupten immer zu wissen, was richtig war. Am Ende waren sie die Guten! Und war nicht das, was die Guten taten, immer auch das Richtige, selbst wenn es manchmal falsch erschien? Selbstzweifel waren in dieser Lage genauso wenig hilfreich wie die permanente Kritik aus der Presse. Sie musste Bernd auf Linie bringen. Es würde so schon schwer genug werden, und wenn sie jetzt nicht zusammenhielten, hätten sie keine Chance. »Wie bitte? Was soll das denn heißen?«

Bernd hob entschuldigend die Arme. »Komm schon, es stimmt! Eigentlich sollten wir Herbert die Akte auf den Tisch knallen! Wir hätten wenigstens die Suspendierung annehmen können.« Bernd lehnte erschöpft seinen Kopf gegen die verdunkelte Scheibe der Beifahrertür. »Versteh mich nicht falsch, ich bin gerne Cop, aber diesmal bin ich mir einfach nicht sicher, ob wir auf der richtigen Seite stehen.«

»Willst du damit sagen, du sympathisierst mit dem tierquälenden Erpresser?«

Bernd verschränkte die Arme. »Ich frage mich zumindest, wer hier der Verbrecher ist, nach allem, was wir über die Opfer wissen, sieht es ganz so aus, als wären es mehr Täter, als man denkt. Und komm schon, was hat der Typ denn bisher gemacht, außer ein paar verwöhnte Schoßhündchen für zwei, drei Tage in seine Obhut zu nehmen?«

Katja startete den Wagen. Ihre Stimme klang leicht gereizt. »Er hat einem von ihnen den Schwanz abgeschnitten! Jetzt hör mal zu! Ich weiß schon, was du sagen willst, aber wo kommen wir denn hin, wenn auf einmal jeder macht, was er will? Entführen, verstümmeln, erpressen, Kopfgeld aussetzen! Willkommen im Wilden Westen, oder wie?«

»Natürlich ist das keine Alternative. Aber Holger hat recht. Als Cop sitzt man immer am längeren Hebel und muss jedes Mal entscheiden, ob man ein Auge zudrückt oder durchgreift. Denk doch mal zurück, als du noch Streife gefahren bist. Wie oft hast du damals jemanden mit 'ner Verwarnung durchkommen lassen, weil er dir sympathisch war, obwohl du eigentlich hättest ein Bußgeld für ›nicht angeschnallt‹ oder ›zu schnell gefahren‹ verhängen müssen.«

»Ist das dein Ernst? Es geht hier nicht um ein lächerliches Verkehrsdelikt! Ja, bisher ist es nur Erpressung im sechsstelligen Bereich, aber wir wissen ja nicht, wozu der Typ noch in der Lage ist! Was, wenn er das nächste Mal ein Kleinkind entführt?«

Bernd winkte ab. »Ach, glaub ich nicht!

Katja verzog die Augenbrauen. »Dein Wort in Gottes Gehörgang!«

»Komm schon, Katja. Er macht es für einen guten Zweck. Siehst du das nicht? Was spricht dagegen, wenn wir ihn passiv unterstützen, in dem wir einfach mal nicht so ganz genau hinschauen!«

Natürlich sah auch sie diese Seite der Medaille, aber sah er die andere etwa nicht mehr? »Bernd, ganz im Ernst, das ist mehr als grenzwertig. Es ist nicht unsere Aufgabe zu entscheiden, was legal ist und was nicht. Wir sind dafür da, das durchzusetzen, was die Gesellschaft als legal definiert hat. Ob uns das passt oder nicht, spielt keine Rolle. Wir haben auch nicht darüber zu befinden, welche Strafe er für seine Taten bekommt, aber es ist sehr wohl unsere Aufgabe, ihn einem Richter vorzuführen, der in einem rechtsstaatlichen Verfahren darüber entscheidet, welche Strafe er verdient. Punkt. Es geht nie um den einzelnen Fall, sondern immer ums Prinzip.«

Bernd kramte in seiner Manteltasche umher. »Und was ist mit Frau Schrink und Herrn Durant? Den Verbrechern ist bisher ja auch nichts passiert, und die gute Frau Roth, auf die er es diesmal abgesehen hat, scheint mir ebenfalls eine mehr als dubiose Person zu sein.«

Sicher richtig, aber das waren ihrer Meinung nach zwei verschiedene Paar Schuhe. Bernd steckte sich eine Zigarre in den Mund, und Katja schaute ihn ernst an. »Die Schrink und der Durant gehören genauso einem Richter vorgeführt und bestraft für ihre Verbrechen wie der Dog Donator.«

Bernd zuckte mit den Schultern. »Nur, dass die sich die besten Anwälte der Welt leisten können und ihnen deshalb garantiert nichts passiert. Wenn sie überhaupt angeklagt werden.« Er öffnete das Fenster und zündete seine Zigarre an.

Katja fuhr los. Es war eine Sache, die Selbstzweifel unter Kontrolle zu behalten, aber eine andere, jemanden, der aus verständlichen Gründen Unbehagen äußerte, zu überzeugen. Die letzten Tage waren verdammt anstrengend gewesen, und Katja spürte, dass ihr langsam die Kraft ausging. Sie fuhren über die Panzerstraße gen Süden, und es war still. »Wenn du keinen Bock mehr auf deinen Job hast, sag Bescheid!«, entfuhr es ihr frustriert. »Ich habe mich gestern ziemlich weit aus dem Fenster gelehnt, damit du nicht suspendiert wirst, und jetzt fällst du mir so in den Rücken?« Ja, sie war enttäuscht von ihm. Entweder er würde jetzt Ruhe geben oder ...

»Ach, bei unserem geliebten Herrn Polizeipräsidenten hast du ein gutes Wort für mich eingelegt? Danke! Komisch. Den willst du nicht ausliefern, obwohl du so gut wie ich weißt, dass er sich regelmäßig die Nasennebenhöhlen pudert. Bei uns ist doch alles genauso korrupt wie überall auf der Welt! Du spielst mit! Ich spiel mit! Wir alle spielen mit! Mach dir doch nichts vor!«

Der Audi war in der Tiefgarage zum Stehen gekommen. Katja war erschöpft.
Bernd vermutlich auch. »Wenn du nichts dagegen hast, würde ich jetzt mal einen Spaziergang machen! Ich brauche, glaub ich, mal ein bisschen Abstand und Ruhe«, sagte er erschöpft. Das war eine gute Idee. Etwas Abstand würde jetzt guttun. Er würde sich schon wieder fangen und gemeinsam würden sie den Fall dann aufklären! So wie immer.

Wenn zwei sich streiten

Freitag, 5. August, 14:23 Uhr, Sylt

»Alter, warum musst du immer so eine große Schnauze haben. Jetzt sitzen wir richtig in der Scheiße!«
»Sorry, Diggi! Ging nicht anders. Diese spießige Klapperbüchse musste ja mal eingenordet werden!«
»Aber nicht von dir! Wir können uns das im Moment nicht erlauben! Das weißt du ganz genau, verflucht nochmal!«
Christian war in Rage, Holger für seinen Geschmack viel zu relaxed. Zum Glück hatte er schon vor vier Wochen, kurz bevor sie Holger zum ersten Mal inhaftiert hatten, das ganze Apartment aufgeräumt und alles, was auch nur im Entferntesten verdächtig war, weggeschmissen. Nur von den beiden *Alice-im-Wunderland*-Plakaten hatte Sophie sich nicht trennen können. Also hatte er sie wenigstens versteckt. Nicht dass sie wegen dieser zwei Plakate hätten verhaftet werden können, aber *better safe than sorry*! Und während er alle nur erdenklichen Vorsichtsmaßnahmen traf, hatte Holger nichts Besseres zu tun, als die Cops zu provozieren, wo er nur konnte. Sie saßen beide auf ihren Stühlen und schauten hinaus aufs Meer.
»Das wird nicht lange dauern, bis die rauskriegen, dass ich gestern nicht einkaufen war!«, sagte Christian nachdenklich.
»Und wenn schon! Die können uns gar nichts!«
»Noch nicht, aber du musst sie doch nicht unnötig anstacheln. Jetzt ist es mal an der Zeit, die Bälle flachzuhalten! Ich stecke in dem Scheiß genauso drin wie du, und ich werde nicht zulassen, dass wir wegen deiner großen Klappe auffliegen.«
Holger verschränkte die Arme und kippelte lässig mit seinem Stuhl. »Wir werden nicht auffliegen!«
»Mann, der Borcherts ist um die Kiste geschlichen, als hätte er genau gewusst, wo er suchen muss!«

Holger stand auf. »Jetzt werd nicht paranoid! Komm mal runter! Gar nichts weiß der! Kaum bekommen wir etwas Gegenwind, scheißt du dir in die Hose! Wenn uns hier etwas verrät, dann deine Arschkriecherei. Cool bleiben, Diggi! Immer schön cool bleiben.« Holger stand auf und ging hinaus.
Christian hätte ihm am liebsten eine Ohrfeige verpasst für die Szene. Vielleicht war es einfach nicht klug gewesen, so etwas mit einer Großklappe wie Holger durchzuziehen. Die ganze Aktion stand von Anfang an unter einem ungünstigen Stern. Hätte er mal auf seine Therapeutin gehört! Jetzt war es zu spät. Sie saßen in der Scheiße, und zwar bis zur Nasenspitze. Es half alles nichts. Also Kopf hoch, wenn der Hals auch dreckig ist! Warum musste Holger nur immer jedem auf die Nase binden, was für ein cooler Typ er war? Wie konnte es nur sein, dass er sein ganzes Leben noch nicht geschnappt worden war? So viel Glück konnte ein einzelner Mensch doch nicht haben. Irgendwie schaffte er es immer, sich aus der Affäre zu ziehen. Es war fast so, als wurde Gott seine schützende Hand über das schwärzeste Schaf der Herde halten.
Die Tür flog auf und Holger war zurück. »Hier!« Er knallte den Schlüssel auf den Tisch! »So, bist du jetzt beruhigt?«
Christian antwortete nicht. Er wusste, dass der Schlüssel noch da war. Er hatte natürlich gleich, nachdem die Kommissare gegangen waren, nachgeschaut.
Holger verschränkte die Arme. »Und selbst wenn er ihn gefunden hätte! Die haben doch keinen blassen Dunst, wofür der ist!«
Da hatte Holger ausnahmsweise mal recht. Wahrscheinlich würden diese Dorfbullen ihr Versteck nie finden. Vielleicht stimmte es auch und er musste einfach nur cool bleiben.
Plötzlich stand eine ältere Dame hinter Holger in der Hütte. Sie hatte ein kleines Päckchen in der Hand. »Darf ich kurz stören?«

Holger drehte sich lächelnd um. »Natürlich. Wie können wir behilflich sein, Frau Rummenigge?«
Sie reichte ihm das Päckchen. »Ich habe Ihnen mal etwas Kuchen mitgebracht. Als kleines Dankeschön.«
Holger und Christian antworteten gleichzeitig: »Ach, das wäre doch nicht nötig gewesen.«
Frau Rummenigge trat zwischen die beiden und stellte das Päckchen auf der Ablage ab. »Doch. Dafür, dass sie immer so gut auf uns aufpassen.«
Holger lächelte. »Sicherheit macht keine Pause! Das wissen Sie doch, Frau Rummenigge.«
Die Augen der alten Dame funkelten zufrieden. »Ach, das ist einfach so schön mit Ihnen beiden hier. Da braucht man sich keine Sorgen zu machen. Die Welt ist so gefährlich geworden, aber bei Ihnen, da fühle ich mich immer sicher.« Sie klopfte Holger und Christian auf die Schultern. »Na gut, ich will euch ja auch nicht weiter stören. Einen schönen Tag wünsche ich noch.« Frau Rummenigge drehte sich um und lief zur Tür hinaus. Auf der Schwelle stoppte sie noch mal. »Aber eines möchte ich euch noch sagen. Ich finde das echt super, dass ihr den Reichen da in Kampen mal ein bisschen auf die Finger klopft. Traut sich doch sonst keiner. Wer nicht hören will, muss fühlen. Das macht ihr schon genau richtig. Sonst hört das doch nie auf, dass diese Geier sich die Taschen vollmachen. Also Jungs, ich kann nur sagen: Richtig so. Weitermachen. So, aber jetzt muss ich los.«
Das durfte doch nicht wahr sein! Christian schaute Holger an und verdrehte genervt die Augen. Der wandte sich zur Tür.
»Tut uns leid, Frau Rummenigge, aber damit haben wir nichts zu tun.«
Die alte Dame zwinkerte mit einem Auge. »Natürlich nicht. Das verstehe ich schon. Lasst euch nur nicht erwischen. Wir brauchen euch doch schließlich hier am Strand als Rettungsschwimmer.«

Am Ereignishorizont

Freitag, 5. August, Deutschland

Ein lauter Knall hallte durch ihren Schädel. Alles drehte sich, und ihr war hundeelend. Der Gestank war unerträglich und ein weiterer Schlag erschütterte die schwarze Welt.
»Guten Morgen, Lady Precious!«
Auf einmal war es hell! Gleißend hell!
»Du bist also wertvoll! Hmmm ...? Ein ganz besonderes Schätzchen! Ich hoffe, du bist dir im Klaren darüber, was für eine Ehre das ist?«
Sie hatte das Gefühl, ihr Kopf würde jeden Moment explodieren. Wo war sie, und was wurde hier gespielt?
»Weißt du, die meisten Menschen auf dieser Welt haben weniger als du. Viel weniger. Manche haben nichts. Absolut gar nichts! Weder sauberes Wasser noch Nahrung. Von Geld ganz zu schweigen. Die Hälfte der Menschheit lebt von einem Dollar am Tag. Das sind dreißig im Monat. Dollar! Damit käme eine halbe Portion wie du nicht mal eine Woche hin! Guck mich nicht so mitleidig an! Es hat sich nichts verändert seit Adolfs Zeiten. Und wenn keiner etwas unternimmt, dann wird es ewig so weitergehen. Damals waren es die Juden in den KZ, die Zwangsarbeit verrichtet haben, zum Wohle des deutschen Volkes! Und heute? Heute sind es die Menschen in den Entwicklungsländern, die als ökonomische Sklaven für einen lächerlichen Alibilohn achtzehn Stunden am Tag schuften müssen. Sie sind den stärksten Umweltgiften ausgesetzt. Ungefiltert, ungeklärt und ungeschützt. In den paar Stunden danach atmen sie und ihre Familien verpestete Luft und waten durch die giftige, hoch infektiöse Lache, die durch die jämmerlichen Baracken fließt. Falls sie zu den Glücklichen gehören, die überhaupt ein Dach über dem Kopf haben. Schlimm genug, dass wir die Menschen ausbeuten und vergiften, aber das reicht uns ja nicht. Wir müssen gleich

ganze Ökosysteme auslöschen. Die Fauna und Flora, die Flüsse und Meere, das Grundwasser und die Luft, alles wird verseucht wegen ein paar Cent mehr Profit. Das sind die modernen Gaskammern, in denen die Untermenschen und Mutter Natur gemeinsam vergast werden, damit der Übermensch, der westliche, weiße, gute, alte Aktionär, Dividende macht und wir hier alle zusammen weiter schön billig leben können, auf Kosten der anderen. Geiz ist geil! Oder etwa nicht, Precious? Was sagst du dazu?«

Wo war sie hier nur hingeraten? Was war passiert, dass sie auf einmal in diesem schwarzen, stinkenden Loch aufwachte? Das letzte, woran sie sich erinnern konnte, war dieses duftende Stück frischer, grüner Pansen, das auf der Terrasse lag. Sie war durch den Spalt der angelehnten Verandatür gehuscht, um es sich einzuverleiben. Grüner Pansen war ihr absolutes Lieblingsgericht. Dafür hätte sie alles getan, und tatsächlich hatte sie sich ganz schön anstrengen müssen, um an ihn heranzukommen. Aus unerfindlichen Gründen wanderte der labbrige Vormagen wie von selbst über die Veranda. Als wollte er vor ihr fliehen. Natürlich war sie dem unwiderstehlichen Geruch gefolgt. Sie war über den Rasen, an den Kirschbäumen vorbei und durch die Hecke gehuscht, bis sie ihn endlich zu fassen bekam. Einen seltsam bitteren Beigeschmack aber hatte der Pansen dann schon gehabt. Es hatte sie jedoch nicht gestört, denn anders als ihr Name vermuten ließ, war sie bodenständig und genügsam.

»Ach, da bist du auf einmal still! Na gut! Wie du willst!«

Sie hörte, wie im Hintergrund Pumpen ansprangen und laut röchelnd Wasser ansaugten. Apropos Wasser! Sie hatte solch einen Durst.

»Dann sag ich dir mal, was ich denke! Ich denke, es ist Zeit für ein Attentat auf die Führer selbst! Schade, dass es diesmal nicht nur einen gibt! Das würde die Sache so viel einfacher machen!«

Precious vernahm ein Seufzen.
»Egal, jetzt fangen wir erst mal an! Irgendwo muss man ja beginnen! Was hältst du davon, wenn du bei dem Spiel zur Königin wirst? Das ist doch genau die richtige Rolle für Lady Precious!«
Sie hatte sich langsam an das grelle Licht gewöhnt und konnte nun erkennen, dass direkt vor ihr ein Schneemann mit einem Skalpell stand. Er stellte eine Schüssel mit Wasser vor sie, und sie begann sofort zu trinken.
»Ja, dich machen wir zur Königin! Da wird Frauchen bestimmt stolz auf dich sein. Ihre Precious als Königen! Weißt du, Frauchen ist so skrupellos und widerwärtig im Umgang mit Fremden! Das kann man sich kaum vorstellen! Nur um ihr mickriges Ego etwas aufzupeppen, vergiftet sie einfach alles. Menschen, Tiere, Pflanzen! *You name it!* Völlig egal, Hauptsache sie bekommt Anerkennung von ihren Kollegen und steigt eine Stufe hoch auf der Karriereleiter! Ekelerregend! So widerlich! Kannst du dir das vorstellen?«
Der Schneemann kam näher und packte sie im Genick. Sie wollte sich wehren, aber ihre Gliedmaßen gehorchten nicht mehr. Bevor sie dreimal bellen konnte, war sie weggedämmert. Doch sie hörte ihn noch sagen:
»Du wirst jetzt zur Königin! Zur Königin der Blinden! Ist das nicht wunderbar?«

Right on time

Freitag, 5. August, 17:18 Uhr, Sylt

Es waren zwar dank der 100.000 Euro Kopfgeld Tausende Hinweise eingegangen, aber keiner, der auch nur annähernd zur raschen Ergreifung des Täters geführt hätte. Im Gegenteil, die unzähligen widersprüchlichen Angaben hatten die Ermittler offenbar nur zusätzlich belastet.

Carla war aufgelöst. »Jetzt haben wir das Dilemma! Wir hätten doch lieber einfach zahlen sollen! Ich darf gar nicht daran denken, was dieser Psychopath jetzt meiner geliebten Precious antun wird!«

Alles lief nach Plan. Er nahm eine weitere Tablette aus dem orangenfarbenen Behälter und legte sie auf den Tisch! Ohne ihre guten Oxys würde sie heute nicht durch den Tag kommen. Das wusste er. Carla spülte sie mit einem Schluck Champagner herunter.

»Jetzt beruhige dich erst mal! Es wird alles gut, Honey! Wir werden ihn kriegen, das verspreche ich dir!«

Das Ultimatum war abgelaufen. Wahrscheinlich würde gleich das Telefon klingeln und die Hiobsbotschaft sie erreichen, aber dass Precious als Bauernopfer herhalten musste, war ihm von Anfang an klar gewesen. Anders war dieser Kampf nicht zu gewinnen.

Carla stand benommen auf und torkelte ziellos durchs Wohnzimmer. Sie stolperte mehrmals, fiel jedoch glücklicherweise nicht hin. An der Glastür zur Terrasse schließlich stützte sie sich ab und lehnte den Kopf an die Scheibe. Ralf folgte ihr. Er musste jetzt auf sie aufpassen. Obwohl? Wenn er es sich recht überlegte. Vielleicht würde es ja nicht schaden, wenn sie vor Kummer und Sorge zusammenbrach. Ein paar blaue Flecke an den Armen oder besser noch im Gesicht würden ganz sicher den Mitleidsfaktor erhöhen.

»Da, ein Kaninchen!«, unterbrach Carla sein Gedankenexperiment.
»Ach, wie süß! Schau doch mal, Ralf« Sie öffnete die Schiebetür zur Terrasse und stolperte hinaus auf die Steinplatten. Leider ohne hinzufallen. Ralf schaute sich um, und jetzt sah auch er etwas auf dem sauber gestutzten Rasen zwischen den drei Kirschbäumen.
Vor dem Haus, zur Straße hin, begrenzte das Grundstück ein hüfthoher, bepflanzter Friesenwall. So wie es hier eben üblich war. Der Garten, der auf der Wattseite lag, war auf ganz natürliche Art und Weise von Heidekraut und Heckenrosen umgeben. Weil das Grundstück am seicht abfallenden Hang lag, hatte man hier die beste und teuerste Aussicht Deutschlands auf das weltkulturerbe Wattenmeer. Ohne Mauer, ohne Zaun, so frei wie die Möwen auf dem Dach.
Selbstverständlich verfügten sie über eine der besten Alarmanlagen, die man für Geld beschaffen konnte. Inklusive High-Tech-Cam-System. Sie waren ja nicht völlig naiv. Aber erstens war sie tagsüber im Low-Risk-Modus, und zweitens hätte sie dank intelligenter Zielerfassung bei einem Kaninchen im Garten sowieso keinen Alarm ausgelöst.
Der ungebetene Gast verhielt sich nicht nur seltsam ruhig, während Carla sich ihm ungestüm näherte. Er war auch noch außergewöhnlich gekleidet. Ralf konnte es nicht fassen. Er trug eine blaue Strickjacke und hatte ein Monokel im Auge klemmen.
Carla kniete sich zu ihm hinab. »Es ist ein Kuscheltier, ein Stoffhase!«
»Fass ihn nicht an«, rief ihr Ralf zu.
Doch es war schon zu spät. Carla hatte das Stofftier bereits aufgehoben. In der Brusttasche der Strickjacke klemmte ein zusammengerolltes Stück Papier. Ralf nahm sein Telefon heraus.

»Leg ihn sofort zurück. Ich rufe die Polizei! Hier stimmt was nicht!«

Tontasse

Freitag, 5. August, 17:19 Uhr, Sylt

»Grüner Jaguar, älteres Baujahr, vielleicht ein J-Type. Ganz sicher V8-Maschine«, murmelte der Autonarr in ihm, während er den älteren Herren am Tisch gegenüber anstarrte. Die Menschen in den Sitzecken rings um ihn herum waren vornehm gekleidet und hielten sich entweder für wichtig oder – noch schlimmer – für etwas Besonderes. Er kam sich ein wenig vor wie zum Tee bei einem englischen Lord des 18. Jahrhunderts. Die vor Gel und Haarspray strotzenden Frisuren der feinen Damen und Herren erinnerten an die Perücken der Adeligen zu jener Zeit. Damals wie heute, so schien es ihm, versuchten sie, ihre dreckigen Gedanken unter dem allzu säuberlich frisierten Haupt zu verstecken. Es war schon seltsam, wie viel sich ändern konnte, ohne dass sich wirklich etwas änderte.

Der Jaguarfahrer hatte den leichten Sommerhut neben sich abgelegt. Akkurat gebügelt, steckte sein langärmliges Hemd im Hosenbund. Das Glas Rotwein vor ihm auf dem Tisch und die ungefähr 20 Jahre jüngere Frau neben ihm, deren asiatische Wurzeln durch die glitzernden High-Heels in die sandige Erde unter ihr wuchsen, lächelten ihn bewundernd an. Etwas tollpatschig berührte er das Glas mit dem Ellenbogen, als er versuchte, eine unanständige Falte aus dem Hemd zu streichen. Der Wein fiel um und tropfte zufrieden auf die helle Hose des guten Herren.

Basti saß vor seinem Laptop und fragte sich, was jener saubere Geschäftsmann wohl für seinen öffentlich zur Schau gestellten Reichtum verbrochen hatte.

Hatte er sich auf die Ausbeutung seiner Arbeitskräfte und die rücksichtslose Zerstörung der Umwelt, also den legalen und legitimen kapitalistischen Verbrechen an der Menschheit und Mutter Natur im Dienste von Vater Staat beschränkt? War er

folglich Unternehmer? Oder war er Bänker und hatte das Geld seiner Klienten für Wetten und Spielchen mit so viel Geschick und noch mehr Glück eingesetzt, dass er tatsächlich öfter gewonnen als Rotwein auf der Hose hatte? Wer konnte das schon wissen. Die sorgsam gepflegten Sträucher und Blumen in dem kunstvoll angelegten Garten um ihn herum hatten jedenfalls keinen blassen Schimmer.
Basti schmunzelte. Die Schlagzeile, die er gerade über den fertigen Artikel getippt hatte, passte irgendwie dazu und gefiel ihm gut.

Die DAX-Frau

Gierige Vergangenheit einer falschen Schlange

Ein Artikel von S. Reiter

Gekauft und fünfzehn Jahre jünger? Die Liebschaften! Im Zentrum ihres Lebens? Macht und Geld! Der Porsche 911 Cabrio steht in der Tiefgarage neben den anderen Spielzeugen. Sie wissen, wer gemeint ist? Ein Vorstandsmitglied des wertvollsten und renommiertesten deutschen Aktienunternehmens. Ungewöhnlich ist nur das Silicon Valley zwischen ihren Brustwarzen und das Michelin Design unter der gerichteten Nase. Es geht selbstverständlich um:

Die DAX-Frau zwischen den Wölfen der Wallstreet.

Sie war und ist Deutschlands einflussreichste Managerin. Unzählige Porträts berichten über ihren Aufstieg in die Spitze des weltweit bedeutendsten Chemie- und Pharmakonzerns. Geschichten von zeitgenössischer Emanzipation, von zarten Ellenbogen und einem unbezwingbaren Willen. Hier kommt eine andere Story. Investigativ recherchiert, mit dem kritischen Blick eines seriösen Beobachters kommentiert, aber garantiert nicht politisch korrekt.

Basti küsste das Kapuzineräffchen, das neben dem großen Stück gedeckten Apfelkuchens stand. Natürlich war der nicht so gut wie der Blaubeertraum in seinem Lieblingscafé in Hamburg, aber er war zumindest auch mit Schlag serviert worden. Sein Artikel war weder politisch korrekt noch seriös. Er würde nicht die leiseste Chance haben, durch die Zensur der Redaktion zu wandern. Sie würden ihn kastrieren, jedes anstößige Wort streichen und alles so zurechtbiegen, bis der immer gleiche weichgewaschene Dünnschiss auf dem Zeitungspapier landet. Das war ihm schon klar. Egal! Selbst wenn nur die Hälfte veröffentlicht werden würde, wäre es immer noch ein Schlag ins Gesicht für Carla Roth, eine Ode an Justitia – und ein verdammt cooler Artikel.
Basti war mehr als zufrieden mit seinem Werk. Er hatte in den letzten beiden Tagen recherchiert wie ein Angestochener, und es hatte sich gelohnt. Je länger er sich mit dem dritten Fall des Dog Donator beschäftigte, umso mehr war er fasziniert von der Zielgenauigkeit des Fremden. Mit unglaublicher Treffsicherheit wählte er ausschließlich Personen, die es verdient hatten, bestraft zu werden.
Carla Roth schien mindestens genauso zwielichtig und rücksichtslos wie die beiden Opfer zuvor. Seiner Meinung nach war Frau Roth noch glimpflich davongekommen. Eigentlich hätte es ihr wehtun müssen. Sie hätte es am eigenen Leib erfahren müssen – so wie die Menschen, die die Konsequenzen von Carlas Entscheidungen auszubaden hatten, die zu Opfern ihres blinden Ehrgeizes geworden waren.
Seit knapp zwei Jahrzehnten hatte Carla Roth für den Chemieriesen *Sachs* gearbeitet. In den ersten Jahren ihrer steilen Karriere war sie im *scouting and planning team for new manufacturing facilities*. Aufgabe der Abteilung war es gewesen,

potenzielle Produktionsstandorte für neue Werke auszusuchen. Sie war damals dafür verantwortlich gewesen, die Kosten für die Einhaltung der regionalen Umweltstandards zu kalkulieren. Außerdem musste sie für jeden infrage kommenden Standort Strategien zur Umgehung von geltenden Umweltauflagen entwerfen und potenzielle Einflussmöglichkeiten auf die gesetzgebenden Kräfte aufzeigen. Ihre Berichte waren streng geheim gewesen und hatten maßgeblichen Einfluss auf die Standortwahl gehabt. Diese Ergebnisse und die Summe, die der Kollege, der für die Lohn- und Sozialkosten der Arbeitnehmer zuständig war, präsentierte, waren die ausschlaggebenden Kriterien für die Wahl neuer Produktionsstandorte, die essenziellen Grundlagen für die Entscheidung der alten, weißen Herren im Vorstand.

Auf Basis von Carlas Planungen und Kalkulationen wurden im Folgenden technische Anlagen entwickelt, die dazu dienten, umweltschädliche Abfallprodukte unentdeckt zu verklappen. Oft war es sehr teuer und aufwendig, bestimmte Chemikalien fachgerecht zu entsorgen. Manchmal fehlte auch die Infrastruktur dafür. Das Einsparpotential war dank kreativer Regelauslegung exorbitant groß. Die oft sowieso schon laxen Vorschriften außerhalb der EU wurden systematisch umgangen und hochgradig krebserregende Substanzen teilweise ungefiltert in Gewässer eingeleitet. Massiv durch Schwermetalle belastete Schlackereste wurden in Deponien verklappt, die nicht mehr waren als ein Loch im Erdreich. Sie hatte Strategiepapiere entwickelt, um die Kontrollen der Anlagen durch Offizielle zu minimieren.

Für die seltenen Fälle, in denen die Vertreter der jeweiligen nationalen Umweltbehörden vorstellig wurden, hatte sie großzügige Summen in schwarzen Aktenkoffern bereitstellen lassen, um unnötige Fragen gleich vorab aus dem Weg zu räumen. So hatte sie es geschafft, deutsche Produktionsanlagen aus den Fünfzigern und Sechzigern einmal um den halben

Globus zu verschiffen und die antiken Dreckschleudern in Südostasien wieder aufbauen zu lassen. Selbstverständlich wurden sie im Zuge des Wiederaufbaus optimiert, um die Produktivität zu steigern, zur Freude der Aktionäre. Die brodelnden Alchemiemonster kosteten praktisch nichts, hatten verschwindend geringe Produktionskosten und entsorgten alle Giftstoffe und Abfallprodukte eins zu eins in die Umwelt. Der erzielte Profit war gigantisch. Carla hatte sich schnell einen Namen gemacht als jene, die mit Rücksicht auf Verluste den Stein der Weisen ins Brett der Aktionäre geschlagen hatte.

Nach sechs Jahren wurde sie befördert. Es waren die späten Neunziger, und sie übernahm die Leitung des Resorts für die *Implementierung systematisch inhibitorischer Strategien zum Umgang mit petrolfreien Werkstoffalternativen.* Das Geschäftsmodell von *Sachs* basierte auf der Nutzung von Erdöl. Es war ein gutes Geschäft, und die Herren im Vorstand hatten absolut kein Interesse, dass sich daran etwas änderte. Carlas Aufgabe bestand also darin, die Entwicklung und die industrielle Herstellung petrolfreier Kunststoffe zu verzögern und bestenfalls zu verhindern. Sie bewegte sich im Rahmen ihrer Aufgabe dabei auf zwei Ebenen. Zum einen auf der konkreten analytischen, zum anderen auf der politischen. Ihr Team wertete permanent aus, welche neuen Werkstoffe bei Forschungseinrichtungen wie den Fraunhofer-Instituten für Materialforschung in Entwicklung waren. Man musste vorbereitet sein, seinen Gegner kennen, wenn man ihn bezwingen wollte. Es wurden konkrete Maßnahmen entwickelt, wie zukünftigen Konkurrenzprodukten, zum Beispiel geschäumte Polysaccharide auf Maisstärkebasis oder ligninbasierte PVC-Ersatzstoffe, möglichst der Zugang zum Markt komplett verschlossen werden konnte. Gelang dies nicht, war das Ziel, sie zumindest unattraktiv zu machen. In der Praxis wurde dies meist realisiert, indem Start-ups, die erfolgreich den einen oder anderen petrolfreien Ersatzkunststoff im Markt etablierten, von *Sachs* aufgekauft wurden. In der Folge hob das Unternehmen den Preis für das jeweilige Produkt so lange an, bis es für die Abnehmer ökonomischer Wahnsinn wurde, die Stoffe zu kaufen. So konnte dem Mainstream weiter fröhlich billiges Plastik verkauft und das Geschäft mit dem schwarzen Gold zelebriert werden.

Ihr zweites Aufgabengebiet war es, Strategiepapiere zu erstellen, um auf politischer Ebene darauf einzuwirken, dass die Rahmenbedingungen für die Petrolindustrie nicht verschärft wurden und gleichzeitig die Fördertöpfe für alternative Werkstoffe möglichst gering blieben. *Sachs* hatte eine Vorliebe für Lobbyismus und ein ganzes Geschwader von rhetorisch gewandten Winkeladvokaten sowohl in Brüssel als auch in Berlin im Einsatz.

Als sie 2010 die Leitung der Imagekampagne »We Go Green« übernahm, war der Zeitgeist gekippt und der Mainstream begann, sich ernsthaft mit Umweltproblemen auseinanderzusetzen. Ein schlechtes Image konnte man sich nicht mehr länger leisten. Deshalb galt es, ein neues, grünes Bild des Konzerns zu zeichnen. Es hatten sich viele talentierte Köpfe beworben, die einen ernsthaften Umbau gestalten wollten, aber bei *Sachs* suchte man eher nach einem verlässlichen Fassadenstreicher als nach einem kreativen Maler, so wie bei allen großen Playern. Selbstverständlich hatte keiner die Absicht, an den Produktionsumständen oder der Firmenphilosophie etwas grundlegend zu verändern. Weder wollte man die sowieso angespannten Aktionäre unnötig belasten, noch durfte der kurzfristige Profit gefährdet werden. Zweistellige Wachstumsraten durften nicht durch ökonomisch unvernünftige Experimente aufs Spiel gesetzt werden. Nur auf dem Papier sollte in Zukunft alles hübsch grün aussehen.

Carla kannte die dreckigen Ecken des Konzerns, denn es waren ihre Westentaschen. Sie hatte über Jahre ihre gierigen

Griffel darin stecken gehabt. Sie wusste genau, wo man besser niemanden hinschauen lassen sollte, welche Produktionsstandorte als Vorzeigeobjekte taugten und welche man lieber an Tochterfirmen überschreiben sollte, damit man sie aus der Ökobilanz des Mutterkonzerns streichen konnte. Mit dem Fälschen von Statistiken und Investitionen in Studien, die Ergebnisse produzierten, die man brauchte, kannte sich Carla bestens aus. So gelang es ihr, *Sachs* gesünder, jünger und grüner als je zuvor aussehen zu lassen. Die *green image strategy* hatte gezündet.

2014, nach dem Tod ihres Sohns, hatte Carla sich eine Auszeit genommen und sich von ihrem Ehemann Wolfgang Roth getrennt. 2016 wurde sie in den Vorstand von *Sachs* gewählt, als erste Frau überhaupt in der 150-jährigen Konzerngeschichte. Ihr neuer Lebensabschnittsgefährte hieß Ralf Berger.

So viel hatte Basti in den letzten beiden Tagen mit der Hilfe der Kollegen aus der Redaktion über Carlas Werdegang herausgefunden.

Nachdem Basti den Artikel versandt hatte, klappte er den Laptop zu. Es war Zeit zu gehen. Er bezahlte schnell, lief zurück zu Jolly und öffnete die Schiebetür. Die Daltons begrüßten ihn sogleich überschwänglich. Es war sicher ein Monat vergangen, seit er sie das letzte Mal gegossen hatte. Also nahm er die Flasche Wasser, die er immer unter dem Beifahrersitz liegen hatte, und gab jedem der vier Kakteen einen Schluck.

Sie bedankten sich und Joe, der kleinste und klügste von ihnen, flüsterte Basti zu: »Also, wenn ich du wäre ... Ich weiß, ich bin nicht du und du bist nicht ich und William und Jack hier sind auch nicht ich und Averell schon gar nicht. Gott sei Dank! Aber ich meine ja nur, wenn ich du wäre, dann würde ich mir den Wolfgang Roth noch mal genauer angucken, den

Ex-Mann. Da stimmt doch was nicht! Erst stirbt der Sohn mit 19 Jahren, und dann trennen die beiden sich. Das stinkt!«
William und Jack: »Ja, gewaltig!«
Averell: »Ich riech nix! Wo soll es stinken?«
Basti nickte teilnahmslos, bevor er sich auf den Fahrersitz fallen ließ. Er war todmüde. Ja, vielleicht hatten sie recht! Seltsam war das schon! Dass im Hause Roth einiges vergammelt roch, war ja von Anfang an klar, sonst hätte der Dog Donator dort ja nicht zugeschlagen. Aber was sollte ein Arzt aus Hamburg bitte, mit den Entführungen von Hunden auf Sylt zu tun haben? Basti wischte sich durchs Gesicht, setzte sich hinters Steuer und gab Jolly die Sporen.
Gemeinsam tuckerten sie wenig später gemütlich auf der Landstraße Richtung Westerland, als auf der Bildfläche plötzlich ein silberner Kastenwagen auftauchte. Am Rückspiegel hing ein Traumfänger und auf der Heckklappe war ein Fischsymbol. Diese verbeulte Renate kannte er doch. Der französische Kastenwagen fuhr eine Weile vor ihm her, bog am Kreisel jedoch rechts ab. Basti folgte ihr, ohne es zu wollen. Sie fuhr die Hauptstraße entlang durch Wenningstedt und setzte den Blinker auf Höhe der Nordseeklinik.
»Klau sie dir. Los, klau sie dir!«, schrien die Daltons von hinten, und obwohl er nicht auf sie hören wollte, folgte er ihr doch. Er konnte einfach nicht anders. Es war ihm peinlich, aber er war auch früher schon manchmal wildfremden Frauen gefolgt, Frauen, die rochen wie die Kronblätter eines Rosengewächses, mit Wangen rot wie Hagebutten. Lynn war die Erste gewesen, damals, als er noch an die Uni gegangen war. Er hatte sie nach einer Vorlesung in Politikwissenschaften gesehen, wie sie stolzen Schrittes den Saal verlassen hatte, und er war wie hypnotisiert einfach hinter ihr hergelaufen. Ohne nachzudenken, ohne Ziel. Einfach so. Er hatte ihr nichts tun wollen und sich nichts dabei gedacht. Es war einfach so über ihn gekommen, und er hatte sich nicht wehren

können. Er war ihr bis nach Hause gefolgt. Unauffällig natürlich. Nach jeder Vorlesung hatte er sich an ihre Fersen gehängt. Von dem betörenden Geruch verwirrt, war er der samtigen Wolke gefolgt. Wieder und wieder. Er hatte sie nie angesprochen. Er hätte sowieso keine Chance gehabt. Manchmal hatte er sie dann von dem Café gegenüber, von dem aus man in die Fenster ihrer Wohnung im ersten Stock schauen konnte, bewundert. Still und leise, voller Hingabe.
Seit jener Zeit war es ihm immer wieder mal passiert, dass ihn das Verlangen gepackt hatte und er ungefragt Frauen gefolgt war. Vielleicht hatte es damit zu tun, dass er noch nie eine Freundin hatte. Noch nie. Die Daltons wussten es und zogen ihn gerne damit auf. Es war ihm mehr als peinlich. Hätte er es ihnen nur mal nicht erzählt. Mit 35 noch Jungfrau, und das als Mann! Er hatte das Thema sogar bei seinen *Coaching*sitzungen erwähnt. Die Therapeutin hatte gesagt, dass es unter Männern zwar ein Tabu sei, darüber zu reden, dass es aber viel mehr alte Jungfrauen gebe als man gemeinhin annahm.
Basti hatte in sicherer Entfernung geparkt und beobachtet, wie Lotta in die Nordseeklinik spaziert war. Er schnallte sich ab und lief nach hinten zu den Daltons.
»Sie ist heiß!«, sagte Joe.
»Richtig heiß!«
»Super duper heiß!«
»Ich kann keinen Temperaturunterschied feststellen«, fügten die anderen der Reihe nach hinzu!
»Jetzt geh schon! Beindrucke sie! Lass dir irgendwas einfallen! Du Waschlappen!«, flüsterte ihm Joe zu.
»Genau, lass dir was einfallen!«
»Also, mir fällt dazu nur ein, dass bei dir immer alles schiefgeht, Joe!«

From Wonderland

Freitag, 5. August, 17:37 Uhr, Sylt

Liebe Carla, lieber Ralf!
Ich glaube, ihr zwei lieblichen beiden versteht überhaupt nicht, worum es hier geht! Deshalb erkläre ich euch die Sache jetzt mal. Aber eines nach dem anderen! Eigentlich war es alles Mr. Magoos Idee gewesen, wisst ihr? Er ist mir zugelaufen, und als ich ihn zurückbringen wollte, sagte er, dass Frauchen seiner Meinung nach ein Problem mit ihrem Karma habe. Er fragte, ob ich da nicht helfen könne. Ich habe von Karmafragen keine Ahnung, müsst ihr wissen, aber zum Glück kannte ich wen, der Ahnung hat. Also ging es *down the rabbit hole* ins *Wonderland. Absolem* kennt sich mit Karma aus! Ja, dem fällt immer das Richtige ein. Also habe ich ihn gefragt und auf seinen weisen Rat gehört. Mr. Magoo habe ich anschließend zurück zu einem etwas besseren Frauchen gebracht. Es hat ihn so gefreut, dass er mich bat, anderen Hunden in Not denselben Gefallen zu tun.
Ein paar Wochen später traf ich Ray an der Laterne. Frauchen war gerade Dessous shoppen für ihre heimlichen Dates und hatte ihn dort abgestellt. Er flehte mich an, ihm zu helfen beim Ausbruch aus dem goldenen Käfig. Noch nie hatte er ein Abenteuer erlebt. Wie sollte ich da Nein sagen. Auf unserer Reise *down the rabbit hole* und *queer* durchs *Wonderland* hat er mir dann erzählt, dass er im falschen Körper geboren worden sei. Schon immer habe er sich wie ein *schwanzloses Wesen* gefühlt. Er hat mich schließlich gefragt, ob ich ihm bei seinem Anliegen helfen könne. Konnte ich selbstverständlich nicht, aber der verrückte Hutmacher, der hat ihm die Bürde des Schwanzes

abgenommen. Ach, war der erleichtert und glücklich, der Ray.
Als ich letzte Woche zufällig durch euren Vorgarten gehoppelt bin, habe ich Precious getroffen. Sie hat mir von ihren Problemen berichtet und mich gebeten, ihr zu helfen. Ihr wisst sicher selbst, dass es ihr nicht gutging. Oder habt ihr euch etwa nie die Zeit genommen, mit ihr zu reden? Ihr werdet doch nicht etwa immer nur mit euch selbst beschäftigt sein? Egal! Wir sind *down the rabbit hole*, aber auf dem langen, gefährlichen Weg ist viel passiert. Ganz zum Schluss ist Precious dann sogar zur Königin geworden. Ich habe euch den Beweis mitgebracht! Die Zeit selbst lässt ausrichten, sie könne alle Wunden heilen. Doch sie sei nur dazu bereit, wenn ihr endlich an eurem Karma arbeitet. Sie dankt für das Verständnis und weist darauf hin, dass selbst die kostbarste Uhr nur allzu leicht stehen bleiben könne. Jetzt kommt es auf jede Sekunde an! Zeit zu handeln!
Grüße aus dem Wonderland

Mr. Rabbit

Bernd rollte den Brief des weißen Stoffkaninchens zusammen.
»Der ist völlig wahnsinnig!«, schrie Carla aus der anderen Ecke des Wohnzimmers. Sie zitterte am ganzen Körper.
Ralf hielt sie im Arm. »Beruhige dich, Honey! Es hilft nicht, jetzt durchzudrehen!«
Katja trug genau wie Bernd weiße Latexhandschuhe. Langsam öffnete sie den Reißverschluss der blauen Strickjacke, die das Kaninchen trug. Der Bauch des Plüschtiers öffnete sich und ein Reißzahn fiel heraus. Außerdem schlummerte ein blutverschmiertes Auge im Inneren des possierlichen Nagers.

Mauerblümchen

Freitag, 5. August, 18:19 Uhr, Sylt

Basti schlenderte durch die sterilen Gänge. Das Klinikum war nicht sonderlich groß. Nur gerade groß genug, damit Lotta unwiederbringlich verloren gehen konnte. Nirgends hatte es nach Rosengewächsen geduftet. Wer wusste schon, hinter welcher der unzähligen Türen sie verschwunden war. Am liebsten hätte er bei jeder von ihnen durch das nicht vorhandene Schlüsselloch geschaut, sie aufgeklappt wie die Türen eines Weihnachtskalenders, bis er jene mit der 24 darauf gefunden hatte. Basti setzte sich auf einen der Stühle im Gang und schaute an die Decke.
Es war alles gut so. Er spürte, wie das Verlangen langsam nachließ. Es war, als würde er aufwachen aus seinem Verfolgerwahn, als würde er nüchtern aus trunkener Nacht den Morgen begrüßen. Müde, aber erleichtert. Wenigstens brauchte er sich jetzt keine Ausrede einfallen lassen. Wahrscheinlich wären ihm sowieso die Worte im Hals stecken geblieben, wenn er Lotta tatsächlich gefunden hätte. Eigentlich konnte er von Glück sagen, dass er ihr nicht über den Weg gelaufen war. Er hätte sich sowieso nur zum Affen gemacht. Was er sich überhaupt einbildete? Er hatte bei ihr doch sowieso keine Chance. Mit mehr Glück als Verstand hätte er vielleicht mal bei einem Mauerblümchen aus dem untersten Aldi-Regal eine Chance! Nein, nicht einmal die interessierten sich für ihn! Und er rannte der schönsten Orchidee der Insel hinterher! Was war er nur für ein Vollidiot! Er würde wohl für immer Single bleiben.
Egal! Es war Zeit, zurück zum Auto zu gehen. Die Daltons würden ihn sicher auslachen, so wie sie es immer taten. Auch egal! Er würde ins Hotel fahren und alleine schlafen gehen. Morgen würde ein neuer, langer Tag auf ihn warten.

Vergissmeinnicht

Freitag, 5. August, 18:21 Uhr, Sylt

Lotta saß am Rand des Krankenbetts. Ihre Tante sah schlecht aus. Sehr schlecht! Noch schlechter als in den letzten Tagen. Sie war zu schwach, um zu reden, und jeder Atemzug schien ein Kampf für den abgemagerten, grauen Körper, der da vor ihr lag. In den matten Augen schimmerte nur noch die Reflektion des Neonlichts, in der eingefallenen Nase hing der widerliche Geruch von Desinfektionsmitteln, und ihre schwache Seele war kurz davor, durch das geschlossene Fenster zu entschwinden.
Lotta hatte schon die vergangenen Nächte hier verbracht. Viele würden es wohl nicht mehr werden. Wahrscheinlich war es die letzte. Glücklicherweise hatten ihr die Ärzte erlaubt, hier zu schlafen, neben dem Schatten ihrer Tante. Kaum mehr vorzustellen, was für eine starke Frau sie einmal war. Noch bis vor Kurzem hatte sie gearbeitet. Auf den ersten Blick war sie immer unscheinbar gewesen. Ohne Kinder, ohne Mann, ohne Glamour und ohne Drama. Aber sie hatte viel geleistet in ihrem Leben. Sie war eines der treuesten Schafe des Hirten und eines der aktivsten Mitglieder der Gemeinde. In den achtziger und neunziger Jahren hatte sie sich um die vielen heroinabhängigen Kids auf der Insel gekümmert. Sie hatte sich schon früh für die Gleichberechtigung der Geschlechter engagiert und war für die Rechte Homosexueller auf die Straße gegangen, obwohl es dem Pastor nicht geschmeckt hatte. Sie hatte sich zeitlebens für das eingesetzt, was ihr gerecht erschien.
Jetzt lag sie mit Ende fünfzig schon auf dem Sterbebett, weil der Krebs sie fest im Griff hatte. Lotta fand das mehr als ungerecht. Den Tod interessierte es nicht. Er holte alle gleichermaßen zu sich. Die einen früher, die anderen später, aber ganz gewiss jeden.

Lotta machte sich bereit zu singen. Jeden Abend sang sie ein paar von Tantchens Lieblingsliedern aus dem Gesangsbuch. Sie hatte das gute Stück bereits aufgeschlagen, legte es nun aber auf das sterile Nachtschränkchen neben dem Sterbebett. Bevor sie das Teelicht anzünden würde, musste sie noch eine Kleinigkeit erledigen. Sie lief durch die Gänge hinüber zu den Toiletten. Gerade als sie diese erreicht hatte, öffnete sich die Tür, auf der die Silhouette einer großen Frau mit Kurzhaarschnitt und langen Hosen abgebildet war, und Lotta blickte in ein erstauntes Gesicht.

»Was machst du denn hier?«, fragte sie halb erschrocken, halb verwundert. Es schien ihm peinlich zu sein. Unruhe stieg in ihr auf. Er hatte ihr doch nicht etwa nachspioniert.

Verlegen räusperte sich Basti. »Also ich … ähmm ... Ich recherchiere hier.« Er schloss die Tür hinter sich und machte einen Schritt auf sie zu.

Lotta wurde nervös. »Okay ...«

»Ich versuche seit Wochen, einen Artikel über ähh ... Sterbebegleitung zu schreiben.«

Sie nickte zurückhaltend und machte vorsichtig einen Schritt zurück. Basti stand zwar gut zwei Meter entfernt, aber trotzdem war es ihr zu nah.

»Ja, er ist schon längst überfällig. Hätte ihn letzte Woche abgeben sollen, aber ich bekomme es einfach nicht auf die Kette«, fügte er kopfschüttelnd hinzu.

»Was?«, fragte sie verwirrt.

»Na, ich bekomme es nicht hin, ihn fertigzuschreiben.«

»Wen?«

Plötzlich zog jemand an ihrem Rockzipfel, obwohl sie heute eine Hose trug. Sie spürte, wie eine große, kalte Hand nach ihrer Schulter fasste, aber sie wusste, dass niemand hinter ihr stand. Sie musste die Panik unterdrücken.

»Den Artikel über Sterbebegleitung«, fügte Basti hinzu und lehnte sich an die Wand.

»Ich bin eben hier vorbeigefahren und dachte, ich laufe noch mal 'ne Runde durchs Krankenhaus auf der Suche nach Inspiration.«

»Wirklich?« Lotta schaute ihn skeptisch an. Sie fühlte sich verfolgt. Seine Story wirkte irgendwie an den Haaren herbeigezogen. »Gut, viel Erfolg dabei!«, sagte sie kurz angebunden und öffnete die Tür mit dem Schild, auf dem die Silhouette eines langhaarigen Schotten im Rock auf Augenhöhe klebte.

»Und was machst du hier?«, klemmte sich Bastis Frage in die sich schließende Tür.

Und wieder spürte sie einen kräftigen Ruck am Rockzipfel.

»Ich begleite meine Tante beim Sterben!«, hörte sich Lotta antworten und hätte sich dafür am liebsten gleich selbst geohrfeigt.

»Ist nicht wahr! Du willst mir nicht zufällig ein Inter...«

Die Tür war zu und die Lüftung an, aber sie hatte den Satz nicht zu Ende hören müssen, um zu wissen, was er wollte. Lotta warf sich einen Schwall kaltes Wasser in Gesicht. Sie musste ruhig bleiben, die Panik unter Kontrolle kriegen. Basti war ein harmloser, freundlicher Junge. Kein Mann mit dunklen Fantasien. So ein Bürschchen wie der konnte doch keiner Fliege was zuleide tun! Vielleicht hatte er nur so gestammelt, weil er aufgeregt war, nicht weil er log. Es würde ihr sicher guttun, ihre Ängste zu überwinden. Bestimmt war das hier eine Gelegenheit. Ein Geschenk des Himmels. Dafür, dass sie so selbstverständlich tat, wovor sich so viele fürchteten.

Käfer im Anflug

Samstag, 6. August, 01:59 Uhr, Sylt

Christian deutete in den Rückspiegel. »Wer folgt uns da?«
Holger zuckte mit den Schultern. »Ach, alles easy, Bruder! Jetzt mach dich nicht schon wieder verrückt!«
»Es ist zwei Uhr nachts, und uns folgt jemand, seit wir den Parkplatz der Kurverwaltung verlassen haben. Das ist doch kein Zufall!«
»Wie du meinst. Das werden wir gleich herausfinden.«
Holger bog aus voller Fahrt ruckartig rechts ab auf den Parkplatz der *Buhne sechs Zehen.* Die Reifen des mattschwarzen Mercedes Kombi quietschten, und er driftete volle Breitseite durch die Kurve. Beinahe wären sie mitten in das Kassenhäuschen gekracht, aber irgendwie hatte Holger es geschafft, das Heck daran vorbeizumanövrieren. Jetzt standen sie direkt vor dem großen Schild mit dem *hang-loose*-Fuß, der sechs Zehen hatte und auf den legendären Strandübergang deutete.
Christian sortierte sich noch, als Holgers Finger schon Richtung Straße zeigte. »Brauner Käfer! Geile Karre! Aber der ist einfach weitergefahren, Diggi. Also alles easy! Hab ich doch gesagt.« Holger drehte eine Runde über den menschenleeren Parkplatz in den Dünen zwischen Kampen und List.
»Du Vogel! Sag das nächste Mal Bescheid, wenn du so 'ne Aktion bringst!«, beschwerte sich Christian, der beinahe in Holgers Schoß gelegen hätte.
Holger lächelte ihn an. Dann setzte er den Blinker und fuhr zurück auf die Straße. »Alter, du musst lernen, cool zu bleiben, sonst bringst du uns noch in Teufelsküche mit deiner Angst! Ich schaukle das schon. Wir fahren jetzt da hin und ziehen die Sache durch. Keiner wird was mitkriegen, und dann vergessen wir die Nummer einfach. Morgen früh, wenn wir aufwachen, wird es sich anfühlen, als wäre nie etwas passiert.«

»Scheiße! Da ist schon wieder einer hinter uns!«, unterbrach ihn Christian, der die ganze Zeit unruhig in den Rückspiegel schaute.
»Der kam gerade aus der Ausfahrt vom zweiten Buhne-Parkplatz! Das ist der gleiche braune Käfer! Wenn der uns nicht verfolgt, fress ich 'nen Besen! Verdammt noch mal! Jetzt sitzen wir richtig in der Scheiße.«
Holger nahm den Kopf in den Nacken, während er sich im Rückspiegel vergewisserte, dass Christian recht hatte. »Okay. Jetzt heißt es Improvisieren! Planen kann ja jeder.«
Christian raufte sich die Haare, bevor er gegen das Armaturenbrett schlug. »Wir müssen die Sache abbrechen, Holger! Das sind die Cops! Ganz sicher! War doch klar, dass die uns jetzt permanent beschatten! Und alles nur, weil du wieder so 'ne große Klappe haben musstest! Verfluchte Scheiße noch mal!«
»Ruhig bleiben, Diggi! Immer mit der Ruhe! Dann fahren wir erst mal an den Strand! Ich habe schon eine Idee, wie wir aus der Nummer rauskommen!«
Sie hatten das Ortseingangsschild von Kampen hinter sich gelassen und fuhren keine 30, aber der braune Käfer überholte nicht.
Holger schaute zu Christian. »Du hast recht. Der verfolgt uns! Jeder normale Mensch würde jetzt überholen. Solche Amateure!«
»Ohh ... Verfluchte Scheiße!«, schrie Christian und haute mit der Faust gegen die Beifahrerscheibe.
Holger setzte den Blinker und bog wieder rechts ab, diesmal mitten in Kampen und Richtung *Windhose*. Der Käfer folgte ihm. Holger grinste siegessicher und flüsterte: »Ich liebe es, wenn ein Plan funktioniert!«

Die Kaa-Frage

Samstag, 6. August, 09:21 Uhr, Sylt

Bernd zog die Packung Zigarren aus der Manteltasche, während sein müder Blick an dem gut drei Meter langen Python vor ihm klebte. Zwar lag die Schlange mittlerweile in einer durchsichtigen Plastikbox, aber Bernd hielt trotzdem sicherheitshalber ein paar Meter Abstand. Wenn es etwas gab, das er nicht ausstehen konnte, waren es lange, sich windende Körper ohne Beine, die auf dem Boden krochen. Sie war ein stattliches Exemplar und hatte eine auffällige Wölbung im ersten Drittel des Körpers. Bernd versuchte vergeblich zu lesen, was auf ihrer elfenbeinfarbenen Haut geschrieben stand.
»*Haben und nichts geben, ist in manchen Fällen schlimmer als stehlen*, hat er mit Edding draufgeschrieben«, sagte Katja frustriert.
Bei dem Python musste es sich um einen Albino handeln, denn die Schlange hatte rote Augen und weiße Haut. Weshalb die schwarze Schrift bestens lesbar war. »Sieht ganz so aus, als hätte er eine Schablone benutzt«, fügte Katja hinzu.
Die Buchstaben waren auffällig regelmäßig und in Druckschrift geschrieben. Bernd schob sich eine Zigarre in den Mund, ohne sie anzuzünden.
Katja fuhr fort. »Der Strandkorbwärter hat sich zu Tode erschreckt, als er sie heute Morgen gefunden hat. Dreimal darfst du raten, unter welchem Korb sie lag?«
Bernd räusperte sich. Das war nicht schwer zu erraten, aber wie um Himmels willen hatten sie Christian und Holger gestern Nacht dort hingebracht, ohne dass er es bemerkt hatte. So ein drei Meter langer Python passte ja nicht mal eben in die Hosentasche, und wenn sie ihn um den Hals hängen gehabt hätten, wäre ihm das doch aufgefallen. »War natürlich in Carlas Strandkorb«, antwortete Bernd souverän. »Aber wie um Himmels willen ist er dahingekommen, ohne dass ich es gemerkt hab?«

Katja schaute ihn verwundert an. »Wie solltest du das denn gemerkt haben?«
Bernd zündete die Zigarre an. »Die haben mich reingelegt«, nuschelte er halblaut in seinen Schnauzer.
»Wer hat dich reingelegt?«, fragte Katja, die offensichtlich Schwierigkeiten hatte, ihm zu folgen.

* * *

Es roch streng, und der Anblick war unappetitlich. Bernd musste den Brechreiz unterdrücken. »Zum Glück hatte ich noch kein Frühstück!«, sagte er mit Blick auf die Zwergpinscher-Leiche, die vor dem Python auf dem Tisch lag. Die beiden Herren in Weiß hatten sie aus der Schlange herausmassiert. Dem toten Hund fehlte, wie leicht zu erkennen war, ein Auge, und Bernd hätte seine beste Zigarre darauf verwettet, dass ihm auch ein Zahn fehlte. »Ich würde vorschlagen, wir rufen Frau Roth an. Sie muss die Leiche noch identifizieren. Ich habe zwar wenig Zweifel, dass es sich hier um ihre ›Kostbarkeit‹ handelt, aber sicher ist sicher!«, sagte Bernd und drehte sich frustriert weg. »Wie haben sie das bloß geschafft, ohne dass ich es bemerkt habe?«
Katja schüttelte den Kopf. »Du hast sie beschattet letzte Nacht, richtig? Mann, Bernd, ich hab doch gesagt, nichts mehr ohne Genehmigung. Kannst du dich nicht einmal an die Regeln halten?«
Bernd schaute verlegen zu Boden. »Tut mir leid, Katja.«
»Was hast du denn vorgehabt?«
Bernd kramte durch die unergründlichen Tiefen seiner Manteltasche. »Ich dachte, sie bekommen vielleicht kalte Füße und tun etwas Unüberlegtes. Ich habe darauf spekuliert, dass sie mich zu ihrem Versteck führen und ich so wenigstens ein Zwergpinscher-Leben hätte retten können. Aber wir sind

wieder zu spät.« Bernd streckte ihr seine Hand entgegen. Darin befand sich ein unscheinbarer Schlüssel.

»Wo hast du den her?«

Der Hinweis kam von dem Reporter. Daraufhin hatte er den Schlüssel bei Holger und Christian in der Kiste gefunden und einen Abdruck gemacht, den er gestern Nachmittag gleich zu den Spezialisten gebracht hatte! Und voilà, hier war das Ergebnis! Wenn er nur wüsste, wo der passte, dachte Bernd und sagte: »Komplizierte Geschichte! Sagen wir doch einfach, von Holger und Christian, und ich bin sicher, dass er die Tür zu ihrem Versteck öffnet. Das Problem ist nur, ich weiß immer noch nicht, wo das Versteck ist.«

Es klopfte an der Tür. Carla und Ralf kamen herein. Vorsichtig, fast zerbrechlich und mit zittrigen Knien machte Carla zwei wackelige Schritte in den Raum.

Ralf nahm sie in den Arm. »Wir kriegen das Schwein! Dieser dreckige Mörder! Oh, wir werden ihn kriegen! Glaub mir, Honey! Der wird büßen!«, versuchte er, sie zu trösten.

Beim Anblick von Precious' leblosem Körper brach Carla in Tränen aus. Wütend und verzweifelt trommelte sie mit den Fäusten auf Ralfs Brust.

Der schien gefasst, aber durchaus überrascht. »Die Fieten, die alte Schlange. Ich hab's doch gleich gewusst, dass mit der was nicht stimmt.«

Carla schaute ihn entsetzt an. »Das ist doch unsere Hundesitterin.«

Ralf nickte. »Und sie hat 'ne Vorliebe für ekliges Viehzeug!«

»Ach, stimmt, die hat mal erwähnt, dass sie Schlangen toll findet.«

»Toll findet? Ihre ganze Bude ist voll mit Terrarien. Schlangen, Spinnen, Viehzeug!«

Carla wurde skeptisch. »Woher weißt du das denn?«

Ralf kam für einen kurzen Moment ins Stocken, was Bernd zu der Vermutung verleitete, dass die folgenden Sätze nicht die ganze Wahrheit abbilden würden.
»Hat sie doch erzählt. Beim letzten Mal, als sie Precious abgeholt hat!« Ralf schluckte verunsichert und unterstrich so Bernds Zweifel.
»Und wie kommen Sie darauf, dass ausgerechnet dieser Albino-Python von ihr ist?«
»Ähhh ... weiß ich selbstverständlich nicht sicher. Ist nur so 'n Gefühl! Weil sie gesagt hat, dass sie solche Schlangen hat! Ich meine, so viele Albino-Pythons wird es auf dieser Insel vermutlich nicht geben.«
Da hatte er wohl recht. Dass der Albino-Python Ninas Haustier war, schien durchaus glaubhaft, aber das war nicht alles, was Ralf über Nina wusste. Da war Bernd sich sicher. Nina Fieten hatten sie im Laufe der Ermittlungen schon zweimal verhört. Die hübsche, brünette Insulanerin, die ihren Job als Kellnerin an den Nagel gehängt hatte, um sich als Hundesitterin selbstständig zu machen, war anfangs verdächtig gewesen. Auffälliger Weise hatte sie die Hunde von allen drei Opfern betreut. Im Laufe der Ermittlungen hatten Katja und Bernd in Erfahrung gebracht, dass Nina angeblich den Großteil ihres Einkommens durch das Trinkgeld für ihre Extraleistungen von den Herrchen generierte. Ralf sah nicht gerade aus wie ein Mann, der solch ein Angebot hätte abschlagen können.
Bernd lächelte verständnisvoll. »Wie war Ihr Verhältnis zu Nina Fieten?«
Ralf strich sich beiläufig mit dem Finger unter der Nase entlang, bevor er die Hände entschuldigend anhob. »Gut. Geschäftlich halt. Sie hat sich um den Hund gekümmert, wann immer wir jemanden brauchten.« Er schaute zu Carla. »Hat uns doch gutgetan, ab und an mal ein bisschen Zeit zum Entspannen zu haben.« Er drehte sich wieder zu Katja. »Gott hab

sie selig, aber Precious konnte manchmal eben auch ganz schön anstrengend sein.«
Carla verzog das Gesicht. »Na und! Das haben besondere Frauen nun mal so an sich!«
Ralf legte seinen Arm um sie. »Ich weiß, Honey. Deshalb liebe ich euch beide ja so sehr.«
Katja hakte nach. »Haben Sie Nina mal besucht, Herr Berger?«
»Nein, sie hat mir nur von ihrer Wohnung berichtet.«
Katja schaute streng. »Gibt es sonst irgendetwas, das wir wissen sollten über Nina und Sie?«
Ralf wurde wieder wütend. »Sie war unsere Hundesitterin. Das ist alles. Unglaublich! Jetzt muss ich mich hier schon rechtfertigen! Kümmern Sie sich lieber darum, dass es jetzt mal vorwärtsgeht, dass der Täter endlich geschnappt wird, und verschwenden Sie nicht Ihre Zeit damit, uns die Sache noch schwerer zu machen, als sie es eh schon ist.« Er fasste Carla an der Hand. »Komm, Honey! Hier verschwenden wir nur unsere Zeit! Ich habe ja schon viele dilettantische Ermittler erlebt, aber das hier ist die Krönung!«
Bernds Telefon klingelte genau in dem Moment, als Carla und Ralf aufgebracht die Tür hinter sich zuzogen. Er nahm ab und hörte eine durchaus wütend klingende Stimme.
»Kommen Sie in mein Büro, und zwar sofort!«

Sauber Diggi

Samstag, 6. August, 09:39 Uhr, Sylt

»So, jetzt haben wir es doch fast geschafft! Siehste, Diggi! Is immer schlauer, so was am Morgen zu machen! Viel unauffälliger, sich durch dichten Verkehr zu bewegen, als mitten in der Nacht ganz alleine auf dem Asphalt zu sein!«

Christian nickte. Es passierte nur selten und es fiel ihm schwer es zuzugeben, aber Holger lag diesmal ausnahmsweise richtig. »Ja war 'ne gute Entscheidung, die Sache letzte Nacht abzubrechen und nach dem kleinen Strandspaziergang wieder zurück nach Hause zu fahren«, gestand er ein, bevor er auf seine Uhr schaute. »Viel Zeit haben wir nicht mehr!«

Holger grinste ihn an. »Diggi, ich komme doch immer zehn Minuten zu spät! Das wäre viel zu auffällig, wenn wir ausgerechnet heute pünktlich wären!«

Christian schaute sich um. Die Gartenlaube war unaufgeräumt wie immer. Totales Chaos! Wie Holger nur so leben konnte? Auf dem Boden konnte man noch deutlich die Spuren ihres hektischen Einsatzes sehen. »Dann lade du alles ins Auto, und ich fege hier noch mal kurz durch. Sicher ist sicher!«

Holger nickte zufrieden und spazierte hinaus zum Auto. Wahrscheinlich nahm er alles wieder genauso auf die leichte Schulter wie den großen, schwarzen Müllsack, in den sie die Beweise ihres Verbrechens gestopft hatten. Es war sowieso eine Scheißidee gewesen, die Gartenlaube zu unterkellern. Von Anfang an hatten sie nur Probleme gehabt. Mit dem Grundwasser zum Beispiel. Nur durch die Installation von Pumpen war es möglich gewesen, ihr Versteck halbwegs begehbar zu halten. Die Pumpen waren laut und hatten einen riesigen Stromverbrauch. Christian hatte extra Schallschutzgehäuse bauen müssen, und Holger hatte ein Kabel zum nächsten öffentlichen Laternenmast gelegt. Jetzt zahlte die

Gemeinde Wenningstedt den Strom für ihr Versteck. Wirklich ein wahres Wunder, dass sie bisher nicht aufgeflogen waren. Aber nachdem sie im letzten Jahr Monat um Monat daran gearbeitet hatten, hatten sie es auch benutzen wollen. Christian durfte gar nicht an diese Zeit zurückdenken. Ladung um Ladung hatten sie den Sand und das Erdreich ausgehoben und in Holgers Kombi verfrachtet. Den neugierigen Nachbarn hatten sie erzählt, dass sie nur die Hütte sanierten. Das war ja auch nicht gelogen. Die heruntergekommene Gartenlaube hatten sie auch etwas aufgepäppelt, aber hauptsächlich hatten sie sich mit dem Keller beschäftigt. Falls einer der Nachbarn Verdacht geschöpft hatte, hatte er zumindest nichts unternommen.

Christian schloss die Klappe im Fußboden und legte den Berberteppich darüber. Dann schwang er den Besen und spürte, wie sich Erleichterung in ihm breitmachte. Selbst wenn jetzt jemand ihr Versteck finden sollte, in den Bau würden sie nicht mehr wandern.

Und Tschüss

Samstag, 6. August, 09:44 Uhr, Sylt

»Wo waren Sie gestern Nacht?«
Katja ahnte, dass jetzt die Bombe platzen würde. Sie hatte alles getan, um Bernd davor zu bewahren, aber Herberts Gesicht ließ keinen Zweifel daran, dass er vorhatte, kurzen Prozess zu machen. Bernd antwortete nicht.
Herbert drehte seinen Laptop um. »Das ist dein Käfer, oder?«
Bernd nickte und schwieg.
»Letzte Nacht um zwei vor der Windhose. Nur ein paar hundert Meter entfernt von Carlas Strandkorb, unter dem heute Morgen um acht Uhr eine Albino-Python gefunden wurde, mit der Aufschrift: »Haben und nichts geben, ist in manchen Fällen schlimmer als stehlen.«
Bernd schaute ihn ernst an. »Der Python. Es muss: einen Python gefunden heißen. Egal. Das Wichtigste hast du vergessen. Im Bauch der Schlange war die Hundeleiche.«
Herbert lehnte sich zurück und starrte an die Decke. »Also fassen wir zusammen. Hier auf meiner ruhigen, schönen Insel werden plötzlich Hunde von wohlhabenden Personen entführt. Diese Personen werden anschließend von dem Entführer erpresst, Unsummen an Naturschutzorganisationen zu spenden. Nach der zweiten Entführung bekomme ich unter dem Hashtag #dontfuckwithdogs Aufnahmen zugespielt, die Bernd Bocherts ...« Herbert hob zur Unterstreichung des folgenden den Zeigefinger. »... halb nackt ...« Er ließ eine Pause. »... mit einer Hasenmaske ...« Wieder eine Pause. »... auf einer Demonstration gegen die Abholzung eines bedrohten Waldgebietes zeigen.« Herbert schüttelte ungläubig den Kopf. »Der wahnsinnige Entführer unterschreibt seine offensichtlich links-terroristischen Briefe mit ›Mr. Rabbit‹, und jetzt bekomme ich Aufnahmen, versehen mit demselben

Hashtag, die deinen Käfer letzte Nacht in unmittelbarer Nähe von Carlas Strandkorb zeigen, unter dem heute ...«
Bernd unterbrach genervt. »Ich weiß, wonach das aussieht! Was soll ich dir sagen, Herbert? Die haben mich in eine Falle gelockt!« Ja, es sah ganz danach aus, als wäre er reingelegt worden. Das konnte keine Verkettung von Zufällen mehr sein. Irgendjemand versuchte, ihn in die Pfanne zu hauen.
»Wer sind die?«, fragte Herbert skeptisch.
»Die Rettungsschwimmer! Holger und Christian. Ich habe sie gestern Nacht beschattet.«
»Ohne meine Genehmigung und im Privatwagen?«
»Ja! Tut mir leid, Herbert, aber ich hatte Grund zu der Annahme, dass sie ihr Versteck aufsuchen würden. Ich wollte sie auf frischer Tat ertappen!«
»Und?«
»Nichts und! Die sind zwar zur Windhose gefahren, aber eine Schlange hatten sie nicht dabei. Was weiß ich denn? Vielleicht haben die noch Komplizen oder hatten die Schlange schon dort deponiert. Ich habe jedenfalls nichts Verdächtiges ausmachen können.«
»Das darf doch nicht wahr sein! Jetzt bist du doch nur noch verdächtiger.«
Bernd stand auf. »Was? Das ist nicht dein Ernst? Du willst mir doch nicht unterstellen ...«
»Ich unterstelle dir gar nichts. Schau dir einfach die Fakten an. Du bist ab sofort suspendiert für den Rest der Ermittlungen. Verstanden?«
»Wie bitte? Aber ...«
»Nichts aber. Bernd, es geht nicht anders! Falls du noch mal an einem Tatort auftauchen solltest oder dich irgendwie in die Ermittlungen einmischst, muss ich dich inhaftieren lassen. Bitte erspare uns das! Die Situation ist beschissen genug.«
Bernd öffnete vollkommen niedergeschlagen die Bürotür.
»Wo willst du hin?«

»In den Vorruhestand!«

Lass laufen

Samstag, 6. August, 10:01 Uhr, Sylt

Bernd war bis zum Ende der Welt gefahren. Bis zum Ende seiner Welt. Er hatte verbotenerweise nicht weit vom Morsumer Kliff mitten im Naturschutzgebiet geparkt. Seine Füße hingen aus dem Fenster, auf dem Beifahrersitz lag eine Flasche Scotch, und er zündete sich gerade eine Zigarre an. Fünfunddreißig Jahre war er jetzt im Polizeidienst gewesen. Fünfunddreißig wilde Jahre! Er war nie der Beste gewesen. Von Anfang an nicht. Eigentlich war er meistens der Schlechteste, aber er hatte sich trotzdem immer irgendwie durchgeschlunzt. Aus irgendeinem Grund hatte ihm das nie jemand übelgenommen. Vielleicht waren die meisten froh, dass es noch jemanden gab, der weniger erfolgreich war als sie selbst. Aber jetzt war es vorbei. Dies war sein letzter Fall gewesen. Er setzte den Whiskey an und spülte ihn herunter, so wie alle anderen Probleme in seinem Leben. Es brannte angenehm im Rachen, und er zog an der Zigarre.

Dass sie es diesmal schwer haben würden, den Fall zu lösen, hatte er gleich geahnt. Es hätte ihn mittlerweile nicht mal mehr gestört, wenn der Entführer einfach so davonkommen würde, aber dass er selbst ins Visier geraten könnte, damit hatte er wirklich nicht gerechnet. Dass er nun deshalb seinen Job an den Nagel hängen musste, tat weh. Er mochte Katja. Sie waren ein gutes Team gewesen. Schon immer.

Er griff in seine Tasche und holte den Schlüssel hervor. Gestern hatte er noch gedacht, dies wäre des Rätsels Lösung. Vielleicht hatte Katja recht und man konnte den Typen von der Presse nicht trauen. Vielleicht steckte ja auch dieser komische Reporter selbst hinter der ganzen Sache. Vielleicht hatte er ihn mit Absicht auf diese falsche Fährte geführt. Vielleicht war er es, der die Bilder gemacht und an Herbert gesendet hatte. Katja hätte es ihm sicher zugetraut, aber Bernd

hatte aus einem unerfindlichen Grund das Gefühl, dass Basti ein ehrlicher, guter Kerl war.
Bernds Telefon vibrierte. Vielleicht war es Sonja. Unwahrscheinlich! Sie hatte die Beziehung ja letzte Woche beendet. Ein für alle Mal. Es sei besser für ihn, hatte sie gesagt! Phhh ... Jetzt hatte er weder eine Frau noch einen Job, aber wenigstens konnte der Scotch nicht weglaufen. Bernd nahm einen weiteren Schluck. Er zog erneut an seiner Zigarre und beobachtete, wie der Rauch zuerst den Himmel seines geliebten Käfers streichelte und dann durchs Fenster hinaus am Reet vorbei aufs Watt zog.
»Tja, Scheiße kommt immer in Haufen. In dicken, fetten, stinkenden Bergen! So ist das nun mal!«
Vielleicht war es ja wirklich besser, wenn der Dog Donator nicht geschnappt werden und Sonja ihre letzten Tage alleine verbringen würde. Er würde sich jetzt den Whiskey in den Kopf stellen und fertig.
Wieder vibrierte sein Telefon. Genervt fasste er in seine Tasche und holte das alte, zerkratzte Nokia hervor.
Die erste Nachricht lautete:
Habe Neuigkeiten! Der Schlüssel passt an Hütte 8 der Kleingartenanlage Hockjenbil in Wenningstedt!

Und die Zweite:
Das ist die mit der blauen, neuen Hütte. Da würde ich mich mal umschauen an Ihrer Stelle.
Liebe Grüße

Sebastian Reiter

Mattschwarz

Samstag, 6. August, 10:07 Uhr, Sylt

Der Bulli tuckerte Richtung List. Basti konnte es noch immer nicht fassen! Er hatte die ganze Nacht kaum ein Auge schließen können vor Aufregung. So etwas war ihm noch nie passiert. Normalerweise war er immer unerkannt geblieben. Ein stiller Beobachter im Hintergrund. Unauffälliger Chronist voller Bewunderung, nicht der Held im Liebesepos. Aber gestern Abend hatte sie ihn auf frischer Tat ertappt. Doch was dann mit ihm geschehen war, hätte er sich nie zu träumen gewagt.

Er hatte improvisiert. Einfach so. Gut, zuerst war Lotta schüchtern, fast ein bisschen ängstlich gewesen. Er hatte es ihr nicht übelnehmen können. Irgendwie war die Aktion ja auch ganzschön *creepy* gewesen. Aber als sie von der Toilette zurück in den Gang kam, war sie wie ausgewechselt. Je länger sie im Flur gestanden und geredet hatten, umso mehr hatte sich Lotta entspannt. Vielleicht war sie dann froh gewesen, doch nicht ganz allein mit dem Tod im Nebenzimmer zu sein. Sie hatten bestimmt eine halbe Stunde auf dem Gang gestanden und über seine Artikel geredet, bevor sich Lotta verabschiedet hatte und zurück zu ihrer Tante ins Zimmer gegangen war. War das ein Fest gewesen! Und wie die Daltons erst geguckt hatten, als er ihnen erzählt hatte, was passiert war! Vor lauter Aufregung hatte Basti die ganze Nacht kein Auge zumachen können.

Durch die Boxen seines Bullis drang klassische Musik in sein Ohr. Bachs Cello Suite Nr.3 gespielt auf dem Saxofon. Glücklich schwang sein Kopf hin und her, während er am Watt entlang von Keitum Richtung Kampen groovte. Er kurbelte die Fensterscheibe herunter, denn er wollte die Hand hinausstrecken, um sie im *Wind of Change* tanzen zu lassen.

Kurz vor dem Ortsausgang Braderup fiel ihm ein Auto auf. Ein schwarzer Mercedes Kombi fuhr vor ihm durch die Kurve. Nicht direkt vor ihm, ein Porsche und ein Beamer fuhren dazwischen.
»Schwarzer Mercedes W 124 Kombi. Die Dinger sind selten geworden! Kein typisches Sylttourimobil! Könnte schwören, den hab ich schon mal gesehen. Nur wo?«
Basti streichelte über das Lenkrad seines Bullis.
»Komm schon, Jolly! Woher kenn ich den?«
Er grübelte, aber es wollte ihm einfach nicht einfallen – und das war selten. Musste am Schlafentzug liegen. Er hatte sich zwar schon zwei doppelte Espressi gegönnt, aber offensichtlich war sein Gehirn noch im Stand-by-Modus. Gerade als Basti aufgeben wollte, setzte der Benz den Blinker und bog ab auf den Parkplatz am Watt zwischen Braderup und Kampen. Im Vorbeifahren erkannte Basti die aufs Dach geklebte Finne eines Surfboards und die abgedunkelten Scheiben. Da machte es klick. Richtig, auf dem Parkplatz am FKK-Strand hatte er dieses Auto gesehen. Es musste Holger oder Christian gehören. Nein, stopp! Es war eindeutig Holgers Karre. Christian war eher so der Typ Fahrradfahrer. Und wenn Auto, dann ein gut gepflegter T4 Transporter ohne Rost, aber mit Hochdach und eigenem Holzausbau.
Basti schaute auf die Uhr. Es war fünf nach zehn. Entweder hatte Holger frei oder er war zumindest spät dran. Bastis Neugier war geweckt. Er drehte in der ersten Einfahrt, die Kampen zu bieten hatte, und fuhr zurück. Auf dem Parkplatz standen nur eine Handvoll Autos. Holger schloss gerade die Heckklappe, und Christian stieg auf der Beifahrerseite ein. Er schaute hinüber, hatte Basti aber vermutlich nicht erkannt. Was auch immer die zwei dort gemacht hatten, sie waren schon fertig.
Jetzt war es Basti peinlich, spioniert zu haben. Um nicht aufzufallen, fuhr er einfach an dem Parkplatz vorbei bis nach

Braderup. Im Rückspiegel konnte er noch erkennen, wie der schwarze Benz vom Parkplatz rollte und Richtung Kampen fuhr.

Wer zu spät kommt

Samstag, 6. August, 10:11 Uhr, Sylt

Die Gartenanlage war menschenleer. An einem Freitagmorgen wahrscheinlich nichts Ungewöhnliches. Bernd hatte gerade eine Runde gedreht, um sicherzugehen, dass die Hütte, vor der er jetzt stand, die einzige blaue, neue Hütte in der Anlage war. Der Zigarrenstummel klemmte in seinem Mundwinkel, als er das unverschlossene Tor im wackeligen Gartenzaun öffnete und über den Rasen vorbei an der Hecke zur blauen Hütte lief. Die Tür war verschlossen und vor den Fenstern hingen Gardinen. Bernd holte den Schlüssel aus der Manteltasche. Er passte ins Schloss. Bingo! Endlich mal eine gute Nachricht. Bernd öffnete die Tür und trat ein.

Die Hütte sah genauso aus wie Holgers Zimmer. Nein, das konnte man so nicht sagen. Hier lag zumindest nicht alles auf dem Boden verstreut. Es wirkte so, als hätte er versucht, sein Chaos ein bisschen zu zähmen. Die leeren Flaschen waren zumindest alle irgendwie unter der Küchenzeile gelandet. Die Aschenbecher waren nur halbvoll, und auch die Mülleimer quollen noch nicht über. Nachdem Bernd einige Zeit damit verbracht hatte, die Inneneinrichtung zu begutachten, ohne etwas Verdächtiges finden zu können, lief er zurück in den Garten. Die Hütte war klein und übersichtlich. Darin etwas zu verstecken, war aussichtslos. Außer einem noch kleineren Geräteschuppen gab es keine weiteren Gebäude auf dem Grundstück. Es war völlig unmöglich, hier einen Hund zu verstecken. Noch dazu hätte Holger ihn an den Nachbarn vorbei in die Gartenlaube schleusen müssen. Katja hatte recht gehabt. Man konnte der Presse einfach nicht trauen. Aber warum hatte dieser Journalist sich überhaupt die Mühe gemacht, ihm Hinweise zukommen zu lassen?

Bernd setzte sich ratlos und völlig übermüdet auf die Gartenbank vor der Hütte. Er holte die Streichhölzer heraus und zündete seine Zigarre erneut an. Wie schnell ein Leben doch ruiniert war. Sprichwörtlich von heute auf morgen. Mit all seinen Aktionen hatte er sich immer tiefer in die Scheiße geritten. Dass er jetzt hier saß, war nur das i-Tüpfelchen, das Schneeflöckchen-Weißröckchen auf der Spitze des Eisbergs. Dass er seinen Job verloren hatte, war schlimm genug, aber viel schwerer wog, dass Sonja ihn verlassen hatte. Bernd war von Anfang an klar gewesen, dass es schwer werden würde, eine zwanzig Jahre jüngere Frau bei der Stange zu halten. Es wäre schon schwer genug gewesen, wenn sie in derselben Stadt gewohnt hätten und er nicht ständig Überstunden hätte machen müssen. So war es nur eine Frage der Zeit gewesen, bis sie ihm genervt den Rücken zudrehte. Es war wohl Ironie des Schicksals, dass es genau jetzt passiert war. So kurz bevor er endlich Zeit für sie gehabt hätte. Bernd zog an seiner Zigarre und ließ den Rauch langsam aus dem Mund wabern. Sie hatte sich bestimmt in einen ihrer Patienten verliebt. Das war zwar hochgradig unprofessionell, aber es wäre nicht das erste Mal.

Plötzlich vibrierte das Telefon in seiner Tasche. Er hatte eine Nachricht bekommen. Bestimmt keine gute. Genervt zog er das Telefon aus der Tasche. Es war Sonja!

Is nicht wahr

Samstag, 6. August, 10:16 Uhr, Sylt

Sie hatten alles in einen schwarzen Plastiksack verpackt und diesen mit Erde, Stöcken und Blättern der umstehenden Bäume dilettantisch abgedeckt. Gerade weit genug vom Parkplatz entfernt, dass man nicht von jedermann beobachtet werden konnte. Sie mussten es eilig gehabt haben. Basti hatte selbstverständlich Handschuhe angezogen, bevor er sich daran machte, das Überraschungspaket zu öffnen. Er war ja nicht auf der Wurstsuppe hergeschwommen. Doch als er den Inhalt mit eigenen Augen sah, schnellte sein Puls abrupt in die Höhe. Damit hatte er nicht gerechnet.
Er schaute sich um. Der Parkplatz war zum Glück menschenleer. Unmöglich konnte er den Sack mitnehmen. Wenn jemand sein Auto durchsuchen würde, wäre er sofort fällig. Er beschloss, vorläufig alles an Ort und Stelle zu belassen und erneut abzudecken. Diesmal jedoch wie ein Profi. Er hatte Glück, denn in der Zwischenzeit war tatsächlich kein weiteres Fahrzeug gekommen. Er konnte sich folglich sicher sein, dass ihn keiner beobachtet hatte. Basti öffnete die Fahrertür, zog die Handschuhe aus und stieg ein.
»Jolly, Jolly, Jolly! Was machen wir denn jetzt?«, fragte er, während der Zündschlüssel das Pferd zum Wiehern brachte.
»Ruhe bewahren. Dafür wird sich schon noch eine Lösung finden«, antwortete der gelassen.
»Lass uns das regeln!«, rief Joe von hinten.
»Ja, wir machen das.«
»Ganz genau! Keine Sorge!«
»Warum sollte er sich Sorgen machen? Wenn wir etwas in die Hand nehmen, geht es doch immer schief!«, fügten die Brüder der Reihe nach hinzu.
»Genau deshalb habe ich Jolly gefragt und nicht euch«, antwortete Basti.

Gerade als er losfahren wollte, bekam er einen Text.

Nimm's mir nicht übel, aber ich bin super müde :(muss auch gleich zurück ins Krankenhaus. Meiner Tante geht es sehr, sehr schlecht! Wir können uns ein anderes Mal treffen!

Liebe Grüße

Lotta

Terra Nina

Samstag, 6. August, 11:12 Uhr, Sylt

Nina hatte ihren Wochenendausflug nach Hamburg unfreiwillig vorzeitig abbrechen müssen, denn sie hatte am Morgen einen Anruf von der Kripo bekommen und war aufgefordert worden, umgehend nach Westerland zurückzukehren. Also hatte sie ihre Siebensachen gepackt, sich in den nächsten Zug gesetzt und war zurück nach Sylt gefahren. Auf der Wache hatte sie dann überraschenderweise ihren Albino-Python Kaa vorgefunden. Nachdem Katja ihr erklärt hatte, was passiert war, fuhren die beiden zu Ninas Zwei-Zimmer-Apartment in Braderup.
Nina zog die Gummihandschuhe über, die ihr Katja gereicht hatte, bevor sie behutsam die Eingangstür öffnete. Auf den ersten Blick schien alles völlig normal. Keine Tür war aufgebrochen, kein Schrank durchwühlt, keinerlei Chaos. Stattdessen war alles in bester Ordnung und am gewohnten Platz. Ihr Wohnzimmer war geräumig und hell. In der Ecke zur Terrasse hin war eine amerikanische Küche. Katja, die sich ebenfalls Gummihandschuhe übergestreift hatte, öffnete vorsichtig die angelehnte Tür zum Schlafzimmer. Nina schaute ihr neugierig über die Schulter. Aber auch hier schien alles in bester Ordnung.
In dem dunklen Raum leuchteten nur die Glaskästen mit den vielen tropisch anmutenden Pflanzen und Tieren. Vorsichtig betrat Katja den Raum voller Spinnen und Schlangen. Man konnte ihr ein gewisses Unbehagen ansehen. Nina war es gewohnt, dass die meisten Menschen ihr Schlafzimmer unheimlich fanden. Es war sogar schon vorgekommen, dass Männer, die sie aus dem Club mit nach Hause genommen hatte, sich auf der Türschwelle umgedreht hatten und wieder gegangen waren. Nur sehr wenige Menschen teilten ihre Liebe zu Spinnen und Schlangen.

Katja gehörte anscheinend zu jenen, die diese obskure Welt zumindest interessant fanden. Nach anfänglichem Unbehagen schien sie nun durchaus interessiert.
»Wie viele Schlangen haben Sie denn?«, fragte sie förmlich.
»Drei. Kaa, den Albino-Netzpython, den Sie ja nun kennen, und zwei kleine Boas.« Nina machte einen Schritt hinüber zu dem mittelgroßen Terrarium direkt neben ihrem Bett. »Das sind Agent K und Agent J!«
Zwei ungefähr einen Meter lange braune *Boa constrictor* lagen zusammengerollt in der Ecke des Glaskastens. Im Vergleich zu Kaa waren sie winzig.
Nina lehnte sich nach vorne. »Soll ich sie mal rausholen?«
Aber Katja packte sie am Arm. »Fassen Sie hier ja nichts an, bevor die Jungs von der Spusi nicht grünes Licht gegeben haben.«
Nina schaute sie verwundert an. »Susi?«
Katja lachte herzlich. »Entschuldigung. Ich meine natürlich die Kollegen von der Spurensicherung! Die beiden Herren da drüben, die sich gerade noch mit Ihrer Eingangstür beschäftigen.«
Nina hob die Hände. »Ah ... natürlich ... kein Problem.«
»Sagen Sie mal, wie füttern Sie die eigentlich?«
»Agent K und Agent J stehen auf außerirdische *Mus musculus*!«
»Wie bitte?«
»Späßchen! Die bekommen Mäuse. Kaa mag's etwas molliger. Der bekommt Kaninchen.«
»Entschuldigen Sie, dass ich frage, aber wie funktioniert das genau?«
Nina lachte. »Ich würde es Ihnen ja zeigen, aber ich fürchte, die beiden hier sind satt. Die habe ich erst vor meiner Abfahrt am Mittwoch gefüttert.«
»Danke, das ist auch nicht nötig«, reagierte Katja wie immer sachlich. »Erklären Sie es mir.«

»Also, ich nehme eine Maus und setze sie hier ins Terrarium und na ja, dann warte ich, bis eine von beiden zubeißt.«
Nina zuckte mit den Schultern. »Wenn ich ganz ehrlich bin ...« Sie zögerte. »Ich weiß, so was sollte man nicht sagen, aber mir macht es sogar ein bisschen Spaß zuzusehen.« Sie drehte sich zu Katja. »Das ist der Kreislauf der Natur. Fressen und gefressen werden. Es geht so schnell.« Nina schnappte mit der rechten Hand zu. »Zack und sie ist tot.«
Katja fragte weiter. »Und wo bekommen Sie das Futter normalerweise her?«
Nina ging zurück ins Wohnzimmer und zeigte in den Garten. »Das meiste züchte ich selbst. Hab ein paar Kaninchen und Mäuse da drüben in dem Holzverschlag.«
Katja folgte ihr und begutachtete den provisorischen Stall. Sie machte sich Notizen, bevor sie zurück ins Schlafzimmer zu dem großen Terrarium in der Ecke ging, ein ungefähr zwei mal drei Meter großer, hell beleuchteter Glaskasten, in dem ein geschwungener Stamm lehnte. Grünpflanzen waren hübsch arrangiert, und ein kleines Bassin stand in der Mitte.
Nina war ihr gefolgt. »Ein bisschen Treibholz, Nordseesand und ein paar Pflänzchen aus der Gärtnerei, fertig ist das Schlangenparadies.«
Katjas Blick schweifte durch den Raum. Er blieb an einem der zahlreichen kleineren Terrarien hängen. Sie beobachtete die große schwarze Spinne im Inneren, die gerade vorsichtig einen Schritt auf sie zumachte.
Nina kniete sich daneben. »Das ist Peter Benjamin Parker, aber Sie können ihn einfach Parker nennen. Das stört ihn nicht!« Sie grinste verschmitzt. »Er ist eine Riesenvogelspinne. *Theraphosa blondi*. Sehr interessante Tiere.«
Katja nickte nachdenklich. »Wer kümmert sich eigentlich um Spiderman und den Rest ihrer Superhelden, wenn Sie übers Wochenende wegfahren?«

Nina winkte ab. »Ach, die können alle gut mal ein paar Tage ohne Futter auskommen.« Sie hielt inne und schob die Hände in die Hosentaschen. Nein, die volle Wahrheit würde sie nicht sagen können. »Wenn ich länger weg bin, schaut Jens nach ihnen. Ich habe unter dem Blumenkasten einen Schlüssel liegen, aber das weiß niemand außer ihm.«
»Okay. Wer ist Jens?«, fragte Katja, während sie hinüber zur Wohnungstür ging, an der noch immer die Kollegen von der Spurensicherung zugange waren. Sie schaute sich um. »Dieser hier?« Katja zeigte auf einen Tonkübel mit Heidekraut. Nina nickte. Dann drehte sie sich zu den beiden Kollegen, die noch immer die Fingerabdrücke im Eingangsbereich untersuchten. »Hey Jungs! Habt ihr was?«
Der Ältere nickte zuversichtlich. »Alles voll hier. Leider das meiste verwischt, aber wir werden trotzdem ein gutes Dutzend saubere Abdrücke sicherstellen können.«
»Na, da bin ich ja mal gespannt, und wenn ihr da fertig seid, kümmert euch bitte als Nächstes um den Blumentopf hier.«
»Klaro!«, murmelte der Ältere und steckte eine weitere Folie mit gesicherten Abdrücken in den dafür vorbereiteten Koffer.
Nina kam hinter ihr hergeschwänzelt. »Jens Kosnik ist ein guter Freund.«
Ja, das hörte sich besser an als *Sugar Daddy*. Katja würde es sowieso nicht verstehen. Dann wäre sie gleich unten durch und womöglich als Nächstes selbst verdächtig. Außerdem hatte Jens ja Frau und Kinder auf dem Festland. Sie musste auch an ihn denken. »Er ist wissenschaftlicher Leiter des Alfred-Wegner-Instituts. Wir haben uns zufällig im Netz kennengelernt.« Auf Tinder, konnte sie ja jetzt schlecht sagen. »Auf schlangen-forum.de, weil er genauso fasziniert von Reptilien ist wie ich. Jetzt sehen wir uns eben gelegentlich und er passt, falls nötig, auf meine Superhelden auf, wenn ich wegfahre.«

»Hatten Sie sonst irgendwelche Verhältnisse zu Männern?«
»Äh ja, aber ich denke, das ist Privatsache!«
»Na, wir müssen schon wissen, ob die Fingerabdrücke und DNA-Spuren, die wir finden, zu dem Einbrecher oder einem Liebhaber gehören.«
Ups, daran hatte sie nicht gedacht. Die Liste würde lang werden. Es wäre schon schwer genug, nur jene aufzuzählen, die im letzten Monat da gewesen warcn. Mal sehen: Jens, Holger, Ralf, Martin und Sebastian. Sie konnte unmöglich alle Namen preisgeben.
»Kennen Sie Holger Arndt!«
»Ähm, ja«, antwortete Nina und wurde rot im Gesicht. Sie hatte viele Talente, aber eine gute Lügnerin war sie nicht.
»Wie ist Ihr Verhältnis zu ihm?«

Schokobrunnen

Samstag, 6. August, 13:13 Uhr, Sylt

Die leicht getönte Scheibe der Fahrertür glitt hinunter, und Katja schaute Lotta direkt in die sonst so fröhlichen Augen. Dieselben großen, blauen Augen wie ihre Tante, dachte Katja, aber sie wirkt seltsam traurig.
»Guten Tag, Frau Jansen. Sie wissen doch, dass Sie hier nicht zahlen müssen«, sagte Lotta matt.
»Danke«, erwiderte Katja. »Alles okay bei dir? Du siehst ganz schön müde aus.«
Lotta versuchte zu lächeln. »Alles tutti. Bin ein bisschen down und hatte eine lange Nacht«, antwortete Lotta, deren Gesicht an eine ausgequetschte Zitrone erinnerte.
»Warum das denn?«, fragte Katja mitleidig.
»Ach, Tantchen geht's nicht gut! Sie liegt doch in der Nordseeklinik.« Lotta seufzte. »Gott allein weiß, wie lange sie noch bei uns bleiben wird. Habe gestern Abend einen Anruf vom Chefarzt bekommen, und er hat gesagt, dass sie die Nacht vielleicht nicht übersteht. Also bin ich sofort zu ihr gefahren.« Lotta faltete die Hände und hob sie zum Kinn. »Ich will doch nicht, dass sie ganz alleine stirbt. Sie hat ja sonst niemanden. Die Ärzte wissen nicht, wie viel Zeit ihr noch bleibt, aber gut sieht es nicht aus.«
Katja schaute sie mitleidig an. »Ach, die Arme. Deine Tante würde dieser Insel wirklich fehlen. Eine Frau mit Charakter, die aufrecht durch ihr Leben gegangen ist, zu einer Zeit, als das für uns Frauen noch denkbar schwer war.« Sie hielt inne. »Schön, dass du dich so um sie kümmerst.«
Lotta nickte müde, während sie ein paar Bücher in den Pappkarton vor sich räumte. »Ist doch selbstverständlich. Das Parkplatzwächter-Häuschen wird wohl die nächste Woche geschlossen bleiben. Es gibt Wichtigeres im Moment.«

Katja schaute verlegen auf den Schotter. Es war ihr unangenehm, Lotta in diesem Zustand weiter zu behelligen, aber es war ihre Pflicht. »Ich weiß, dass es vielleicht unpassend ist, aber ich muss fragen. Dir ist heute Morgen oder gestern im Laufe des Tages nicht zufällig etwas Ungewöhnliches aufgefallen?«

Lotta, deren Blick noch immer verträumt und müde in dem Pappkarton vor ihr hing, schaute auf. »Wieso?«

»Wir haben heute Morgen die Leiche des entführten Hundes gefunden!«

Spontanes Entsetzen löste die Müdigkeit in Lottas Augen ab.

»Wo?«, fragte sie und schob den Karton zur Seite.

»In einer Schlange«, antwortete Katja.

»Wie bitte?!«

»Um genauer zu sein, in einem weißen Albino-Python namens Kaa.«

»Ekelhaft! Das ist ja grausam!«, antwortete Lotta und verzog angewidert das Gesicht.

Katja musste sich den Brechreiz unterdrücken, der bei dem Gedanken an den Geruch des halbverdauten Hundekadavers in ihr aufstieg.

»Jemand muss die Schlange geklaut und ihr den Hund zum Abendbrot vorgesetzt haben, bevor er sie letzte Nacht unter den Strandkorb von Carla gelegt hat.«

Es schien ganz so, als müsste auch Lotta den Brechreiz unterdrücken. »Das ist ja pervers! Dieser widerliche Tierquäler! Erst entführt und verstümmelt er die Hunde, und jetzt verfüttert er sie auch noch! Das ist ja wirklich ein Psychopath. Wer weiß, was der sich morgen in den Kopf setzt.«

Katja nickte andächtig.

»Ich werde für Sie beten, Frau Jansen. Hoffentlich schnappen Sie ihn bald!«

»Also ist dir nichts aufgefallen?«, hakte Katja nach.

»Nein, tut mir leid, aber mir ist hier nichts aufgefallen«, sagte Lotta nach einer Weile mit ruhiger Stimme. Dann kratzte sie sich müde am Hinterkopf. »Könnte mich nicht daran erinnern, dass irgendetwas Ungewöhnliches passiert ist.«
Katja hatte nicht wirklich erwartet, dass ihr Lotta helfen konnte. Sie war vermutlich viel zu sehr mit sich und dem Schicksal ihrer Tante beschäftigt, als dass ihr unauffällige Auffälligkeiten auffallen würden. »Nichts für ungut. Du weißt, wir müssen immer alle Augen und Ohren offenhalten. Ist einfach unser Job«, fügte Katja entschuldigend hinzu.
»Also, ich drücke Ihnen jedenfalls ganz fest die Daumen, dass Sie diesem widerlichen Kerl bald das Handwerk legen.«
Katja seufzte. Wenn es so weiterging, würde ihr dieser Fall nicht nur den Partner, sondern auch den Verstand rauben. »Wir schaffen das schon. Irgendwie«, sagte sie mehr zu sich selbst als zu Lotta und schaltete in den ersten Gang. »Ich muss weiter zum Strand.«

* * *

»Ach, sieh mal einer an. Frau Jansen wieder!« Holger hob den Zeigefinger mahnend. »Ich hatte Ihnen doch beim letzten Mal schon gesagt, dass dies ein FKK-Strand ist.«
Dann deutete er wieder auf das weiße Schild neben dem Turm.
»Wo waren Sie gestern Abend nach dem Dienst?«, raunte ihm Katja entgegen, ohne auf seine Provokation einzugehen.
»Wir waren surfen.«
»Wo?«
»Hier.«
»Von wann bis wann?«
Holger schaute Christian an. »Von 18 bis 20 Uhr vielleicht?«
»Was soll ›vielleicht‹ heißen?«

»Na, so ungefähr. Wir haben halt hier am Strand gechillt und sind surfen gegangen. Da schaut man nicht alle zwei Minuten auf die Uhr und führt Protokoll.«
»Und was haben Sie danach gemacht?«
»Da sind wir zur Unterkunft!«
Katja verschränkte die Arme. »Und warum sind Sie beide gestern um zwei Uhr nachts nach Kampen gefahren?«
»Das geht Sie gar nichts an! Aber gut zu wissen, dass Sie einen braunen Käfer fahren!«
»Ich fahre keinen braunen Käfer, und das geht mich sehr wohl etwas an! Heute Morgen wurde Precious' Leiche im Inneren einer Schlange unter Carlas Strandkorb gefunden. Zufällig nur wenige hundert Meter von dem Platz entfernt, an dem Sie gestern Nacht um 2:30 Uhr geparkt haben. Also was haben Sie um diese Uhrzeit am Strand gemacht?«
»Schokobrunnen!«
»Was?«
»Ja, Schokobrunnen! Kennt Frau Kommissarin wieder nicht! Das ist der Partyspaß schlechthin! Ein paar Spieße, frisches Obst und los geht's!«
»Sie wollen mich verarschen!«
»Selbstverständlich! Was anderes kann man mit Ihnen ja nicht machen!«
»Ich frage Sie ein letztes Mal!«
»Uhh, jetzt wird Frau Jansen wieder stinkig. Na gut, wir waren Sternschnuppen gucken! Sie können sich nicht vorstellen, was gestern Abend abging!«
Katja wurde tatsächlich immer wütender und Holger schien es zu genießen. »Und wissen Sie, was ich mir gewünscht habe? Wir haben bestimmt dreißig Sternschnuppen gesehen. Stimmt doch, oder Christian?« Holger schaute sich um, aber Christian hatte sich abgeseilt. »Egal! Dreißig Sternschnuppen waren es sicher, und ich habe mir bei jeder einzelnen gewünscht, dass Sie den Dog Donator nie finden und er Sie

ewig an der Nase herumführt. Es ist nämlich ein wahres Vergnügen, Sie so wütend zu sehen.«
»Sie haben also kein Alibi und keinen vernünftigen Grund dafür, dass Sie gestern mitten in der Nacht in Kampen am Strand waren.«
»Also, ich finde Schokobrunnen und Sternschnuppen gucken ist ein mehr als vernünftiger Grund. Wo ist eigentlich Ihr Kollege? Der Bärtige mit dem Bierbauch.«
»Das spielt keine Rolle!«
»Hmm ... Okay ... Wie Sie meinen. Aber war der dann nicht gestern auch um zwei nur wenige hundert Meter entfernt vom Tatort? Vielleicht sollten Sie den mal befragen, was er dort gemacht hat. Oder wie wäre es mit Nina Fieten? Die hat doch Schlangen ohne Ende. Und was ist mit diesem Journalistenheini? Diesem nerdigen Kauz geht doch jedes Mal einer ab, wenn er über den Dog Donator schreibt. Würde mich nicht wundern, wenn der 'n Verhältnis mit ihm hat! Wissen Sie was, Frau Jansen, hier verschwenden Sie jedenfalls nur Steuergelder und Ihre kostbare Zeit! Es sei denn ...«
»Es sei denn was?«
»Es sei denn, Sie ziehen sich jetzt mal endlich aus und tanken ein bisschen UV-Strahlung. Etwas Vitamin D würde Ihnen bestimmt guttun.«
Katjas Telefon klingelte. Es war Herbert. Sie drehte sich um und nahm ab.
»Wo sind Sie?«
»Bei Herrn Arndt am FKK-Strand in List.«
»Stellen Sie unverzüglich die Ermittlungen ein und kommen Sie aufs Revier.«
»Aber warum?«
»Das erkläre ich Ihnen, sobald Sie hier sind!«
»Aber ich bin gerade ...«
Herbert hatte schon aufgelegt und Holger lachte sie aus.

»Vielleicht ist Ihr Kollege doch verdächtiger, als Sie denken. Wer im Glashaus sitzt, der sollte nicht gegen den Wind spucken! Alte Weisheit!«
Katja knirschte mit den Zähnen. Sie hätte explodieren können. Dieser Rettungsschwimmer war einfach zu viel für sie. Hätte sie auch nur einen Beweis, sie hätte ihn an Ort und Stelle festgenommen. Stattdessen musste sie wieder unverrichteter Dinge von dannen ziehen.

* * *

Noch immer wütend stieg Katja in den schwarzen Audi. Als sie an dem roten Kassenhäuschen vorbeifuhr, klopft es an der Heckscheibe. Sie hielt an und blickte sich verwundert um. Lotta stand hinter dem Auto.
»Ach, eines noch, Frau Jansen«, hörte sie dumpf die sonst so klare Stimme von Lotta.
Katja hielt an und ließ das Fenster herunter. Egal, was Herbert wollte, so viel Zeit musste schon sein. »Ja, Lotta?«
»Ich weiß ja nicht, ob's wichtig ist, aber gestern Abend, bevor ich ins Krankenhaus zu meiner Tante bin, war jemand bei meiner Nachbarin im Garten.«
»Bei deiner Nachbarin? Wo wohnst du denn?«
»In Braderup im Haus meiner Tante.«
Jetzt fiel es Katja wie Schuppen aus den Haaren. Natürlich! Auf dem Grundstück neben Nina, in dem alten Friesenhaus hatte Frau Hansen gewohnt. »Sehr interessant!«, antwortete Katja nach einem Moment aus tausend und einem Gedanken. »Ein Auto sagst du?«
»Ja. Es war nur kurz da, aber vielleicht ist es ja doch wichtig! Ich meine, wenn Sie sagen, es war Ninas Schlange, könnte es schon eine Rolle spielen.«
»Wann war das?«

»So gegen sechs vielleicht!«
»Frau Jansen, ich will nicht, dass Sie denken, ich spioniere bei meinen Nachbarn, aber man sieht halt alles von meinem Wohnzimmerfenster aus.«
»Schon gut! Mach dir darüber keine Gedanken. Was hast du denn gesehen?«
»Na ja, einen Mann, der erst im Garten war und dann ins Haus gegangen ist. Kurz darauf kam er mit einer Kiste wieder heraus.«
»Das ist ja mehr als interessant. Konntest du die Person erkennen?«
Lotta schüttelte den Kopf. »Er war groß und kräftig und hatte dunkle Klamotten an. Das ist alles, was ich erkennen konnte. Ich habe mir auch nichts weiter dabei gedacht. Da gehen öfter mal Männer ein und aus. Ups!« Lotta hielt sich die Hand vor den Mund. »Sowas sagt man nicht über seine Nachbarin, oder?« Sie schaute Katja fragend an.
»Wenn es der Wahrheit entspricht«, antwortete sie, während sie sich Aufzeichnungen machte. Lotta war die Erschöpfung ins Gesicht geschrieben, aber Katja hakte trotzdem nochmal nach. »Weißt du, was es für ein Auto war?«
Lotta schaute verlegen auf ihre Schuhe, ohne zu antworten. Katja verstand nicht ganz, was das zu bedeuten hatte. »Welche Farbe oder Marke? Konntest du irgendwas erkennen?«
Lottas Blick hob sich und wanderte einmal über den Parkplatz hinüber zu dem schwarzen Mercedes W 124 Kombi.
Katja schüttelte ungläubig den Kopf. »Bist du sicher?«
Lotta nickte. »Ziemlich. Das Kennzeichen konnte ich zwar nicht erkennen, aber es gibt nicht so viele schwarze Kombis mit einer Surfboard-Finne auf dem Dach! Oder?«
»Das war so klar!«, murmelte Katja, ohne dass Lotta es hören konnte.
»Habe mir erst nichts weiter dabei gedacht. Holger war ja öfter mal bei Nina zu Besuch.«

»Wirklich? Davon hat sie mir nichts erzählt! Das ist ja sehr interessant!«

»Ich fand es dann doch irgendwie verwunderlich. Ich will ja niemanden in die Pfanne hauen, und es geht mich ja auch nichts an, aber weil sie gerade von der Schlange und dem armen, toten Hund erzählt haben, dachte ich ...« Lottas Stirn legte sich in Falten. »Der Hund kann doch am wenigsten dafür! So ein süßes Tier einfach zu verfüttern. Das ist doch eine Sünde!«

»Schon gut, Lotta. Du hast alles richtig gemacht. Ich muss jetzt erstmal zurück aufs Revier. Es ist dringend. Kann aber gut sein, dass ich mich später noch mal bei dir melde.«

Pressekonferenz

Samstag, 6. August, 17:58 Uhr, Sylt

Auf der Pressekonferenz wurde bekanntgegeben, dass Precious' Leiche im Inneren einer Schlange unter dem Strandkorb von Carla Roth gefunden worden sei. Dass der Täter mit Edding *Haben und nichts geben, ist in manchen Fällen schlimmer als stehlen* auf das Reptil geschrieben habe und dass Kommissar Bernd Borcherts sich aus privaten Gründen aus den Ermittlungen zurückziehen werde.

Basti hatte erwartet, dass Precious unter diesen Umständen die Sache nicht überleben würde, war jedoch beeindruckt, ob des außergewöhnlichen Todes. Es passte zum Dog Donator! Was war schon dabei? Sonst bekamen Schlangen lebende Mäuse oder Kaninchen zum Fraß vorgeworfen. Diesmal war es eben ein Schoßhündchen! *So what?* Precious war nicht umsonst gestorben, sondern hatte sich in die Nahrungskette eingereiht. Völlig natürlich. Aber er wusste schon jetzt, dass sich die Hasskommentare unter seinem nächsten Artikel stapeln würden. Ein fäkalbeladener Wirbelsturm würde über ihn hereinbrechen, wenn er schriebe, was er dachte. Es war schon seltsam. Unter dem Hashtag *#dontfuckwithdogs* hatten sich mittlerweile Hunderttausende versammelt, um gegen ihn und den Dog Donator Stimmung zu machen. Sie hatten Basti einen Handlanger und den Dog Donator einen Psychopathen genannt. Angst und Panik hatten sie in der Bevölkerung geschürt, weil sie der festen Überzeugung waren, dass sich der Unbekannte als Nächstes ein menschliches Opfer suchen würde, genau wie sein großes kanadisches Vorbild Luka Magnotta!

Das war doch alles an den Haaren herbeigezogen. Völliger Wahnsinn! Basti war kein Handlanger eines Geisteskranken. Niemals im Leben! Egal, was diese selbsternannten Moralapostel da im Netz verbreiteten. Das Schlimme war nur, dass die Öffentlichkeit ihrer Hetze mittlerweile mehr Glauben schenkte als seinen aufwendig recherchierten Artikeln. Und warum? Weil die Menschen unterhalten statt informiert werden wollten. Ein Psychopath versprach mehr Dramatik als ein Aktivist, und ein potenzieller Mord mehr Spannung als die Reform eines Gesetzestextes. Sie boten Angst und Spektakel und bekamen Klicks. Er bot gut recherchierte Artikel und anspruchsvolle politische Debatten – und bekam einen Shitstorm.

Die Masse war noch paradoxer als das Individuum. Menschenmonster wie Simone Schrink und Oliver Durant, die Tausende Tiere und manches Menschenleben auf dem Gewissen hatten, die ganze Ökosysteme ausgelöscht hatten, nur um etwas mehr Profit zu machen, waren auf einmal empathiefähig. Sie konnten nicht aufhören zu betonen, wie sehr ihre armen, hilflosen Hündchen wohl gelitten haben mussten in der Obhut dieses wahnsinnigen Tierquälers. Das war doch alles vollkommen lächerlich! Das Zitat, das auf dem Python geschrieben stand, fand Basti supercool. Es passte einfach alles wie Arsch auf Eimer. Alles, – bis auf das Detail, das der Pressesprecher zum Schluss noch bekanntgegeben hatte.

Warum wurde Bernd Borcherts aus privaten Gründen und auf eigenen Wunsch von den aktuellen Ermittlungen befreit? Das war doch mehr als seltsam!

James Blond

Samstag, 6. August, 19:07 Uhr, Sylt

»Dein Scheißplan ist voll nach hinten losgegangen!«, fauchte ihn Carla an.
Es war an der Zeit, ihr wieder eine Oxy zuzustecken. Anscheinend hatte sie versucht, den Opiumentzug mit Kokain erträglich zu machen. Ihre Augen waren weitaufgerissen und sie sah so aus, als würde sie ihn jeden Moment in der Luft zerreißen wollen.
»Du hast sie auf dem Gewissen! Du hast Precious umgebracht! Ich habe gleich gesagt, dass wir den Entführer so schnell nicht kriegen. Es ist kein einziger nützlicher Hinweis durch die Belohnung eingegangen! Es war bescheuert zu glauben, dass das funktioniert!«
Sie war außer sich, und Ralf versuchte, sie zu beruhigen. »Komm her, Honey. Es tut mir leid. Wirklich! Das musst du mir glauben. Aber das war das Opfer, das wir bringen mussten.«
»Ach ja?«, trotzig schmiss sie die aktuelle Ausgabe der *Spiegelbild* auf den Tisch. Ralf musste nicht hinsehen, denn er kannte die Überschrift schon.

Die DAX-Frau

Gierige Vergangenheit einer falschen Schlange

»Das hat ja sehr gut geklappt! Bin ich froh, dass ich einen Staranwalt engagiert habe!«, entgegnete sie ihm so ironisch, dass man es quietschen hören konnte. »Dein Anruf bei der Zeitung hat überhaupt nichts gebracht! Precious ist tot und unser Ruf ruiniert! Staranwalt sei Dank.«
»Wann kommt das Geld?«, fragte Ralf ruhig und sachlich.

»Du kannst wieder an nichts anderes denken als an das Geld!«, fauchte ihn Carla an. »Du, der große Anwalt, der alles regelt! Dass ich nicht lache! Nichts hast du geregelt bekommen! ›Ein Anruf bei der Zeitung und die sind auf unserer Seite!‹«, äffte sie ihn nach. »Lies den Artikel, dann weißt du, auf welcher Seite, die sind!«
Ralf hatte den Artikel längst gelesen und natürlich schmeckte ihm die Veröffentlichung nicht. Er riss ihr die *Spiegelbild* aus der Hand. »Das hatte ich genau so geplant. Jetzt legen wir den Schalter um und verteidigen uns. Morgen wird unser Artikel in der Zeitung erscheinen. Wir werden zeigen, dass das alles haltlose Verleumdungen sind, billige Fake News, die sich ein geisteskranker Tierquäler ausgedacht hat, um eine Rechtfertigung zu haben, seine dreckigen Fantasien in die Tat umsetzen zu können.« Ralf packte sie an den Schultern. Er musste sie zur Vernunft bringen. Es war wichtig, dass sie jetzt die Ruhe bewahrten. Dann würde sich das Blatt morgen von ganz alleine wenden. »Ich habe alles unter Kontrolle! Das Einzige, was uns jetzt noch fehlt, ist Cash!«
Normalerweise hätte er das bisschen für den Privatdetektiv aus der Portokasse bezahlt, aber in den letzten Wochen hatte er eine absolute Pechsträhne gehabt. Seit Monaten war das Dispolimit aller seiner Kreditkarten vollständig ausgereizt gewesen, und er gewann einfach nicht mehr! In den Casinos und an den Pokertischen, an denen er normalerweise seine Wochenenden verbrachte, um die Haushaltskasse aufzubessern, ein bisschen Spaß zu haben und ein, zwei Drinks zu schlürfen, mussten sie ihn sabotiert haben. Die Pechsträhne hielt jetzt schon so lange an, dass er nicht mal mehr die Kollegen fragen konnte. Irgendeiner von ihnen hatte das Gerücht gestreut, dass er spielsüchtig sei. Was für ein Schwachsinn. Trotzdem war nun niemand mehr bereit gewesen, ihm Geld zu leihen.

»Wer gerne spielt, dem leiht man nicht, auch wenn er groß Gewinn verspricht!«, hatte Martin geantwortet, als er ihn das letzte Mal darum gebeten hatte, ihm lächerliche 20.000 Euro übers Wochenende zu borgen. Das waren doch nur Peanuts für den! So ein verbohrtes Arschloch! Wegen seiner Sturheit hatte er sich in den vergangenen Wochen bei Carla bedienen müssen. Zum Glück war es ihr bisher nicht aufgefallen.
»Das Geld kommt heute Nacht!«, sagte Carla entschlossen.
Ralf atmete durch. »Sehr gut! Ich wusste, ich kann mich auf dich verlassen.« Es war höchste Zeit, dass sie zurückschlugen, und dafür würden sie die Kohle dringend brauchen. »Diese Dorfbullen hier sind absolute Amateure. Seit Monaten ermitteln die in diesem Fall ohne nennenswertes Ergebnis. Jetzt haben wir ihnen schon die Hilfe der Bevölkerung verschafft, und sie sind immer noch nicht in der Lage, etwas daraus zu machen! Wir brauchen einen Profi, wenn wir vorwärtskommen wollen, und ich werde mich darum kümmern, dass wir einen bekommen.«
Ralfs Telefon klingelte.
»Wenn man vom Teufel spricht.«
Es war Martin. Ralf ging hinaus auf die Terrasse, während Carla sich Weißwein nachschenkte.
»Du hast mich vorhin versucht anzurufen?«, eröffnete Martin wie immer ohne Umschweife.
»Ja! Danke für den Rückruf. Ich wollte auf dein Angebot mit dem Privatdetektiv zurückkommen!«, antwortete Ralf ebenfalls, ohne um den heißen Brei zu reden. Er wusste, dass Martin es so am liebsten mochte. Zeit war Geld! »Die Bullen hier kannst du in der Pfeife rauchen. Wenn ich diesen Psychopathen zur Strecke bringen will, dann muss ich selbst aktiv werden – und du weißt, ich arbeite nur mit Profis!«
»Richtig so, mein Lieber! Alles andere ist Zeitverschwendung! Aber du musst ihn im Voraus bezahlen, und günstig ist der

nicht, das kann ich dir gleich sagen!«, entgegnete ihm Martin mit einem leicht provokanten Unterton.
»Was soll das denn jetzt heißen?«
»Schon gut! Ich dachte nur, ich sag Bescheid, weil du in letzter Zeit ...«
»Wie ist sein Name?«, unterbrach ihn Ralf, der die Anspielungen leid war.
»Sein Codename ist James. James Blond!«
Ralf dachte, er höre nicht richtig. »Klar, und seine Telefonnummer beginnt mit 007 ... Komm schon, verarschen kann ich mich selbst!«
Martin lachte laut. Ein tiefes, raues Lachen, das klang, als würde es Rachenschmerzen verursachen. »Nein, das ist mein voller Ernst! Du hast doch gesagt, du arbeitest nur mit Profis!«, scherzte er.
Martin räusperte sich und Ralf hatte das Gefühl, sehen zu können, wie er sich auf dem Ledersessel zurechtrückte, um seine Seriosität zu unterstreichen. »*James Blond* ist natürlich nur sein Deckname! James ist ein Vollprofi! Glaub mir, der wird den Fall lösen! Willst du nun seine Nummer oder nicht!«
Ralf schluckte. Ein bisschen albern kam ihm das schon vor, aber was sollte er tun? Wenn Martin ihn empfahl, dann konnte man sicher sein, dass er die richtige Wahl war, selbst wenn er solch einen lächerlichen Namen trug. Ralf biss die Zähne zusammen. »Gib mir die Nummer!«, antwortete er scheißfreundlich.
»Ich schicke sie dir gleich im Anschluss, und ich bezahle die erste Rate!«, fügte er gönnerhaft hinzu. »Erstens will ich nicht, dass du noch mehr schlechte Presse für *MenSanta* verursachst, und zweitens ...«, er ließ eine Pause. »Als kleine Kompensation, weil du vorgestern Nacht richtig was verpasst hast!«, fügte Martin triumphierend hinzu. Es klang fast so, als ob er das ganze Telefonat lang nur darauf gewartet hätte, Ralf damit endlich die Nase lang machen zu können. Er räusperte

sich erneut. Wahrscheinlich war gerade seine Sekretärin ins Büro gekommen. »Es gab Frischfleisch für die gesamte Abteilung!«, berichtete Martin jetzt mit auffällig gedrückter Stimme.
Ralf wusste genau, was er meinte. Osteuropäisches Frischfleisch, hauchdünn geschnitten und nur vom Filet! Uh, wie er sich auf die zarten Beine und die knackigen Ärsche gefreut hatte! Aber nein! Er musste ja zurück zu Carla, weil die wieder nicht richtig auf ihren Köter aufgepasst hatte.
»Da hast du echt was verpasst!«
Ralf hörte, wie sich im Hintergrund eine Tür schloss und Martins Stimme voll aufdrehte. »Chantler hat gleich drei mit ins Zimmer genommen. Ich sag dir, die gierigen Schlampen haben wirklich alles aus ihm herausgeholt!«
»Schon gut, Martin. Ich will es nicht genauer wissen!«, antwortete Ralf zerknirscht. Es war schon schlimm genug, dass es überhaupt so gekommen war! Er brauchte es ihm nicht noch meterdick aufs Brot zu schmieren.
»So, und nichts für ungut! Jetzt muss ich ins Meeting! Ich schicke dir den Kontakt gleich nach dem Termin!«
»Danke, Martin!«, konnte Ralf gerade noch sagen, dann tutete es in der Leitung.
Er stand vor dem Haus und sah Carla im Inneren aufgeregt hin und her laufen. Er musste ihr unbedingt gleich eine Oxy verabreichen. Sonst würde sie, aufgebracht wie sie war, noch die Übergabe heute Nacht versauen. Er musste ihre Medikamentierung richtig einstellen, bevor er das Haus verlassen würde. Ja! Er würde diesen 007-Verschnitt anrufen und danach einen draufmachen. So konnte er zwei Fliegen mit einer Klappe schlagen. Carla würde es sowieso bevorzugen, wenn er bei dem anstehenden Rendezvous nicht dabei wäre! Es war Samstag, und im *Häängst* würde die Post abgehen. Heiße Mädels gab es auf Sylt schließlich auch genug, und für die würde er ab morgen früh keine Zeit mehr haben. Er würde heute

Nacht sicher keine schlafenden Hunde wecken, aber mal nachzuschauen, ob die getroffenen besonders laut bellen würden, konnte nicht schaden.
Ralf ging ins Schlafzimmer und holte den orangetransparenten Plastikbehälter mit dem weißen Drehverschluss aus seinem Koffer. Mit der Dose in der Hand lief er hinunter in die Küche, wo Carla schon auf ihn wartete.
Wutentbrannt kam sie auf ihn zugestürmt. Sie zitterte am ganzen Körper und war nur noch ein Schatten ihrer selbst. »Du bist hier der Psychopath!«, schrie sie ihn an und gab ihm gleichzeitig eine Ohrfeige. »Du bist noch viel perverser als dieser Hundeentführer. Du würdest jeden opfern, nur um deinen zugekoksten Arsch zu schützen! In dem Artikel wirst du jämmerlicher Versager gar nicht erwähnt. Sie ziehen nur über mich her. Dabei bist du das Arschloch, das kleine Farmer ans Messer liefert, nur um Spielgeld fürs Casino zu bekommen!« Sie trommelte verzweifelt schluchzend auf seine Brust.
»Carla! Honey! Jetzt beruhig dich doch! Schau mal, was ich dir mitgebracht habe«, sagte Ralf mit ruhiger Stimme. Er schraubte die Dose auf und nahm eine der Oxycontin-Tabletten heraus. »Die ist für dich!« Er legte die unscheinbare, weiße Pille auf den Tisch. »Und wenn das alles hier vorbei ist, kaufe ich dir eine neue Zwergpinscher-Hündin! Versprochen. Die nennen wir dann so, wie du aussiehst, wenn du böse wirst. *Cute.*«
»Du widerliches Arschloch!«, schrie Carla und griff zu dem Messer, das auf der Küchenzeile lag.

Was ein Fux

Samstag, 6. August, 20:02 Uhr, Sylt

Er hatte schneller getippt als sein Schatten. Zwei Stunden vor Redaktionsschluss prangte die Überschrift des fertigen Artikels vor ihm auf dem Laptop.

Der Fux im Karnickelkittel

Bernd B. vom Ermittler zum Hauptverdächtigen

Bernd Borcherts war der Dog Donator! Daran konnte kein Zweifel bestehen. Aber was sollte Basti mit der neu gewonnen Erkenntnis anstellen? Durfte er den Artikel überhaupt veröffentlichen? Der Dog Donator war sein Held! Eigentlich wollte er ihm helfen! Mit dem Beitrag würde er Bernd endgültig ans Messer liefern. Bernd Borcherts war im Laufe des letzten Jahres mehrfach auf Umweltschutzdemos aufgetaucht. Privat, nicht als Polizist. Auf Youtube kursierte ein Video, das ihn mit einer Hasenmaske und einer Dreieckbadehose bekleidet zeigte. Er war in Begleitung einiger deutlich jüngerer Personen. Das Video war letzte Nacht hochgeladen worden. Außerdem gab es Fotos, die seinen Käfer auf dem Parkplatz der *Windhose* zeigten, nur ein paar hundert Meter entfernt von dem Platz, an dem heute Morgen die Schlange gefunden wurde.

Basti platzte der Kopf! Er musste raus hier. Dieses hässliche Hotelzimmer würde ihn noch wahnsinnig machen. Er griff zum Telefon, um die Spiegelbild-Redaktion davon zu informieren, dass sich sein Artikel verspäten würde. Sie würden keine Fragen stellen. Klar, Reiner würde ihn zusammenscheißen, aber das würde er sowieso tun. Sie waren es gewohnt, dass seine Artikel immer zu spät kamen, und heute war nicht der Tag, um mit liebgewordenen Traditionen zu brechen.

Gerade als er die Nummer getippt hatte, kam ihm eine weitere Idee. Er würde die Recherchepower des Teams auf jemand anderen fokussieren. Was half es schon, wenn er seinen Artikel nicht veröffentlichte, aber sich in der Redaktion das belastende Material gegen Bernd stapelte. Er musste die anderen ablenken, sonst war es nur eine Frage der Zeit, bis sie selbst darauf kamen.

* * *

Zehn Minuten später fuhr er einfach los, dem Sonnenuntergang entgegen. Er wusste nicht wohin. Er wollte nur raus aus der Enge des Hotels, aus diesem hässlichen Bunker. Hinaus in die Dünen. Er spürte, dass sich eine bittere Schicht Traurigkeit über sein Herz gelegt hatte. Eine zähe, bitumenartige Masse, die er so leicht nicht loswerden würde. Er wusste nur nicht, ob es daran lag, dass Lotta ihm heute abgesagt hatte oder daran, dass er nun seinen Helden demaskieren und ans Messer liefern musste. Als Journalist war er zuerst neutraler Berichterstattung verpflichtet, und doch sah er seine Aufgabe auch darin, aktiv den politischen Diskurs zu beeinflussen. Kolumnist müsste man sein, dachte er. Vielleicht würde er irgendwann aufsteigen in den Olymp der Journalisten und für seine Meinung bezahlt werden. Bisher war dem nicht so, obwohl er auf einem guten Weg war. Vielleicht würde er Bernd ans Messer liefern müssen, um ihn später als Märtyrer in seinen Kolumnen vergöttern zu können.
Plötzlich hörte er, wie die Daltons auf der Rückbank zu tuscheln begannen.
»Na, wird er es tun?«, fragte Joe seine Brüder.
»Bestimmt«
»Ganz bestimmt!«

»Was gibt es zu tun?«, antworteten sie der Reihe nach, aber er hatte schon den Blinker gesetzt.
»Habe ich es doch gewusst!«, rief Joe
»Du weißt immer alles!«
»Immer alles am allerbesten!«
»Jetzt verstehe ich gar nichts mehr! Wer weiß was?«, schallte es von hinten, während vor ihm auf dem Parkplatz der Nordseeklinik der verbeulte Renault Kangoo mit dem Traumfänger am Rückspiegel und dem Fischsymbol auf der Heckklappe stand. Basti raufte sich das Haar, packte den Laptop ein und sprang herab vom hohen Ross.
Auf in die Krachmacherstraße!, dachte er sich und hoffte, bei Lotta seine Probleme vergessen zu können.

Läängst im Hääangst

Sonntag, 7. August, 01:10 Uhr, Sylt

Der Laden platzte aus allen Nähten! Der *Hääangst* galoppierte wieder! Endlich! Und Holger gab ihm die Sporen! Er mixte gerade einen Cosmopolitan für die Schönheit, die vor seiner Bar stand und mit der er die letzten 20 Minuten geflirtet hatte. Sie beobachtete jeden seiner Handgriffe gespannt, und es war klar, dass sie mehr als nur einen Drink von ihm wollte. Holger stellte das Martiniglas vor sie auf den Tresen, und während er ihr tief in die Augen schaute, ließ er einen Eiswürfel, in dessen Innerem ein Rosenblütenblatt war, in das Martiniglas fallen.
»Carmen ist wirklich ein schöner Name!«, flüsterte er ihr zu und kam dabei so nah an ihr Ohr, dass er die Gänsehaut sehen konnte, die er verursacht hatte.
Der widerliche Typ, der neben ihr stand und die Szene eifersüchtig beobachtete, sah aus wie der Bruder von Dieter Bohlen. Holger hatte für Jungs wie ihn nur ein müdes Lächeln übrig. Die meisten Typen hier waren gestriegelt und gebürstet. B-, C-, und Doppel-D-Promis, BWLer, die Vatis Imperium übernehmen würden, und die, die schon immer davon geträumt hatten, einfach dazuzugehören. Sie hatten das Charisma von Jeff Bezos und den Schuldenberg von Boris Becker.
Holger hingegen stand dazu, permanent pleite zu sein. Es störte ihn kein bisschen. Wozu brauchte er Geld? Er hatte den lässigsten Look und immer ein Lächeln im Gesicht. Sein Charme tanzte zwischen Hemingway und Herkules. Deshalb gewann er auch ohne Cash jede einzelne Runde *Hääangstmonopoly* gegen die BWL-Fraktion.
Holger war kein Mathegenie, aber er konnte genau drei Sachen sehr gut: Saufen, Koksen, Labern und Ficken. Das war alles, was Mann brauchte, um zu gewinnen – und Holger war Meister dieses Spiels. Ihm gehörte von der Lessingstraße bis

zur Schlossallee jedes einzelne Feld in diesem Laden, und er hatte überall Hotels gebaut. Keiner räumte öfter ab als er. Klar, draußen in der Realität war er eine kleine Nummer im Vergleich zu all den Dieter-Kopien hier, aber dafür passte sein Schwanz zum Namen des Ladens. Das hatte sich rumgesprochen unter den Ladys in Kampen. Die High Society war wie ein Dorf. Jeder kannte jeden, und es wurde getuschelt und getratscht, so wie in jedem Dorf.
Nachdem Carmen einmal an ihrem Cosmopolitan genippt hatte, drehte sie sich um und verschwand in der Menge. Gerade als ihr Holger seine Telefonnummer unter das Martiniglas klemmte, kam Nina an den Tresen gestürmt.
»Wir müssen reden!«, zischte sie ihn an.
»Was ist denn mit dir los?«, fragte Holger verwirrt. »Jetzt beruhige dich erst mal! Du siehst doch, dass die Bude brennt! Ich habe gerade keine Zeit für Drama!«
So leicht ließ sich Nina nicht abwiegeln. »Es ist wichtig! In fünf Minuten oben im VIP-Bereich«, raunte sie ihm zu, bevor sie wieder in der Masse aus sich windenden Körpern verschwand.
Holger drehte sich zu seinem Kollegen Johannes, der neben ihm rotierte wie ein Turbolader. »Ich bin eben mal kurz weck!«
»Aber Holger!«, antwortete der sichtlich gestresst mit weit aufgerissenen Augen.
»Ich mach's kurz!«, versprach Holger und schenkte sich selbst einen Whiskey ein. »Du bist auch gleich dran. Ich lege dir im Personalraum zwei fette Lines auf den Spiegel.«
Holger zwinkerte ihm zu und kippte sich gleichzeitig den Bourbon auf ex rein. Johannes würde Verständnis haben. Es war nicht das erste Mal, dass Holger einfach so verschwand. Sie würden schon ein paar Minuten ohne den Barchef klarkommen.

Holger schaute sich um. Es war dunkel. Nur die Tanzfläche war beleuchtet. So wie jedes Wochenende. Die Wände waren vor Kurzem holzvertäfelt worden, damit es etwas edler aussah. Passend dazu gab es neue Tische. Die Bänke waren frisch gepolstert, statt schwarzem Kunstleder gab es jetzt graumelierten Plüsch. Auch die verspiegelten Scheiben im zweiten Stock, hinter denen es sich früher die VIPs gemütlich gemacht hatten, um hinab auf die Meute zu schauen, waren verschwunden. Seit dem Refresh wirkte der Laden mehr wie eine gediegene Bar, in der am Wochenende mal die Sau rausgelassen werden durfte.
Holgers Blick schweifte noch immer durch den *Häängst*, der ihm früher besser gefallen hatte, aber er konnte die Stute seiner Wahl nicht sehen. Carmen war einfach nirgends auszumachen. Er drehte sich um, verließ die Bar und ging hinüber zu der unauffälligen Tür, die die Spreu vom Weizen trennte. Dann lief er hinauf in den VIP-Raum. Nina wartete schon im Treppenaufgang auf ihn. Bevor sie etwas sagen konnte, hatte er seine Hand zwischen ihren Beinen und zog sie in einen der Nebenräume. Sie wehrte sich. Es turnte ihn an.
Zehn Minuten später stand er wie frisch gebügelt wieder neben Johannes und schenkte aus, als ob nichts passiert wäre. Nina hatte versucht, ihm zu erzählen, dass Frau Kommissarin heute wegen Kaa bei ihr war und verdächtig oft nach ihm gefragt hatte. Holger hatte gelacht und sich nicht lange von dem Vorspiel aufhalten lassen. »Der müsste auch mal jemand zwischen die Beine greifen. Dann würde sie sich vielleicht mal entspannen«, hatte er Nina geantwortet. Zum Glück konnte ihm diese verbissene Schachtel nichts anhaben, denn Holger hatte hier im Club nicht nur alle Straßen mit Stundenhotels zugebaut, sondern auch noch die *Du-kommst-aus-dem-Gefängnis-frei*-Karte gezogen. Und wenn man vom Joker sprach … da kam er auch schon heranstolziert.

»Hallo Holger, Bärchen! Alles frisch am Fisch? Kannst schon mal 'ne Flasche Schampus köpfen. Den guten Rosé! Kevin und ich kommen gleich vorbei. Müssen nur noch mal schnell auf die Toilette.«

Ferdinand Spatznikowsky war mal wieder völlig angezündet. So wie immer. Der ehemalige Sparkassenfilialleiter aus Hamburg war jetzt der erfolgreichste Immobilienmakler der Insel und wärmster Freund des Polizeipräsidenten. Sein Büro *Spatz-Immobilien* lief noch besser als der weiße Ferrari Testarossa, den er sich extra aus Miami hatte reimportieren lassen. Holger holte den Säbel unter der Bar hervor und eine Fünf-Liter-Magnum-Flasche aus der Kühlung. Als Ferdinand und Kevin zurückkamen, sprang er auf den Tresen und köpfte die Pulle. Der Champagner spritzte über die wild tanzende Meute und in Ferdinands Mund. Das Spektakel war ganz nach seinem Geschmack. Holger achtete immer darauf, dass es seinem wichtigsten Gast an nichts fehlte, und deshalb klemmte unter dem Sektkühler auch ein kleines Päckchen mit zehn Gramm weißem Gold. Ferdinand lud gerne ein, und es würde sicher eine lange Nacht mit vielen Toilettengängen werden.

Gerade als Holger vom Tresen steigen wollte, sah er Carmen. Sie zwinkerte ihm zu und ließ die Hüfte kreisen, als wenn es kein Morgen gab. Holger schaute hinab. Das Martiniglas und seine Telefonnummer waren verschwunden. Doch wer war das? Als Holger wieder aufschaute, sah er, wie irgendein Lackaffe ungeschickt versuchte, sich an Carmen heranzumachen. Sein Gezappel konnte man schlecht als Tanzen bezeichnen. Der Typ hatte weniger Schwung in der Hüfte als ein Querschnittsgelähmter. Jetzt erkannte er ihn. Es war Ralf Berger. Kein Wunder, dass Carla hin und wieder mal was Vernünftiges mit in die Fünf-Sterne-Villa nehmen wollte. Holger grinste nur selbstzufrieden. Dieser Amateur war keine Gefahr. Carmen würde schon mit ihm fertig werden.

Keine zehn Minuten später kam Ralf zu ihm an den Tresen. Leger zog er einen gelben Schein aus der Hemdtasche und bestellte einen Cosmopolitan – für wen, war klar – und einen Mentirita. Wahrscheinlich hatte er gedacht, Holger mit dieser Bestellung bloßstellen zu können. Aber weit gefehlt! Der war schließlich ein Meister im Cocktailmixen und hatte natürlich auch mal eine kubanische Freundin gehabt.
»Si, si claro! Por que no?«, antwortete Holger und warf schwungvoll die Eiswürfel in das Longdrinkglas. Fünf Zentiliter weißen Havana 3 Años, eine ausgepresste Zitrone, einen Schluck Coke und ein fertig dekoriertes Glas später stand der Cuba Libre vor Ralf.
Mentirita hieß »kleine Lüge« auf Spanisch und war das Synonym für den Cola-Rum-Limette-Klassiker unter allen Exilkubanern und -kubanerinnen, die mit Fidels Politik nicht einverstanden waren.
Während Holger sich nun dem Cosmopolitan widmete, legte Ralf den Zweihunderteuroschein auf den Tresen. »Stimmt so!«, sagte er gönnerhaft. »Siehste! Kohle machen geht auch, ohne kleine Hunde zu misshandeln!«
Holger schaute ihn verwirrt an. »Wie bitte?«
Ralf lehnte sich auf den Tresen und beugte sich so weit er konnte hinüber zu Holger. »Dass du meine Frau vögelst, ist eine Sache«, flüsterte er ihm zu. »Aber dass du perverses Arschloch auch noch unseren Hund misshandelt hast, bevor du ihn dieser Schlange …«, er drehte sich um und zeigte auf Nina, die nicht weit entfernt am Tresen stand und die Szene beobachtete. »… zum Fraß vorgeworfen hast, ist einfach nur abartig!«
Holger nahm den Cosmopolitan, schüttete Ralf den Drink ins Gesicht und warf ihm das Glas vor die Füße. »Jetzt pass mal auf, du Pissetrinker! Du verziehst dich jetzt hier, und zwar sofort, sonst tune ich dir die Kauleiste!«

»Getroffene Hunde bellen!«, antwortete Ralf lachend. »Aber das weißt du ja sicher besser als ich«, fügte er hinzu, während er sich mit seinem Hemd das Gesicht abwischte.
Holger holte aus, doch sein Schlag verfehlte das Ziel. Ralf war zurückgewichen. Er schien schneller und geschickter, als Holger erwartet hatte.
Noch immer lachend warf Ralf ihm ein paar Hunderteuroscheine zu. »Für dich, du kleine Strandnutte!«
Holger kochte innerlich vor Wut, doch Johannes und ein weiterer Kollege hatten ihn an den Schultern gepackt. Sie versuchten mit aller Kraft, ihn davon abzuhalten, über den Tresen zu springen. Er schaute hinüber zu Nina, die wie angewurzelt ein paar Meter entfernt an der Bar stand und mit dem Kopf schüttelte, als wollte sie sagen, der sei den Ärger nicht wert.
Nachdem sich Ralf wieder gefangen hatte, nahm er einen Schluck von dem Mentirita und machte wieder einen Schritt auf den Tresen zu. Er verzog angewidert den Mund und spuckte Holger die kleine Lüge ins Gesicht. »So billigen Rum sauf ich nicht! Du bist genauso beschissen als Barkeeper wie als Rettungsschwimmer!« Gleichzeitig duckte er sich weg, sodass Holger ihn nicht zu fassen bekam.
Das war zu viel! Mit einem Ruck löste Holger die beiden Hänflinge, die an seinen Schultern hingen, und sprang über den Tresen. Dieser Vollassi hatte sie wohl nicht mehr alle! Kam der doch tatsächlich heute an Precious' Todestag alleine in den *Häängst,* um Carmen zu belästigen und ihn zu verleumden. Carla saß mit Sicherheit völlig verzweifelt allein zu Hause, während Ralf sich hier danebenbenahm. Er würde seine schmierige Visage so lange auf die Kante des Tresens klopfen, bis der aufgetakelte Biedermann sich entschuldigte oder bewusstlos zusammenbrach. Es war Zeit, diesen Amateur von einem Pfadfinder einzunorden – und zwar amtlich!

Gerade als Holger ihn hinten am Jackett zu fassen bekam, drückte sich Adschi, der breitbeinigere von den beiden Security-Typen, dazwischen.
»Beruhig dich, Holger«, fuhr er ihn an. »Wir kümmern uns schon darum!«
Adschi war der Einzige in diesem Schuppen, der in der Lage war, Holger in Schach zu halten – und er tat es.
Sein Partner begleitete Ralf an die frische Luft. Doch noch bevor dieser durch das Golden Gate des *Häängst* nach draußen ins Freie lief, drehte er sich um und brüllte: »Als Hundeverstümmler und Erpresser bist du echt nicht schlecht! Das muss man dir lassen, du Strandnutte.«
Zu viel war zu viel, und das gerade war Ralfs Todesurteil gewesen. Holger rempelte Adschi um und sprintete los.

Völlig Rum

Sonntag, 7. August, 03:04 Uhr, Sylt

Ralf warf die Eingangstür zu und schaute in den goldgerahmten Spiegel im Flur. Er hatte weder ein blaues Auge noch eine blutende Nase. Und das, obwohl schon Carla versucht hatte, ihn zu lynchen, noch bevor er das Haus verlassen hatte. Natürlich hatte er sie wieder zur Vernunft gebracht, so wie immer. Was würde sie nur ohne ihn machen. Sie wäre ein Nichts. Ihren Job im Vorstand hätte sie ohne ihn nie bekommen, und würde er nicht ununterbrochen auf sie aufpassen, sie wäre ihn schon längst los. Nicht mal eine Schramme hatte er. Ja, auch Holger war gescheitert. Es gab etwas zu feiern. Ralf legte sich eine klitzekleine Line auf die Kommode neben der Garderobe. Es sollte die letzte des Abends sein. Er grinste sich zufrieden selbst an. Uh, wie geil es gewesen war, diese Strandnutte zu provozieren. Der hätte ihn am liebsten einen Kopf kürzer gemacht. Wie der geschnaubt und getobt hatte. So ein Vollidiot! Dank der beiden Babos vom Einlass hatte er ihm nicht mal ein Haar gekrümmt. Gut, jetzt hatte er Hausverbot im *Häängst*, aber alle hatten gesehen, wie Holger auf ihn losgegangen war. Ein gewaltbereites Spatzenhirn. Besser hätte es nicht laufen können, es sei denn, Holger hätte gleich wegen Körperverletzung und Morddrohung in Untersuchungshaft gemusst. Aber es war ja noch nicht aller Tage Abend. Ab morgen würde er mit einem Profi zusammenarbeiten. Dass dieser schnarchende Amateur, der vor seiner Tür im Auto schlief, Holger nicht überführen würde, war ihm von Anfang an klar gewesen. Aber Ralf würde dafür sorgen, dass der Dog Donator geschnappt wurde und alles wieder in Ordnung kam. Nicht weil ihm die Hunde leidtaten, sondern weil er verhindern wollte, dass der Terrorist sein wahres Ziel erreichen konnte.

Im Kern ging es dem doch nur darum, den Ruf von anständigen Geschäftsmännern wie ihm zu ruinieren. Dieser Wahnsinnige hatte sich mit den Mainstream-Medien verbündet, um eine Hetzkampagne gegen seinesgleichen zu starten. Für die Medien war es ein Geschäft, das wusste er. Wenn die *Spiegelbild* ihre Auflage in die Höhe treiben könnte, indem sie Artikel gegen den Dog Donator veröffentlichte, würde sie es sofort tun. Die öffentliche Meinung hatte sich längst gedreht, und es war nur noch eine Frage der Zeit, bis der Chefredakteur einsah, dass es sich nun mehr lohnte, mit ihm zusammen zu arbeiten. Die finanziellen Mittel für die Kampagnen und einen Profiermittler hatte Carla sicher schon in den Safe geräumt. Er konnte es kaum mehr erwarten loszulegen.
Ralf strich sich unter der frisch gepuderten Nase entlang und lief zufrieden ins Wohnzimmer. Carla lag relaxed auf der Couch. Es schien ganz so, als wäre auch ihr Abend nach Plan verlaufen.
»Hey, Honey! Ich bin zurück«, sagte er und lief zur Minibar, um sich einen Rum einzuschenken. Er griff in das aus tropischem Wurzelholz gearbeitete Möbelstück und holte einen dreißig Jahre alten jamaikanischen Rum hervor. Ein Schuss Cola und ein paar Eiswürfel landeten im Glas, aber Carla antwortete nicht. Ralf lief mit seinem Drink in der Hand zur Couch hinüber. Sie schien schon zu schlafen. Vielleicht war es besser, sie nicht aufzuwecken. Nein! Das durfte doch nicht wahr sein! Carla hatte die Füße hochgelegt und war kreidebleich. Vor ihr auf dem flachen Glastisch lag das orangetransparente Döschen. Der Deckel mit der Aufschrift: *PUSH DOWN & TURN* lag am anderen Ende des Tisches. Dazwischen waren die Tabletten verstreut. Das ganze verfluchte Hillbilly-Heroin war über den Glastisch verteilt. Er hätte es wissen müssen!
Ralf kippte ihr die Rum Cola samt Eiswürfel ins Gesicht! Doch Carla zuckte nicht mal. Er wurde wütend. Hektisch

begann er, sich nach dem Geld umzuschauen. Sie würde doch wenigstens die Arbeit gemacht haben, bevor sie sich ins Delirium geschossen hatte. Er lief einmal durchs Wohnzimmer, doch einen Koffer, eine Tasche oder wenigstens eine Tüte, in die ein, zwei Millionen in kleinen Scheinen passten, konnte er nicht sehen.
Das durfte doch alles nicht wahr sein! Er hatte sich beinahe verdreschen lassen müssen, damit sie vorwärtskamen, und sie hatte nur das Geld eintreiben sollen. Nicht mal das bekam sie hin. Diese faule Schlampe. Stattdessen hatte sie sich einfach mit den Oxys ins Koma geballert. Unglaublich!
Als er genauer hinschaute, fiel ihm auf, dass sich ihr Brustkorb nicht bewegte. Sie war doch nicht so verzweifelt, dass sie wegen des Todes ihres Schoßhundes Selbstmord beging! Ausgeschlossen. Und warum stand eigentlich die Terassentür noch offen?
Ralf ging hinüber, um sie zu schließen. Doch was war das? Irgendetwas war gerade durchs Bild gehuscht. Ralf rieb sich die Augen. Da war es schon wieder! Er bewaffnete sich mit der halbvollen Flasche Rum aus der Minibar und einem Messer. Dann lief er langsam hinüber zur Terrasse. Er versteckte sich hinter dem Vorhang und schaute durch die Glasfront in den dunklen Garten. Sehen konnte er nichts. Plötzlich ging das Licht an. Die Bewegungsmelder mussten ausgelöst haben. Mit einem Mal wurde ihm alles klar. Das war bestimmt dieser Volltrottel von einem Polizisten, den er eben noch vor der Haustür schlafend hinter dem Lenkrad seines braunen Käfers gesehen hatte. Was für ein Amateur! Kein Wunder, dass dieser Dorfbulle seit zweieinhalb Monaten keinen einzigen Ermittlungserfolg zu verbuchen hatte. Wahrscheinlich hatte der Depp in seinem ganzen Leben noch keinen Fall gelöst – und wenn, dann nur, weil seine Kollegin ihm die nötige Nachhilfe gegeben hatte. Vermutlich war der Knallkopf aufgewacht, als Ralf die Haustür zugeschmissen hatte. Jetzt

kroch er bestimmt auf allen Vieren durch den Garten, weil er mal bei den Drei Fragezeichen aufgeschnappt hatte, dass das eine gute Methode sei, um sich anzuschleichen.
Ralf wurde wütend. Wahrscheinlich war dieser übermotivierte Schwachmat auch der Grund für die geplatzte Geldübergabe. Natürlich, und Carla hatte sich danach völlig frustriert eine Oxy zu viel eingeworfen. Ralf trat auf die Terrasse, um nachzusehen, wo sich dieser Witz von einem Kommissar versteckte. Doch zu seiner Überraschung hoppelte ein weißes Kaninchen durch den Garten. Völlig verblüfft schaute er sich um. Von Bernd war keine Spur. Er konnte es kaum glauben, aber das Kaninchen trug eine blaue Strickjacke. Genau wie das Kuscheltier, das sie gestern Nachmittag hier gefunden hatten. Nur, dass es sich diesmal bewegte. Es schien keine Angst zu haben. Stattdessen kam es schnurstracks auf ihn zu. Ralf schüttelte ungläubig den Kopf, bevor er ein kleines Stechen im Nacken spürte. An Ostwindtagen wie diesen waren die Mücken hier am Watt oft unerträglich. Er fühlte sich seltsam schwach und musste sich abstützen. Das Kaninchen vor ihm wurde auf einmal riesengroß. Dann lag er am Boden, und es lehnte über ihm und grinste widerlich.

Kämpfe nie

Sonntag, 7. August, 05:06 Uhr, Sylt

Bernd stand vor ihrem Schreibtisch. Vermutlich zum letzten Mal. Katja war die beste Kollegin, die man sich wünschen konnte. Er würde sie vermissen. Gestern Nacht hatte er noch einen letzten Versuch unternommen, die Sache wieder geradezubiegen. Nachdem er den Nachmittag damit verbracht hatte, seine Siebensachen zu packen, hatte er plötzlich so ein Gefühl bekommen. Einfach so. Seine innere Stimme hatte ihm gesagt: »Heute Nacht wird etwas passieren. Wenn er zuschlägt, dann heute Nacht. Es ist deine letzte Gelegenheit. Also fahre hin und verhindere es – und alles wird gut.«

Um 22:30 Uhr hatte er ungefähr fünfzig Meter entfernt von Carlas Villa geparkt. Von dem Platz vor der Einfahrt des Nachbargrundstücks hatte man einen guten Überblick über Carlas Anwesen. Dort hatte er gewartet und beobachtet, doch es war nichts passiert. Absolut überhaupt nichts.

Es war ein langer Tag gewesen, und die beiden Flaschen Whiskey, die ihm geholfen hatten, den unfreiwilligen Abschied zu ertragen, sorgten für schwere Lider. Irgendwann nach Mitternacht musste er eingeschlafen sein. Normalerweise konnte er sich auf seinen Instinkt verlassen, aber im Moment schien alles verquer.

Mitten in der Nacht war er dann aufgewacht und nach Hause gefahren. Er war viel zu müde gewesen, um weiterzuarbeiten, und selbst wenn er etwas herausgefunden hätte, er hätte sich doch nur weiter in die Scheiße geritten. Schließlich war er suspendiert. Es war klüger, die Zeit zu nutzen, um zu retten, was noch zu retten war, statt auf dem sinkenden Kahn unterzugehen. Sein Großvater pflegte zu sagen: »Kämpfe nie, wenn es keine Chance gibt zu gewinnen!«

Er war längst auf verlorenem Posten, jedenfalls hier auf Sylt. Deshalb hatte er noch an Ort und Stelle beschlossen, seine

Kraft zu sparen. Er würde sie brauchen, wollte er heute nicht sang- und klanglos untergehen.
Bernd seufzte unmerklich, als er den Schlüssel auf Katjas Schreibtisch legte und den Kugelschreiber zur Hand nahm.

Der öffnet dir Holgers blaue Hütte in der Gartenanlage Braderup-Wenningstedt. Schau doch noch mal nach, ob du da nicht was Interessantes findest. Ich drücke dir die Daumen.
Liebe Grüße

Bernd

Er verließ das Büro. Sein Käfer stand in der Tiefgarage. Die Koffer waren gepackt. Er würde den ersten Autozug nehmen. Den in eine Zukunft, in der alles besser werden würde.

Wo bin ich und wenn ja, wie viele?

Sonntag, 7. August, 05:11 Uhr, Sylt

Der Rücken tat ihm weh, als er die Augen öffnete. Wo war er? Basti schaute sich um. Schwarzes Plastik überall. Oder war es einfach nur dunkel? Er versuchte, sich zu strecken, stieß aber mit der Hand gegen etwas Hartes. Völlig übermüdet rieb er sich die Augen. Was machte er hier, und wie war er hierhergekommen?

Der Nebel vor seinem inneren Auge, begann sich zu lichten. Richtig, er war nicht in die Krachmacherstraße gegangen, um Lotta zu suchen. Sie hatte ihm ja bereits mittags abgesagt. Auch wenn es ihm schwergefallen war, hatte er es respektiert. Er hatte seinen Kummer also wieder eingepackt und war stattdessen nach Kampen gefahren. Dort hatte er einen Strandspaziergang gemacht und sich den Sonnenuntergang alleine angeschaut. So wie immer. Nach dem Einbruch der Dunkelheit war er in den *Häängst* gefahren, um mit Holger unter vier Augen zu sprechen. Er wollte ihn auf den Inhalt des schwarzen Müllsacks ansprechen.

Zu dem Gespräch war es jedoch nicht gekommen, weil Holger versucht hatte, Ralf zusammenzufalten. Hätten die Türsteher ihn nicht abgehalten, er hätte ihn wahrscheinlich auf Briefmarkengröße zurechtgestutzt. Für Holger war es sicher besser so. Er hätte sich sonst nur unnötig in Schwierigkeiten gebracht.

Aufgrund der Vorkommnisse hatte Basti den Plan geändert. Es wäre zu auffällig gewesen, Holger nach dem ganzen Tohuwabohu anzusprechen. Außerdem kam es bei seinem Anliegen auf einen Tag mehr oder weniger nicht an. Der Sack war ja nun gut getarnt. Stattdessen hatte er heimlich Ralf Berger auf dessen Weg nach Hause verfolgt. Jolly meinte, der Typ ziehe Ärger an wie Gold die Gräber. Weil Jolly meist

recht behielt, war Basti ihm gefolgt und genau so war er hierhergekommen.
Er musste dann eingeschlafen sein. Zum Glück lief seine Dashcam noch. Die hatte sicher alles aufgezeichnet. Jetzt realisierte er, dass sein Kopf auf dem Beifahrersitz lag. Basti richtete sich auf. Ihm brummte der Schädel. Was war das? Im Halbdunkel des Morgengrauens ahnte Basti etwas vor sich auf der Straße sitzen. Egal. *First things first.* Als Erstes würde er sich die Rechercheergebnisse anschauen. Er war gespannt wie ein Flitzebogen, was die Kollegen über Wolfgang Roth herausgefunden hatten. Es war ein bisschen egoistisch gewesen, aber ein besseres Ablenkungsmanöver war ihm nicht eingefallen. Er hatte Bernd nicht einfach so ans Messer liefern wollen, aber auch schlecht sagen können, dass die Redaktion frei machen könnte und es nichts mehr zu tun gab. Wolfgang war ein legitimes Rechercheobjekt. Immerhin war er Carlas Ex-Mann und hatte somit auch Bezug zu diesem Fall. Aber selbstverständlich war es Basti um etwas ganz anderes gegangen.
Er zwängte sich durch den Spalt zwischen Fahrer- und Beifahrersitz nach hinten, um seinen Laptop zu holen. Aufgeregt klappte er den Monitor auf und checkte die Mails. Tatsächlich. Gestern Nacht um zwei Uhr hatte er die Zusammenfassung des Rechercheteams erhalten. Basti konnte es nicht glauben. Ein Volltreffer! Mitten ins Schwarze. Die Frage war jetzt nur noch, wie er den angeschlagenen Patienten zu Fall bringen konnte.
Aber was war das? Da war es schon wieder. Das durfte doch nicht wahr sein. Basti rieb sich die Augen.
Die Sonne war noch nicht zu sehen, aber das erste Licht fiel vom Watt her in den *Bitchbückenweg,* und vor ihm auf der Straße saß doch tatsächlich ein weißes Kaninchen. Es trug auch noch eine blaue Strickjacke.

»Leichte Beute! Klau ihm die Strickjacke«, flüsterte ihm Joe ins Ohr.
»Ja, ja, ja, ja, und das Monokel!«
»Hä … Was ist denn ein Monokel?«, fügten seine Brüder hinzu.
Basti schüttelte den Kopf. Er würde überhaupt nichts klauen. »Seid still!«, fauchte er die vier Kakteen an, dann kroch er wieder nach vorne und öffnete vorsichtig die Fahrertür. Meister Langohr schien sich nichts aus ihm zu machen. Langsam lief Basti auf den offensichtlich modebewussten Vierbeiner zu. Der machte keine Anstalten wegzuhoppeln.
Basti kniete sich neben den ungewöhnlichen Gast. Das Monokel hatte seine Aufmerksamkeit erregt. Er hob den Plastikartikel aus der Faschingsabteilung auf, um ihn näher zu betrachten, als ihm auffiel, dass jemand etwas in das Glas geritzt hatte. Es war klein, sehr klein, doch mit viel Mühe konnte Basti es lesen. Ihm klappte die Kinnlade herunter, und er rannte über die Straße zu Carlas Haus.

Here Comes The Sun

Sonntag, 7. August, 05:25 Uhr, Sylt

Bernd zog die Handbremse an. Es war geschafft. Ein Lebensabschnitt war vorbei und ein neuer würde gleich beginnen. Wie hatte sein Vater doch immer so schön gesagt?
»Drei Dinge im Leben sind unwiederbringlich, der vom Bogen geschossene Pfeil, das in Eile gesprochene Wort und die verpasste Gelegenheit! Alte arabische Weisheit.«
Dieser Zug hier war seine ergriffene Gelegenheit und fuhr auf Schienen in ein neues Leben. Hinaus aus den engen Regeln und Vorschriften der Vergangenheit und hinein ins Abenteuer der Liebe. Endlich. Es quietschte und der rostbraune Doppeldecker fuhr los. Aus dem Radio schallte:
»Love love me do. You know I love you. I'll always be true. Soooo pleaeaease … love me tooooooooooooo«. Er summte fröhlich mit, während sein Kopf nickte und die Hand rhythmisch aufs Lenkrad klopfte.
Er drehte die Musik auf und kurbelte das Fenster herunter. *Rauchen verboten* stand auf einem gelben Schild etwa zwei Meter von ihm entfernt. Er zündete sich eine Zigarre an und legte die Füße auf das Armaturenbrett des Käfers. Alles zog vorbei. Wiesen, Äcker und Reetdachhäuser, Kühe, Schafe und die letzten 35 Jahre. Jetzt war er kein Bulle mehr, sondern nur noch Mensch. Er freute sich auf Sonja. Auf ihr Lächeln und den süßen Geruch, der leicht wie ein Seidentuch immer um ihren Hals hing. In vier Stunden hatten sie sich verabredet. Das würde er sicher schaffen. Er hatte extra darauf geachtet, diesmal einen realistischen Zeitrahmen abzustecken, damit er auf keinen Fall zu spät kommen würde. Sie wollte ihm noch eine letzte Chance geben. Er hatte sie verdient, würde pünktlich sein und sie nutzen. Er würde mit ihr gehen, wohin sie wollte. Bis ans Ende der Welt. Wo auch immer das sein mochte.

Sein Telefon vibrierte. Er nahm es hervor und las den Text von Sebastian Reiter:

Letzte Nacht wurde ein Anschlag auf Carla und Ralf verübt. Ich habe zufällig Aufnahmen von Ihrem Auto vor der Villa. Das weiß niemand außer uns, und wenn es Ihnen gelingt, Wolfgang Roth festzunehmen, bleibt das auch so. Im Anhang finden Sie Unmengen belastendes Material.

Mit freundlichen Grüßen

Sebastian Reiter

Bernd schluckte. Er hatte es geahnt. Verfluchte Scheiße! Wie viel Pech konnte man haben? Wenn dieser Presseheini nicht log, dann würde ihn Katja bestimmt gleich informieren und darum bitten, dass er zurück auf die Insel kam, um Stellung zu nehmen. Aber wenn er Sonja noch ein einziges Mal versetzen würde, das wusste Bernd ganz genau, dann wäre sie für immer weg.

Er zog nachdenklich an seiner Zigarre. Der Rauch rauschte mit dem Fahrtwind aus dem Fenster übers Watt, als sein Telefon klingelte.

Kreidebleich

Sonntag, 7. August, 05:28 Uhr, Sylt

Sirenen. Überall hallten Sirenen. Notärzte, Polizei, Feuerwehr, die ganze Insel schien im Anmarsch zu sein. Basti steckte das Telefon weg. Er stand noch immer völlig verwirrt und überfordert im Garten hinter dem Haus. Mr. Rabbit im Arm blickte er auf die komplett verhüllten Ärzte, die gerade aus dem Hubschrauber gestiegen waren und vollvermummt in weißen *biohazard suits* auf ihn zukamen. Erst jetzt wurde ihm klar, dass er sich vielleicht in Gefahr begeben hatte. Schließlich wusste er nicht, welches Gift Bernd eingesetzt hatte, um Carla und Ralf eine Lektion zu erteilen. Das Adrenalin, das nun durch seine Adern schoss, rüttelte ihn wach. Es war sicher kein Novichok gewesen. Sicher nicht. Er würde nichts benutzen, was Unbeteiligten wie ihm Schaden zufügen konnte. Bernd hatte doch immer darauf geachtet, dass niemand außer den Opfern bei seinen Aktionen zu Schaden kam. Er war prinzipientreu und würde den Teufel tun, jetzt das Risiko einzugehen, Unschuldige wie Basti zu gefährden. Darauf konnte man sich verlassen.

Die Notärzte schienen weniger Vertrauen zu haben. Zwei verhüllte Sanitäter schoben die Liegen mit den Opfern in den Hubschrauber, als Katja eintraf. Die Stellen, auf denen sie im Wohnzimmer gelegen hatten, wiesen deutliche farbliche Veränderungen des Teppichs auf. Ralf und Carla selbst sahen furchterregend aus. Sie hatten kreidebleiche Haut, und ihnen waren die Haare ausgefallen. Sie bluteten aus allen Öffnungen ihrer nackten Körper und schienen nicht mehr zu atmen. Doch Basti hatte keinerlei Mitleid. Er empfand nichts als Genugtuung. Sie hatten es nicht besser verdient.

Ein Geiziger kann nichts nützlicheres und besseres tun, als wenn er stirbt.

Das Lutherzitat hatte Bernd wohl ins Plexiglas des Monokels geritzt. Vermutlich mit einem Messer oder einer Nadel. Er hatte sich gerächt, ein Exempel statuiert. Ralf und Carla exekutiert, weil die sich geweigert hatten zu zahlen. Das war mehr, als Basti ihm zugetraut hatte.
Die Ärzte in ihren klobigen Gummianzügen hatten bereits das Wohnzimmer abgeriegelt und nahmen ihm gerade das Kaninchen aus dem Arm, um es in einer Plastikkiste zu verstauen, als Katja auf ihn zukam. »Guten Morgen. Sie haben sie gefunden?«, fragte sie mit reichlich Sicherheitsabstand.
»Ja!«, antwortete Basti zugeknöpft, während der Hubschrauber hinter ihm abhob und die Kirschbäume zittern ließ. Die Druckwellen seiner Rotorblätter streiften rhythmisch über die Heide und Heckenrosen, als würde sie jemand ungewollt forsch streicheln, während der gelbe Helikopter langsam höherstieg.
»Warum waren Sie hier, und was haben Sie gesehen?«, schrie Katja, um sich trotz des Lärms Gehör zu verschaffen.
Basti schaute an ihr vorbei aufs Watt. Die Flut hatte es sich jetzt fast vollständig einverleibt. »Ich habe Ralf gestern aus gegebenem Anlass vom *Häängst* bis nach Hause verfolgt und dann die Nacht vor dem Anwesen verbracht.« Er seufzte. »Offensichtlich auf der falschen Seite.«
»Aus gegebenem Anlass?«, hakte Katja nach.
»Ach, Sie haben noch nichts von der Auseinandersetzung gehört?«
»Welche Auseinandersetzung?«
Einer der Ärzte im Michelinmännchen-Kostüm kam auf ihn zu. »Entschuldigung, aber wir müssen Herrn Reiter sicherheitshalber mit ins Nordseeklinikum nehmen. Solange unklar ist, welches Gift hier zum Einsatz gekommen ist, muss er isoliert und überwacht werden. Sie können ihn später befragen.«
Katja nickte etwas frustriert. »Nur eines noch,«, schob sie hinterher, während der Arzt Basti Richtung Rettungswagen

führte. »Haben Sie letzte Nacht irgendjemanden gesehen, der das Haus betreten hat? Ist irgendetwas Ungewöhnliches passiert?«

Basti stieg in den Krankenwagen ein. »Nein, ich Idiot habe ja vor dem Haus gepackt. Da habe ich niemanden gesehen außer ...« Er hielt inne und lächelte. »Außer Mr. Rabbit heute Morgen. Den fand ich schon außergewöhnlich. Befragen Sie ihn, bevor er *down the rabbit holee,* zurück ins *Wonderland* hoppelt.«

Der Onesiehase

Sonntag, 7. August, 08:08 Uhr, Sylt

Katja saß vor dem Bildschirm und neben Daniel im hinteren Teil des umgebauten Sprinters. Das letzte Mal, dass sie neben Daniel gesessen hatte, war ungefähr zwanzig Jahre her. In einem Seminar über Gewaltprävention im Studium der Kriminalpolizei. Er hatte immer noch dasselbe feuerrote Haar, aber eine beeindruckende Bartpracht war dazugekommen. Ein satter Schnauzer schmückte seine Oberlippe, und die buschigsten Koteletten, die Katja je gesehen hatte, bedeckten seine Wangen fast vollständig. Er war noch immer genauso wortkarg wie früher, aber sichtlich erfreut, Katja wiederzusehen. Im Vergleich zu ihr hatte er sich offensichtlich geschickter angestellt beim Erklimmen der Karriereleiter. Daniel Reuter war mittlerweile Leiter der Abteilung für Ermittlung und Auswertung des LKA Schleswig-Holstein und ab sofort für die Koordination des Einsatzes zuständig. Er war eine halbe Stunde zuvor am Tatort eingetroffen und hatte damit begonnen, sich einen Überblick zu verschaffen. Er hatte die Aufnahmen der Überwachungskameras besorgt und drückte auf *Play*.

Katja traute ihren Augen nicht. Die Qualität der Videos war erstaunlich gut, man konnte alles eindeutig erkennen.

»Unglaublich! Da schleicht sich das Kaninchen von hinten an Carla heran«, kommentierte Katja die Aufnahmen.

»Aber warum steht die auch mitten in der Nacht auf ihrer Veranda?«, murmelte Daniel in seinen Schnauzer.

»Sieht ganz so aus, als wartet sie auf jemanden. Sie checkt ständig ihr Telefon und wirkt nervös.«

Daniel kniff die Augen zusammen. »Achtung! Jetzt berührt er sie.« Er drückte auf *Stopp*. Dann ließ er die Szene mehrmals vor- und zurücklaufen. Man konnte deutlich erkennen, wie der Unbekannte, als Hase verkleidet, Carla am Nacken

berührt. Es schien so, als hätte Carla sich umdrehen wollen.
»Er muss ihr irgendwas gespritzt haben. Schau mal, wie sie zusammenklappt. Das waren doch keine drei Sekunden zwischen Berührung und Bewusstlosigkeit.«
Carla war einfach weggeklappt und schlug mit dem Kopf auf die weißen Natursteinplatten, ohne ein Geräusch von sich zu geben.
»Jetzt schleift sie Meister Langohr ins Wohnzimmer auf die Couch«, kommentierte Katja ungläubig. »Stopp! Halt das Video mal an!«
Daniel drückte auf *Pause*. Katja hatte gehofft, auf dem Bildausschnitt das Gesicht erkennen zu können. »Puh, das ist ja gruselig. Der trägt eine Gasmaske.«
»Ja das ist eine sowjetische *GP 5* aus dem zweiten Weltkrieg«, ergänzte Daniel souverän. »Entweder ein Sammlerstück oder aber – wesentlich wahrscheinlicher – eine Replika.«
Weltkriegsfreak! Schon damals, als sie noch gemeinsam die Schulbank gedrückt hatten, kannte Daniel jeden Panzer, jedes Flugzeug, jede Uniform jeder Armee, wahrscheinlich mit dazugehörigen Unterhosen und Strümpfen und offensichtlich auch jede Gasmaske, die im zweiten Weltkrieg im Einsatz war.
Daniel verschränkte die Arme. »Die kann jeder für 30 Euro im Netz bestellen.«
Katja schlug die Beine übereinander. »Genau wie die Handschuhe, die Gummistiefel und das Hasenkostüm.«
»Das ist ein Onesie«, korrigierte Daniel.
»Ein was?«
»Ein Onesie. Eine Art Jogginganzug. Sag nur, du kennst das nicht?«, fragte er ungläubig. »Die sind superbequem. Ich habe auch so einen zu Hause. Unschlagbar gemütlich!«
Katja schaute ihn mit großen Augen an. Sie konnte sich Daniel beim besten Willen nicht in so einem Kasperkostüm vorstellen.

Der Onesiehase verschwand jedenfalls wieder in seinem Versteck hinter der Hecke im Garten. Ziemlich genau eine halbe Stunde später kam Ralf Berger sichtlich betrunken nach Hause. Jetzt kam das echte Kaninchen zum Einsatz. Der Unbekannte musste es mitgebracht haben, genau für diesen Zweck. Als Ralf es über die Terrasse hoppeln sah, lief er mit einer Flasche und einem Messer bewaffnet hinaus.
»Genau dieselbe Szene. Mr. Rabbit schleicht sich von hinten an, betäubt das Opfer und schleift den bewusstlosen Körper zurück ins Wohnzimmer«, kommentierte Daniel sachlich.
»Aber jetzt wird's interessant«, erwiderte Katja.
Der Onesiehase entkleidete Ralf und Carla, legte sie auf den Fußboden und ging zurück in den Garten, um einen Pumpsprüher aus der Hecke zu zaubern. Zurück im Wohnzimmer begann er, die beiden von oben bis unten einzusprühen. Er ging sehr gründlich vor und drehte die nackten, bewusstlosen Körper sogar um. Als er fertig war, verschwand er spurlos durch den Garten Richtung Watt.
Die Aufnahmen der Überwachungskameras zur Straße hin zeigten, dass Basti kurz nach Ralfs Ankunft direkt vor der Villa geparkt und – bis er am Morgen Mr. Rabbit fand – diesen Platz nicht verlassen hatte. Auch jene Aufnahmen, die in der Folge zeigten, wie er ins Wohnzimmer gestürmt kam und anschließend Polizei und Krankenwagen per Handy verständigte, waren vollkommen unauffällig.
Trotzdem blieb Katja misstrauisch. Sie spulte immer wieder zurück und schaute sich alles unzählige Male in Folge an.
Plötzlich klingelte das Telefon. Daniel schaltete die Freisprecheinrichtung ein und nahm ab.
»Hallo, hier spricht Dr. Siegler. Die gute oder lieber die schlechte Nachricht zuerst?«
»Die schlechte!«, antwortete Daniel.
»Wir haben Carla Roth verloren. Sie ist kurz nach der Ankunft auf der Intensivstation an den Folgen einer extrem

hohen Opium-Konzentration im Blut und den schweren Verätzungen der Atemwege verstorben«, sagte der leitende Chefarzt des Uniklinikums in Kiel und fügte hinzu: »Auffällig ist dabei, dass es sich um einen Mix aus den synthetischen Opioiden Oxycodon und Fentanyl handelt. Die enorm hohe Konzentration hat dafür gesorgt, dass ihr Herzkreislaufsystem völlig heruntergefahren wurde. Außerdem hat sich die Atmung extrem verlangsamt. Sie muss innerhalb von Sekunden das Bewusstsein verloren haben. Das Oxycodon stammt aus den Tabletten, die auf dem Wohnzimmertisch gefunden wurden, das Fentanyl muss intravenös verabreicht worden sein.«

Daniel nickte unmerklich. »Das war dann also in der Spritze des Kaninchens.«

»Wie bitte?«, entgegnete der durchaus verwirrte Chefarzt.

»In der Spritze des Täters«, stellte Katja klar.

»Das ist anzunehmen«, erwiderte Dr. Siegler. »Interessant ist, dass wir bei Herrn Berger nur Fentanyl im Blut gefunden haben, und die Dosis war perfekt eingestellt. Gerade hoch genug, um eine analgetische Wirkung zu entfalten.«

»Ahh okay. Dann ist die gute Nachricht wohl, dass Ralf Berger noch lebt.«

»Ja, und vor allem, dass wir jetzt wissen, mit welcher Substanz der Giftanschlag verübt wurde.«

»Und?«, fragte Daniel gespannt.

»Es war ein Cocktail aus verschiedensten organischen und anorganischen Substanzen, vertrieben von *MenSanta* unter dem Handelsnamen *FullCare*. Eigentlich ein Produkt ...«

»... für die Hühnermast«, unterbrach Katja den Arzt.

»Richtig. Woher wissen sie das?«, fragte dieser überrascht.

»Ralf Berger war Anwalt von *MenSanta* und hat die letzten zehn Jahre damit verbracht, genau dieses Produkt zu verteidigen. Es steht im Verdacht, hochgradig krebserregend zu sein.«

»Tja, sicher ist, dass es seine Frau umgebracht und ihn selbst ins künstliche Koma versetzt hat.«

Daniel strich sich durch die buschigen Koteletten. »Gut. Danke für die Information. Melden Sie sich, wenn sich an Herrn Bergers Zustand etwas ändert.«

»Selbstverständlich!«

»Ach, eines noch? Wie geht es Sebastian Reiter?«

»Bestens! Die Kollegen im Nordseeklinikum haben ihn gründlich gewaschen und desinfiziert! Es besteht keinerlei Gefahr mehr. Weder für ihn selbst noch für Dritte«, antwortete der Chefarzt.

»Danke«, Daniel legte auf.

»Dann werden wir ihm wohl unverzüglich einen Besuch abstatten«, sagte Katja beiläufig. Sie hatte das Video zurückgespult bis zu der Szene, in der der Onesiehase mit der Gasmaske hinter Ralf Berger steht. »Fällt dir was auf?«, fragte sie Daniel, der nur mit den Mundwinkeln zuckte. »Er ist auffällig groß, nicht nur für ein Kaninchen. Er ist mindestens zehn Zentimeter größer als Ralf.«

»Das stimmt«, pflichtete Daniel ihr bei.

»Es gibt nur einen, der das Täterprofil erfüllt, der ein Motiv hat und das entsprechend aggressive Verhalten an den Tag legt.«

»Okay, und wer ist das?«

Katja öffnete die Schiebetür. »Kümmer du dich erst mal um den Journalisten. Ich kümmere mich um den rettungsschwimmenden Onesiehasen!«

Lupus-Passus-Roth

Sonntag, 7. August, 09:09 Uhr, Hamburg

Bernd parkte neben dem Porsche direkt vor der Tür der schicken, alten Villa im Treppenviertel Hamburg Blankenese. Es roch nach Sommer in der Stadt, die von hier aus betrachtet so aussah, als wäre sie nur aus Palästen erbaut worden.
Bernd hatte auf der Fahrt mit Katja telefoniert, und sie hatte ihm bestätigt, dass Carla und Ralf in der vergangenen Nacht angegriffen worden waren. Carla war sogar bereits im Krankenhaus verstorben. Der erste Teil von Bastis Informationen stimmte also. Ob das auch für den zweiten Teil galt, würde sich jetzt herausstellen.
Er stieg aus, nahm den Mantel von der Rücksitzbank und schaute staunend hinüber. Da stand er, der automobile Traum seiner schlaflosen Nächte. Bernd konnte nicht anders, als eine Ehrenrunde um den cremefarbenen Superkäfer zu drehen. Die breit ausgestellten Kotflügel, der fette Spoiler und der einzigartig gutmütige Blick aus diesen unschuldigen runden Augen. Unvergleichlich gut. Er streichelte zärtlich mit seiner Hand über den makellosen Lack aus den späten siebziger Jahren. Einfach das perfekte Auto. Es fiel ihm schwer, sich loszureißen. Immer wieder blieb sein Blick an einem der vielen Details hängen. Genüsslich zog er an seiner Zigarre und schaute auf die Uhr. Er hatte eine halbe Stunde Zeit, bis er sich mit Sonja treffen wollte. Länger als zehn Minuten würde er nicht brauchen, um zu überprüfen, ob Bastis Informationen etwas taugten.
Bernd lief hinüber zum hölzernen Eingangsportal der imposanten Jugendstilvilla. Er klingelte. Es dauerte einen Moment, dann schnurrte der Türsummer. Spielend leicht öffnete er eine Seite der schweren Flügeltur und trat in den stattlichen Hausflur. Über breite, dunkle Bohlen lief er ein paar Stufen hinauf in die Praxisräume des Erdgeschosses.

»Moin Moin. Bernd Borcherts, Kripo Sylt. Sie müssen Wolfgang Roth sein. Wir hatten telefoniert. Richtig?«
Wolfgang war alleine in der Praxis. Er saß auf einem der Sessel im Empfangsraum. »Ja richtig. Nehmen Sie doch Platz.«
Mit einer großzügigen, ruhigen Handbewegung deutete er auf das mit grünem Samt bespannte und von dunklem Nussholz gerahmte Sofa, das neben den zwei Sesseln und gegenüber des reichlich verschnörkelten Tischleins stand. Bernd legte seinen Mantel über die eine und setzte sich in die andere Ecke des edlen Möbelstückes. »Schöne Praxis haben Sie. Kein Wunder, dass Sie sich hier treffen wollten.«
»Danke, danke. Aber nein, ich bin kein Angeber. Ich habe nachher noch einen Patienten. Deshalb treffen wir uns hier.«
Bernd hatte seinen Arm auf der bequemen Lehne abgelegt.
»Am Sonntag?«
Wolfgang nickte.
Bernd schaute sich bewundernd um. Der helle Raum war hoch und die Decke geschmückt mit blumigem Stuck. An den Wänden hingen großformatige Ölgemälde von Landschaften, die vermutlich südwestlich der Alpen lagen. Sonnenuntergänge, Lavendelfelder und Olivenhaine.
»Sind Sie schon lange hier?«, fragte Bernd beiläufig.
»Ziemlich genau seit Ihrem Anruf.«
Bernd schaute auf die Uhr. Es war kurz nach neun. »Ach, wohnen Sie auch in dieser Villa?«
Wolfgang lächelte. Das graue Haar war sauber gescheitelt. Er trug eine schlichte Brille, und sein freundliches Gesicht war frisch rasiert. Man sah, dass er keine 30 mehr war, aber er wirkte kein bisschen zerbrechlich. »Nein, aber meine Wohnung ist fünf Minuten zu Fuß von hier. Es ist besser, Arbeit und Privates zu trennen, nicht wahr? Darf ich Ihnen etwas zu trinken anbieten?«
»Gerne.« Bernds Blick schweifte durch den Raum. Das schachbrettartig verlegte Eichenparkett hatte es ihm angetan.

»Was darf es sein?«
»Machen Sie sich keine Umstände. Ein Leitungswasser reicht völlig aus.«
Wolfgang erhob sich. Erst jetzt fiel Bernd auf, wie großgewachsen er war. Mindestens eins neunzig. Er war nicht hager, aber schon eher schmal als breit. Seine Schritte waren sicher und fest, genau wie seine Aussprache. Selbstbewusst eben. Er verschwand für einen Moment im Nebenraum. Bernd nutzte die Gelegenheit, um sein Notizbuch und die goldgelbe Packung Zigarren aus den Tiefen seiner Manteltaschen zu wühlen. Gerade als er die Fundstücke auf den Tisch legte, kam Wolfgang zurück.
»Ihr stilles Wasser.« Wolfgang schaute Bernd mitleidig an. »Oh, das tut mir leid, Herr Borcherts, aber Sie können hier selbstredend nicht rauchen. Das ist eine Arztpraxis.«
Bernd hatte nicht vorgehabt, die Zigarre anzuzünden. Er brauchte nur etwas für seine unruhigen Finger, um sich besser konzentrieren zu können. »Aber Herr Roth, ich bin zwar Polizist, aber meinen Anstand habe ich nicht verloren«, sagte er selbstironisch und war sich nicht ganz sicher, welcher Teil des Satzes die größere Lüge enthielt. Er war weder Polizist, noch hatte er je Anstand gehabt. »Selbstverständlich qualme ich hier nicht«, fügte er hinzu und ließ anerkennend seinen Blick durch den Raum schweifen. »Wie kommen Sie eigentlich zu so einer wunderschönen Praxis?«
Wolfgang setzte sich wieder und lächelte bescheiden. »Man tut, was man kann, nicht wahr? Wer was leistet und klug ist, lässt sich vernünftig entlohnen. Ich bin jetzt über siebzig und habe lange genug in schmucklosen Räumen Geld verdient. Langsam darf ich die Früchte meiner Arbeit genießen.«
»Das sei Ihnen wahrlich gegönnt.«
Wolfgang saß aufrecht. Der dunkelblaue Rollkragenpullover und die gleichfarbige Jeans, die er trug, sahen ordentlich aus. Vielleicht etwas zu leger für einen Arzt in seiner Praxis. Aber

es war ja auch Sonntag. »Ach, mir macht es nach wie vor Spaß«, entgegnete Wolfgang zufrieden.
Das konnte Bernd nicht von sich behaupten. Er spürte auf einmal, wie rund sein Rücken war, krumm und schief wie ein Fragezeichen. Bernd war zwar 20 Jahre jünger als Wolfgang, fühlte sich aber mindestens 20 Jahre älter. »Schön zu hören. Ist ja eher selten«, antwortete Bernd schließlich anerkennend. Er roch genüsslich an seiner Zigarre. »Ich könnte mir auch gut vorstellen, bald mal die Füße hochzulegen«, sagte er ruhig.
Wolfgang schaute auf Bernd herab, wie ein schlechter Lehrer auf einen noch schlechteren Schüler. »Das macht jeder, wie er es für richtig hält. Nicht wahr? Ich habe mir einen Job ausgesucht, der mich fasziniert. Für mich wäre es ein Unding, den ganzen Tag zu Hause rumzusitzen. Die Arbeit war mein Leben. Immer schon.«
Wolfgang schien kurz davor, ins Schwärmen zu geraten. Aber stattdessen fing er sich plötzlich, und seine Stimmlage wurde wieder sachlicher. »Herr Borcherts, ich will ja nicht neugierig sein, aber Sie haben am Telefon erwähnt, dass Carla etwas zugestoßen sei. Ich muss mir doch keine Sorgen machen, oder?«
»Ah ... Ja sicher.« Bernd schlug sein Notizbuch auf. »Bevor ich Ihnen mehr dazu sagen kann, habe ich ein paar Fragen an Sie.« Er hob den Kopf. »Das ist doch in Ordnung?«
Wolfgang zupfte seinen Rollkragenpullover zurecht und lehnte sich geduldig zurück. »Aber natürlich. Legen Sie nur los. Immerhin haben Sie einen Job zu erledigen. Nicht wahr?«
Bernd lächelte und klemmte sich die Zigarre hinters Ohr. Dann nahm er den Kugelschreiber zur Hand, so wie eh und je. »Na gut, dann fangen wir mal an. Wie war denn das Verhältnis zu Ihrer Ex-Frau?«
Wolfgang schaute unbeirrt auf das Ölgemälde, das hinter Bernd hing. Ein Stillleben, das im Stil an die großen Maler der

Renaissance erinnerte. Es zeigte aber statt Früchten oder Blumen Reagenzgläser und Glaszylinder mit bunten Flüssigkeiten darin.
»PH-Wert 7, würde ich sagen. Völlig neutral. Um ehrlich zu sein, wir hatten kaum Kontakt nach der Trennung.«
Bernd kritzelte in sein Notizbuch. »Verstehe. Wann haben Sie sie zum letzten Mal gesehen?«
Wolfgang schlug die Beine übereinander. »Ach ... das ist schon eine Weile her. Ich glaube, so ungefähr ein Jahr nach der Scheidung. Wir haben einen Kaffee zusammen getrunken und uns darauf geeinigt, die Vergangenheit Vergangenheit sein zulassen. Sie hatte im Zuge der Scheidung das Haus in Kampen bekommen und war sehr glücklich damit.«
Wolfgang legte lässig einen Arm über die Lehne seines Sessels.
»Wie Sie vielleicht schon festgestellt haben, mangelt es mir nicht an Geld – und unter uns, ich war nie ein großer Sylt-Fan. Ich habe es damals sowieso ausschließlich ihretwegen gekauft.«
Bernd lehnte sich zurück. Den Stift und das Notizbuch hatte er in den Schoß gelegt und stattdessen wieder die Zigarre hinterm Ohr vorgezaubert. Nachdenklich klopfte er sie auf die Lehne der Couch. »Dass man als Arzt nicht schlecht verdient, ist klar, aber 'ne Praxis in Blankenese und ein Haus in Kampen ist trotzdem außergewöhnlich. Necht?«
»Meine Patienten sind exklusiv«, antwortete Wolfgang stolz und selbstsicher. »Ich betreue fast ausschließlich Leistungssportler, und zwar aus ganz Europa.« Er machte eine Pause. »Die Nachfrage nach meiner Person ist so groß, Sie haben ja keine Vorstellung. Wissen Sie, gute Ärzte sind wirklich schwer zu finden.«
Bernd hielt die Zigarre jetzt direkt vor seinem Gesicht. »Zumindest Experten mit einem so beeindruckenden Lebenslauf wie Sie.«

Wolfgang nahm einen Schluck Wasser. »Danke. Da haben Sie recht.«
Bernd blätterte durch das Notizbuch in seinem Schoß, bis er die richtige Seite gefunden hatte. »In Leipzig Medizin und Biochemie studiert. Betreuer des Leichtathletikkaders der DDR. Nach der Wende haben Sie sich als Teamarzt im Radsport und medizinischer Betreuer der deutschen Schwimmerjugend hochgearbeitet. Und jetzt sind Sie ganz oben angekommen. Da, wo die richtig fetten Gänse fliegen. Im Fußball!«
Wolfgang legte die Ellenbogen auf den Knien ab und verschränkte die Hände. »Wie gesagt, ich beschwere mich nicht, und für die Teams ist ein guter Arzt Gold wert. Der Druck im Fußball ist gigantisch. Wenn ein Profi ausfällt, wird es teuer. Da zählt jeder Tag, den er früher wieder fit ist, nicht wahr?«
Bernd hatte versehentlich die Zigarre fallen lassen. Er bückte sich, um sie aufzuheben, und stieß sich den Kopf an der Tischkante. »Verflucht! Entschuldigung! Ich bin manchmal etwas ...«
»Ja, das habe ich schon bemerkt!«, unterbrach ihn Wolfgang und lächelte wie ein großzügiger Lehrer.
»Für welche Vereine arbeiten Sie im Moment?«
»Für keinen. Ich bin kein Teamarzt. Ich betreue Sportler, die sich verletzt haben und deshalb zu mir kommen. Ich helfe ihnen, wieder fit zu werden, und zwar schnellst- und bestmöglich.«
»Helfen Sie auch Fußballern, die einen Husten haben und zu wenig Kondition?«
Wolfgang hob kritisch die Augenbrauen. »Wie bitte?«
»Warten Sie mal! Ganz kurz nur.« Bernd blätterte hektisch durch sein Notizbuch. Es sah ganz so aus, als hätte ihn Basti tatsächlich auf die richtige Fährte gestoßen.

»Jetzt hab ich's. Genauso hieß er. Haben Sie den Namen Lupus schon mal gehört?«
Wolfgang zuckte fast unmerklich zusammen. Nur kurz, aber es war Bernd nicht entgangen. Ja, er hatte den Namen schon gehört. Dieser Winzling von einem Journalisten schien tatsächlich recht zu haben.
»Nein!«, antwortete Wolfgang sachlich.
»Lupus, seltsamer Name. Klingt irgendwie griechisch. Finden Sie nicht auch?«, sagte Bernd nachdenklich.
»Lupus ist die lateinische Bezeichnung für den Wolf.«
»Ah, interessant ...«
»Wieso fragen Sie? «
»Ach, nur so. Meine Kollegin hat das Wort letztens benutzt, und ich habe mich nicht getraut, zu fragen, was es bedeutet. War mir zu peinlich. Jetzt ist es mir gerade in den Sinn gekommen, und ich dachte, Sie sind Arzt und klug, und ich kann Sie eben mal fragen, weil Sie bestimmt griechische Wörter kennen.«
»Es ist Latein, aber ja danke«, antwortete Wolfgang, während sein kritischer Gesichtsausdruck sich langsam entspannte. »Wie gesagt, Sie können mich alles fragen.«
Bernd legte das Notizbuch neben sich. »Gut zu wissen. Dann sagen Sie mal ...«, er lehnte sich nach vorne und sprach sehr leise. »So unter uns, wie viele Ihrer Athleten haben Sie eigentlich zu olympischem Gold gespritzt?«
Wolfgang lachte etwas zu laut. »Natürlich keinen Einzigen!«, entgegnete er gelassen.
Bernds Zunge fuhr über seine Backenzähne. Seine Wangen zogen sich nach innen. »Leichtathletik, Radfahren, Schwimmen. Wirklich? Na, kommen Sie schon, wir wissen doch alle, dass im Leistungssport gedopt wird. Gerade in der ehemaligen DDR. Necht?«
Wolfgang fasste sich an die eckige Brille, um sie etwas nach oben zu schieben. Gefasst antwortete er auf Bernds gezielte

Provokation. »Selbstverständlich gibt es schwarze Schafe, aber die Kontrollen sind über die Jahre immer strenger geworden. Man kann nicht Jahrzehnte im Leistungssport arbeiten, ohne aufzufliegen.« Seine Haut glänzte hellrosa im Licht. Wachsartig und seltsam künstlich. »Aber wollten wir nicht eigentlich über Carla reden?«, versuchte er das Gespräch zu lenken.

»Ach ja!« Bernd fuhr sich durch das lockige Haar am Hinterkopf. »Recht haben Sie«, pflichtete er bei. »Ich frage mich nur, was, wenn einer einen außergewöhnlich guten Riecher für den richtigen Moment und ein bisschen Glück hat. Ich meine ja nur. Wenn einer im Osten genug Zeit gehabt hätte, Erfahrungen zu sammeln. Die Unterstützung der Partei und die besten Wissenschaftler an seiner Seite. Sagen wir mal, er hätte ein ganzes Hochleistungstrainingszentrum und exzellente, medizinische Labore zur Verfügung gehabt. Was der nicht alles hätte machen können. Necht?«

Wolfgang antwortete nicht.

»Damals meine ich!«, fügte Bernd entschuldigend hinzu.

Wolfgang nahm einen Schluck Wasser. Das Thema war ihm offensichtlich unangenehm.

»Damals konnte man doch mit den Sportlern tun und lassen, was man für richtig hielt.« Bernd sprach leiser, als wollte er dafür sorgen, dass niemand außer Wolfgang hörte, was er sagte. »Solange am Ende eine Medaille dabei raussprang, war doch alles erlaubt. Das muss doch unglaublich interessant gewesen sein für einen ambitionierten Sportmediziner und Biochemiker.«

Wolfgang schwieg weiter.

»Nehmen wir mal an, das klappt alles gut, einer lernt sehr viel dabei und dann kommt die Wende. Alle Unterlagen zu bisherigen Tätigkeiten werden vernichtet, und er kann neu anfangen.«

Wolfgangs Zeigefinger war auf Bernd gerichtet. Er schien gereizt. »Das ist eine dreiste Unterstellung. Bitte bleiben Sie sachlich, Herr Borcherts.«
Bernd setzte seinen Basset-Blick auf und schaute Wolfgang an wie ein Hund, der mitten in den Flur gekackt hat. Herrchen schien sauer, aber Basset-Bernd kackte einfach weiter. »Sie stiegen in den Radsport ein und waren unglaublich erfolgreich. Die erste Hälfte der Neunziger arbeiteten Sie bei dem Team einer spanischen Bank und die zweite Hälfte bei dem eines deutschen Telekommunikationskonzerns. Immer gewannen die von Ihnen betreuten Radsportler die Tour! Ende der Neunziger, als die französischen Alpenetappen langsam zu heiß wurden, haben Sie den Radsport verlassen. Zufällig genau bevor die großen Skandale enthüllt wurden. Necht? Dann haben Sie sich zu den Schwimmern zurückgezogen. Eine unbedeutende Sportart, die kaum von der Öffentlichkeit beachtet wurde.«
Wolfgang nahm die Brille ab und rieb sich die Augen. »Ich brauchte eine Pause und wollte mehr Zeit mit meinem Sohn verbringen.«
Bernd lächelte verständnisvoll. »Sie waren sein Trainer, richtig?«
Wolfgang schob die schlichte, eckige Brille wieder zurück auf seine Nase. »Ja, und er ein Ausnahmetalent«, antwortete er mit ruhiger Stimme.
Bernd nickte anerkennend. Selbstverständlich war er das. Mit so einem Vater wäre wahrscheinlich aus jedem nicht querschnittsgelähmten Jungen ein sportliches Ausnahmetalent geworden. »Dreimal Gold bei den Junioren-Weltmeisterschaften und einmal Silber bei seinen ersten Olympischen Spielen.« Er ließ eine Pause. »Und dann als kerngesunder 19-Jähriger in Folge plötzlichen Herzversagens gestorben.« Bernd blätterte wieder hektisch durch sein Notizbuch. »Man hat einen extrem erhöhten H-ä-m-a-t-o-k-r-i-t-Wert festgestellt. Mir

sagt das ja nicht viel, aber Sie wissen bestimmt, was das bedeutet.«

Wolfgang schwieg.

»Ah, hier habe ich es. 69,27 Prozent. Wie viel erlaubt der Verband noch mal?«

»Bis 50 Prozent.« Wolfgang ließ den Kopf hängen. Er fasste mit beiden Händen die Armlehnen seines Stuhls, als müsste er sich festhalten. »Jetzt geht das wieder los. Der alte Schuh. Wissen Sie, wie oft ich mit diesen Vorwürfen konfrontiert wurde? Er kam gerade aus dem Höhentrainingslager und war extrem austrainiert. Ja, er hatte eine hypertrophische Kardiomyopathie und ja, wir hätten das in Leistungstests vorher rausfinden müssen. Ja, ich hätte die Halle nicht verlassen dürfen. Aber er hatte mich gebeten, den Nationaltrainer anzurufen wegen einer Absprache, und ich hatte mein Telefon in der Umkleide.« Wolfgang hielt inne. »Sie haben keine Vorstellung davon, wie oft ich das schon durchgegangen bin. Es war der größte Fehler meines Lebens, und ich habe jede erdenkliche Variante zur Vermeidung der Situation hundertmal durchgespielt. Aber diese verfluchte Schuldfrage nützt doch niemandem, und mit Doping hatte das Ganze nichts zu tun. Punkt. Es ist Strafe genug, seinen eigenen Sohn zu Grabe tragen zu müssen.«

Bernd hatte keinen Zweifel daran, dass ihm der Tod seines Sohnes nahegegangen war.

Wolfgang schaute ihn ernst an. »Haben Sie Kinder?«

»Nein.«

»Dann glauben Sie mir das mal, Herr Borcherts.«

Dass er keine Kinder hatte, war nur eines der vielen Dinge, die Bernd bereute. Wie es war, einen Sohn zu verlieren und noch dazu selbst schuld an dessen Tod zu sein, wollte er sich nicht mal vorstellen. Doch wie ein gebrochener Mann wirkte Wolfgang keineswegs.

»Carla hatte die Schuldfrage aber gestellt und offensichtlich anders bewertet als Sie, oder? War das nicht der Grund für die Trennung gewesen?«
»Fantasie haben Sie, das muss man Ihnen lassen. Ich habe Carla damals vor die Tür gesetzt, weil sie ...« Wolfgang hielt inne. »Scheiß Alkohol! Sie konnte das Trinken einfach nicht lassen. Es war schon vor Michis Tod schlimm gewesen, aber danach ...« Er schwieg. »Es war nicht mehr auszuhalten. Eines Tages, als sie mal wieder um 12 Uhr mittags völlig besoffen war, habe ich sie ins Auto gesetzt und in die Klinik gebracht. Drei Monate Entziehung. Als sie zurückkam, war sie clean, aber hatte ihren Kurschatten mitgebracht.«
»Ralf Berger?«
»Jawohl.«
Bernd schaute auf die Uhr. Verflucht! Es war schon fünf nach. Wieso konnte er nie pünktlich sein? Er sprang auf.
Wolfgang schaute ihn verwundert an. »Alles in Ordnung bei Ihnen?«
»Ja! Nein! Ich meine, ich muss los! Ich habe noch einen anderen wichtigen Termin.« Bernd nahm seinen Mantel von der Couch und stand auf. »Danke, dass Sie sich die Zeit genommen haben. Ich wollte Sie keinesfalls provozieren, und es tut mir leid, wenn ich Sie von der Arbeit abgehalten habe.«
Auch Wolfgang erhob sich, aber eher zögerlich. »Kein Problem«, stammelte er verwirrt. »Aber Herr Borcherts, darf ich noch fragen, was denn nun genau mit Carla geschehen ist? Ich meine, sie ist immer noch meine Ex-Frau.«
»Sie und Ralf liegen im Krankenhaus. Jemand hat versucht, sie zu ...«, Bernd hielt inne. Er schlug sich leicht mit dem Notizbuch gegen die Stirn. »Da wäre es fast passiert! Wie dumm von mir! Ich darf doch über so etwas nicht reden. Geheimhaltung aus ermittlungstechnischen Gründen. Ich bitte um Ihr Verständnis.«

»Was hat jemand versucht? Es geht ihr doch gut?« Wolfgang schaute mehr fragend als bedrückt.
»Es tut mir leid, aber mehr kann ich im Moment nicht sagen.« Bernd hob entschuldigend die Hand. Dann lief er zügig in den Flur hinaus. »Ach, eins noch.« Er blieb stehen und wandte sich noch einmal um. »Wunderschönes Auto haben Sie! Der cremefarbene Porsche 911 Turbo vor der Tür ist doch Ihrer?«
Wolfgang stand noch immer leicht geistesabwesend mitten im Raum. Es dauerte einen Moment, bis er antwortete. »Ja. Danke. War immer mein Traumwagen gewesen.«
»Nicht nur Ihrer!«, antwortete Bernd, während er sich nochmals anerkennend umschaute. »Stil haben Sie jedenfalls, Herr Roth. Das muss man Ihnen lassen. Alles Gute wünsch ich, und arbeiten Sie nicht zu viel. Ist schließlich der Tag des Herren.«
Wolfgang stand einsam und allein auf dem Schachbrettparkett mitten im Flur. Er wirkte wie der König, dem alle anderen Figuren abhandengekommen waren. Nicht Matt, aber auch ohne jede Chance, gewinnen zu können. Er ahnte vermutlich, dass Bernd versuchen würde, ihn des jahrzehntelangen Dopings zu überführen. »Keine Sorge. Ich werde es nicht übertreiben. Wenn Sie noch Fragen haben, rufen Sie an!«
Langsamen Schrittes kam er auf Bernd zu und reichte ihm überfreundlich eine Visitenkarte. »Ich würde mich natürlich auch freuen, wenn Sie mich über Carlas und Ralfs Zustand auf dem Laufenden halten können«, versuchte er abzulenken. »Zu gegebener Zeit und nur, wenn es die Ermittlungen nicht stört, versteht sich.«
Bernd steckte die Karte in die Innentasche seines Mantels. »Selbstverständlich, Herr Roth. Sobald ich darf, informiere ich Sie.«
Wolfgang nickte. »Vielen Dank.«

Bernd schlenderte die Treppe hinab durch den Hausflur. Während er in der Tasche nach seinen Streichhölzern kramte, wanderte die Zigarre noch einmal gemütlich von links nach rechts über seine Lippen. Er schmunzelte, als er aus der Tür der gewaltigen Villa hinaustrat. Basti hatte recht gehabt. Aus dem Augenwinkel konnte er erkennen, wie Wolfgang Roth ihn vom Fenster aus beobachtete. Sollte er nur. Bernd hatte alles, was er brauchte, aber jetzt musste er sich wirklich beeilen, damit er noch rechtzeitig zu Sonja kam.

Chihuahua

Sonntag, 7. August, 10:23 Uhr, Sylt

Katja lief das letzte Stück zu Fuß. Vorbei an sorgsam gestutzten Hecken, hinter denen sich vermutlich aufblasbare Swimmingpools aus dem Aldi-Angebot versteckten. Das Gespräch mit Bernd hatte sie verunsichert. Es war nicht einfach gewesen, aber sie hatte durch das Telefon hören können, wie seine Stimme zitterte. Nur ganz leicht. Nicht so sehr, dass es jeder hätte hören können. Aber sie kannte ihn seit zwanzig Jahren. Sie spürte, wenn mit ihm etwas nicht stimmte, und ihr Gespür sagte ihr, dass mit ihm etwas ganz und gar nicht stimmte.
Wieder kam ihr ein Gedanke, den sie heute schon mehrfach zu verdrängen versucht hatte. Was, wenn Bernd hinter all dem steckte? Warum nur hatte er ihr bisher nichts von dieser Gartenlaube und von dem Schlüssel erzählt? Warum hatte er in den letzten Tagen ständig auf eigene Faust ermittelt?
Verdächtig war das schon, aber nein, Bernd würde so was niemals machen. Aber seiner Freundin Sonja wäre es durchaus zuzutrauen. Was, wenn Sonja ihn manipuliert hatte. Immerhin war sie Psychologin. Was, wenn sie hinter alledem steckte? Denkbar war das durchaus.
Katja musste sich beruhigen! Bernd hatte ihr am Telefon zugesichert, umgehend auf dem Präsidium zu erscheinen und vorläufig dortzubleiben, um allen Spekulationen um seine Person den Wind aus den Segeln zu nehmen. Sie musste ihm vertrauen, so wie immer, und sich jetzt auf ihre eigenen Ermittlungen konzentrieren. Es war viel wahrscheinlicher, dass sie hier bei Holger fündig werden würde, als dass sie ihr eigener Kollege belog, betrog oder gar Hunde entführte.
Katja öffnete die angelehnte Tür des Zauns und verschwand im Dickicht der Hecken. Vorsichtig schlich sie im Schatten der Bäume und Sträucher in Richtung des Bungalows. Aus dem Inneren kamen ihr Musik und Hundegebell entgegen.

Das konnte nicht sein! Er konnte unmöglich schon das nächste Opfer entführt haben.
Die Fenster des Bungalows waren mit Vorhängen abgedeckt. Katja vernahm plötzlich etwas Undefinierbares. Es klang, als versuchte jemand zu schreien, wurde aber daran gehindert. Jetzt bellte wieder der Hund. Sie schlich um den Bungalow und entdeckte ein weiteres Fenster. Es war genau vor der Hecke und das einzige, das nicht verhangen war. Sie schob sich in den ungefähr 30 cm breiten Spalt zwischen Gestrüpp und Wand. Zum Glück gab der seit ewigen Zeiten nicht mehr beschnittene Buchsbaum nach. Es kratzte zwar ein wenig, aber sie konnte sich ohne größere Probleme hindurchzwängen. Doch was sie nun durchs Fenster sah, verschlug ihr die Sprache.
Ein weißer Chihuahua war mit der Leine an den Schrank ganz in der Ecke gebunden worden. Er bellte ununterbrochen und scharrte mit den Krallen über den Holzfußboden, bei dem vergeblichen Versuch, sich loszureißen. Ungefähr drei Meter entfernt kniete eine dunkelhaarige Frau. Sie war nackt, gefesselt und hatte einen Knebel im Mund. Deshalb klangen ihre Schreie so seltsam. Die Arme trug ein Halsband, an dem eine Kette befestigt war, die wiederum war mit ihren auf dem Rücken gefesselten Händen verknotet. Sie konnte sich praktisch nicht bewegen, ohne sich selbst zu erdrosseln. Katja erkannte, dass jemand hinter der Frau stand und sie bedrohte. Sie konnte ihn nicht sehen, aber sie hörte seine Stimme.
Jetzt galt es, schnell zu handeln, bevor dieser Geisteskranke heute noch eine weitere Person umbringen würde. Katja versuchte, ihren Körper aus dem Spalt zwischen Wand und Hecke zu befreien, als sie unglücklicherweise auf die Zacken eines Rechens trat. Der Stiel schoss nach oben und ihr direkt ins Gesicht. Trotz des Schrecks und Schmerzes schaffte sie es, still zu bleiben. Das Rascheln des Laubes und der dumpfe Knall des Aufpralls hatten jedoch gereicht, um Aufmerksam-

keit zu erregen. Katja zog ihren Kopf zurück und hielt die Luft an. Plötzlich war es still geworden, und sie spürte, wie er aus dem Fenster schaute. Hoffentlich sah er sie nicht hier unten hocken. Sie würde jetzt die Ruhe bewahren, sich dann geräuschlos aus der Ecke manövrieren und Daniel anrufen. Sie musste ihn informieren, bevor sie die Hütte stürmen würde. Auf ihn zu warten, war jedoch keine Option. Hier ging es um Leben und Tod. Jede Sekunde zählte.

Love Love Love

Sonntag, 7. August, 10:29 Uhr, Hamburg

Love love love, schallte es durch den dunkelbraunen Käfer, und sein Kopf wippte beschwingt.
»There is nothing you can do, that can't be done. Hmmm ... hmm ... hmmm ... hmm ... hmmmmmmmm ... it's easyyyyyy«, summte Bernd erleichtert.
All you neeeeeeeeeeeed is loooove!, nein, er war euphorisch! Er hatte mal wieder mehr Glück als Verstand gehabt. Manchmal fragte er sich, womit er so viel Glück verdient hatte. Eigentlich war er immer nur von einem Zufallstreffer zum nächsten gestolpert. Genau wie heute. Sonja hatte sich sehr gefreut, ihn zu sehen, und sie hatten sich sofort versöhnt. Nicht nur das. Sie hatte ihm vorgeschlagen, noch an diesem Abend mit ihr zu verreisen. Einfach los und alles hinter sich lassen. Nun stand dem ja nichts mehr im Wege. Wieso nicht die Sachen packen und hinaus in die Welt ziehen? Er war nicht mehr der Jüngste, und sie hatte recht. Wenn nicht jetzt, wann dann?
Bernd schaute aus dem offenen Fenster seines Käfers. Er hatte den Ellenbogen lässig abgelegt und genoss den strahlenden Sonnenschein. Vor ihm stand ein moderner Klotz aus Beton. In der Einfahrt parkte, wie erwartet, der cremefarbene 911 Turbo, und daneben stand eine Mercedes G-Klasse. Das musste sein absoluter Glückstag sein. Bernd war begeistert. Er stellte den braunen Käfer mit etwas Sicherheitsabstand auf der gegenüberliegenden Straßenseite ab, schaltete das Radio aus, steckte sich den Rest seiner Zigarre nochmal an und stieg aus. Gemütlich schlenderte er über die Straße. Seine Schritte schwangen melodisch wie die Strings auf Pauls Gitarre. Die Beatles im Ohr lief er hinüber zu den beiden nebeneinander geparkten Prunkstücken deutscher Automobilität. Zwei Wagen, wie sie nicht unterschiedlicher hätten sein können. Die G-Klasse hatte mehr Bodenfreiheit als ein Fallschirm-

springer. Es sah fast so aus, als könnte man mit dem Porsche unter dem grobstolligen Geländewagen hindurchfahren. Ein gut gepflegtes Cremegelb aus den späten 70ern neben nagelneuem Mattschwarz. Bernd war fasziniert von dem hochhackigen Mercedes. Er kniete sich hin, um einen Blick unter das Ungetüm zu werfen, als er plötzlich Wolfgang Roths Stimme hörte.

»Herr Borcherts, haben Sie jetzt auf Automechaniker umgeschult? Was machen Sie da?«

Vor lauter Schreck viel Bernd die Zigarre aus dem Mund. Wie peinlich, dass ihn Wolfgang hier auf allen Vieren erwischt hatte. Bernd wischte sich über die lange Stirn. Er kniete noch immer und suchte auf dem Boden erfolglos nach seinem Stumpen. Sie war hinter eines der Monsterräder gerollt. »Nein, mir ist nur gerade beim Anblick Ihres Zweitwagens die Zigarre aus dem Mund gerutscht!«, antwortete er und kroch hinter das Rad. »Ich habe sie gleich! Warten Sie nur noch einen Moment! Gleich. Ah ...« Bernd robbte mit dem Stumpen im Mund wieder hervor. Mühsam richtete er sich auf. Dann klopfte er den Staub von Hose und Hemd. »So, jetzt aber.« Er machte ein paar Schritte auf Wolfgang zu. »Wissen Sie, was für ein Glück ich immer habe? Sie hat mir verziehen! Ist doch nicht zu glauben, oder? Sie will jetzt sogar mit mir in den Urlaub fahren! Fragen Sie nicht, womit ich das verdient habe! Ich weiß es selbst nicht! Beim besten Willen, ich habe keine Ahnung.«

Wolfgang schaute verwirrt. »Wer hat Ihnen verziehen?«

»Ach, habe ich Ihnen das nicht erzählt? War gerade bei meiner Freundin, und wir haben uns wieder vertragen.«

Wolfgang nickte erleichtert. »So, so. Nein, das haben Sie nicht erzählt. Aber freut mich für Sie.«

Bernd schaute verwundert zum Haus. »Haben Sie mich von da drinnen etwa schon gesehen?«

»Nein, ich bin gekommen, weil ich den Mercedes zurück in die Garage stellen wollte.«
»Ja, das kann ich gut verstehen! Ein so schönes Auto sollte immer in der Garage stehen. Waren Sie damit heute auf Großstadtsafari?«
Wolfgang lachte. »Schön wär's! Das war ich leider schon lange nicht mehr! Der steht seit Wochen nur in der Garage. Habe ihn nur eben gerade herausgerollt, um an den Rasenmäher zu kommen. Der stand genau dahinter!«, antwortete Wolfgang, während er einstieg.
Bernd bekam Gänsehaut, als der V8-Motor ansprang und einmal sanft aufheulte. Zwei Sekunden später stand das Ungetüm in der Garage, und Wolfgang stieg aus.
Bernd schaute nachdenklich auf den Boden. »Sind Sie schon lange hier?«, fragte er beiläufig.
»Vielleicht zehn Minuten«, antwortete Wolfgang. »Wollen Sie noch mal mit reinkommen? Ich habe noch eine Flasche guten Whiskey! Das ist doch bestimmt etwas für Sie!«
»Wissen Sie, eigentlich habe ich keine Zeit!« Er fuhr sich über die lange Stirn. Dann lächelte er. »Aber so ein Angebot kann doch kein vernünftiger Mensch ablehnen!«

MDMcArmen

Sonntag, 7. August, 10:33 Uhr, Sylt

Es war soweit. Sie hatte es sich verdient. Die ganze Nacht hatten sie damit verbracht, es hinauszuzögern. Den Tag würden sie damit verbringen, hemmungslos zu vögeln. Sie kniete vor ihm. Ihre Hände waren noch immer mit einem rosafarbenen Plüschtuch auf den Rücken gebunden, und sie schaute ihn demütig, aber erwartungsvoll an. Er nahm den roten Ball aus ihrem Mund und das mit echten Diamanten besetzte Halsband ab. Dann kippte er einen Schluck Champagner direkt aus der Flasche in ihren weit geöffneten Mund. Sie ließ ihn über ihre Lippen sprudeln, dann floss der eiskalte Schampus die heißen Kurven ihres nackten Körpers hinab. Sie bekam Gänsehaut, und ihre Brustwarzen wurden steif. So wie sein Schwanz. Er kniete sich neben sie, um ihr das Schweißperlen-Perlwein-Gemisch aus dem Bauchnabel zu küssen.
Dann packte er sie an der Hüfte und hob sie an. Leicht wie ein Schmetterling sollte sie sich fühlen auf dem Flug zur Ausziehcouch, die im Gegensatz zu ihnen nicht ausgezogen war. Sie landete weich in einem Stapel Kissen. Holger tippte seinen Finger in das silberne Schälchen, das auf dem kleinen Beistelltisch neben der Couch stand und hielt ihn vor ihr Gesicht. »Kleine Belohnung! Dafür, dass du so tapfer warst, heut Nacht!«
Carmen, deren Arme noch immer auf den Rücken gebunden waren, musste sich nach Leibeskräften strecken, um ihn mit der Zungenspitze zu erreichen. Sie schien es zu genießen, jedes einzelne der kleinen, weißlichen Kristalle von der Fingerkuppe zu peelen. Genüsslich ließ sie sie sich im Mund zergehen. Als sie auch den letzten abgelutscht hatte, steckte er ihr den Finger tief in den Mund. So tief, dass ihr die Tränen kamen, doch sie begann dankbar zu saugen und ihn artig mit der Zunge zu umspielen.

»Jetzt hat meine kleine MDMcArmen erst richtig Lust bekommen.« Er zog den Finger aus ihrem Mund und stand auf. »Sei nicht so gierig, sonst überlege ich es mir noch anders ...«
»Nein, bitte nicht! Bitte, bitte! Ich will, dass du ...«, winselte sie.
Er beugte sich hinab und presste seinen Finger auf ihre Lippen.
»Pssst! Ganz still. Ich weiß schon, was du willst.« Dann legte er seinen kleinen Klappspiegel mit der verbliebenen Line auf ihren Bauch. »Weiß wie Schnee und hart wie Ebenholz«, sagte er und steckte sich den Hunderteuroschein in die Nase. Holger genoss seine Erektion, während es ihm bitter den Rachen hinunterlief.
Carmen räkelte sich vor ihm auf der Couch, und er wusste, sie würde gleich explodieren nach all den Stunden des spannungsvollen Wartens und den vielen kleinen MDMA-Kristallen, die sie ihm gierig vom Finger genuckelt hatte. Sie war verdammt heiß und schien verbotene Spielchen genauso zu lieben wie er. Er zog fest an ihren steifen Brustwarzen und küsste sie zärtlich zwischen den Beinen.
Mit einem lauten Knall sprang die Tür auf. Holger erschreckte sich so sehr, dass er das Gleichgewicht verlor und nach hinten umkippte. Er drehte sich sofort auf den Bauch und Adrenalin schoss durch seine Adern. Gleich danach spürte er, wie sich das grobe Profil eines soliden Schuhs auf seinen Rücken presste. Es war supergeil.
»Hände hoch und keine Bewegung!«, schrie ihm jemand von hinten oben entgegen. Es war eine Frauenstimme. Nicht schlecht! Anscheinend hatte Carmen einer Freundin Bescheid gesagt. Das war ja mal ein selbstbewusster und überzeugender Einstieg für Kapitel 6 dieses Rollenspiels. Sie war gerade rechtzeitig für den zweiten Akt. Sogar *Thai Ny* schien beeindruckt von dem Auftritt, denn sie war still. Zum ersten

Mal, seit sie die Gartenlaube betreten hatten, machte die weiße Fußhupe eine Bellpause.
»Der Garten ist umstellt! Das Spiel ist aus!«
Jetzt spürte er auch noch ihr Knie auf seinem Rücken. Die Stimme kannte er doch. Holger fühlte, wie kühles Metall sein Handgelenk umschloss und hörte das Klicken der Handschellen. Es ging so schnell, dass er es einfach geschehen ließ.
»Sie sind verhaftet wegen versuchten Totschlags.«
Ach, Scheiße! Er hatte sich verzockt! Das war kein Spiel. Sie meinte es ernst. Das war Katja Jansen, die übermotivierte Polizistin, die ihm schon seit Wochen auf den Sack ging. Ralf musste sie auf ihn angesetzt haben wegen letzter Nacht. Er begann zu lachen. Erst still und leise, dann immer lauter und intensiver. Welch' Ironie. Jetzt lag er nackt, gefesselt und hart erregt am Boden und war das Opfer ihres unterdrückten Sadismus'. Es musste ihr unheimlichen Spaß machen, ihn endlich niedergestreckt zu haben. Darauf hatte sie doch schon die ganze Zeit gewartet.
»Hören Sie auf zu lachen!«, schrie ihn Katja wütend an.
»Sie können mich mal!«, erwiderte Holger relaxed, während er mit einer Schulterbewegung ihren Schuh und das Knie von seinem Rücken kickte. Katja kippte zur Seite und Holger drehte sich um. Die Hände auf dem Rücken gefesselt lehnte er sich an die Couch. Katja rappelte sich auf. Ihre Walther P99 Dienstpistole noch immer auf ihn gerichtet.
Holger lachte sie an. »Ich habe diesem Pissetrinker doch nur eine Abreibung gegeben. Er hat mich provoziert, das kann jeder, der gestern im *Häangst* war, bestätigen. Ich habe ihm ja nicht mal eine Backpfeife verpasst. Versuchter Totschlag ist vielleicht ein bisschen dick aufgetragen, finden Sie nicht? Und das hier ist auch nicht äh ...«, Holger kam ins Stocken, »wonach es aussieht. Wir spielen doch nur ein bisschen.«

Er drehte den Kopf zur Couch. Carmen hatte sich zusammengerollt und weggedreht. Es schien ihr die Sprache verschlagen zu haben.
Katja stand auf. Die Waffe noch immer auf Holger gerichtet, legte sie ihre Hand auf Carmens Schulter. Ihre Stimme wurde plötzlich weich. »Alles in Ordnung bei Ihnen? Kann ich Ihnen helfen?«
Carmen hatte sich selbst die Fesseln gelöst. Sie drehte sich mit einem Lächeln im Gesicht um und nahm einen großen Schluck Champagner, bevor sie sich ihre Unterwäsche anzog. Wow ... wie cool, dachte Holger. Sie war echt superheiß. Dann nahm sie den Onesie, der neben der Couch lag und reichte ihn Holger.
»Der hier«, sie kniete sich neben Holger und gab ihm einen Kuss, »hat heute Nacht sicher niemanden umgebracht. Das Einzige, was er sich hat zu Schulden kommen lassen, war, mir dabei zu helfen, die Zeit totzuschlagen.« Sie grinste Katja selbstbewusst an und verschränkte die Arme. »Aber das ist doch kein Verbrechen, oder?«
»Sie wollen also sagen, Sie haben die ganze Nacht gemeinsam verbracht?«
»Ja, haben wir!«, entgegnete Carmen mit einem Blick, der verriet, dass sie es nicht bereute.
»Gut! Dann sind Sie ebenfalls verhaftet.« Katja holte einen Kabelbinder aus der Tasche und legte ihn Carmen um die zarten Handgelenke, die noch von tiefen Striemen gezeichnet waren.
»Darf ich noch meine Hose und mein Oberteil anziehen, bevor ich schon wieder gefesselt werde? Oder wollten Sie doch mitmachen?«, entgegnete Carmen, bevor sie sich betont sexy über die Couch lehnte, um nach ihren Klamotten zu suchen. Dabei zwinkerte sie Holger zu. »Wer hätte das gedacht! Ich habe ja geahnt, dass es abenteuerlich mit dir wird, aber dass

wir gleich zusammen ins Kittchen gehen?« Sie schüttelte den Kopf. »Das ist ja richtig romantisch.«

Mortlach

Sonntag, 7. August, 10:39 Uhr, Hamburg

Sie waren ums Haus gelaufen und standen nun in dem kleinen Garten dahinter. In aller Ruhe begutachtete Bernd die Hecken und Bäume, spazierte über den Rasen und schaute interessiert durch die riesige Glasfront, die Küche und Garten teilte. Die Schiebetür stand weit offen. Wolfgang verschränkte die Arme. »Was hat Sie erneut zu mir geführt?«
Bernd nahm einen Zug von seiner Zigarre und paffte eine stattliche Wolke in die angenehm warme Sonntagnachmittagsluft. Er hielt inne und schaute sich bewundernd um. »Wunderschön ist es hier! Necht? Sie haben ein Leben!«
Alles in dem Garten war akkurat. Die drei kleinen Obstbäume hingen voller Früchte. Die Wege waren mit dem Lineal gezogen, und kein Krümel war auf den dunklen Steinplatten zu sehen. Der silberne Mähroboter, der die Rasenfläche bearbeitete, kam geradewegs auf Bernd zu. Der streckte ihm seinen Fuß entgegen. Der Mäher stupste an, drehte sich um und fuhr in die entgegengesetzte Richtung davon.
Bernd lächelte verlegen. »Ach das hier ist wohl der Grund, weswegen Sie die G-Klasse aus der Garage geholt haben.«
»Jetzt lenken Sie vom Thema ab.«
Bernd schmunzelte. »Sie haben mich erwischt«, gestand er und schaute dem Rasenmäher hinterher. »Also ich war eh in der Gegend.« Er schaute auf die Uhr. »Sind doch alles Überstunden, und Sonntagszuschlag gibt's noch obendrauf. Irgendwie muss ich doch auch mal zu einem ordentlichen Wagen kommen. Necht?« Bernd lächelte verschmitzt. »Aber warum sind Sie denn schon hier? Hatten Sie nicht noch einen Termin in der Praxis?«
»Ach, die Skype-Sitzung mit Christian Arnoldo.«
»DER Christian Arnoldo?«, entfuhr es Bernd.
»Ja, genau der!«

»Wow! Sie arbeiten wirklich nur mit den allerbesten Fußballern der Welt zusammen!«
Wolfgang nickte, als wenn dies eine Selbstverständlichkeit wäre. »Ja, die Sitzung war kürzer als erwartet. Ich habe mir den Befund angeschaut und nach fünf Minuten war klar, dass die Sache komplizierter ist als gedacht. Das Knie muss ich wohl oder übel persönlich in Augenschein nehmen. Manchmal lässt sich das nicht vermeiden. Ich meine, viele meiner Kollegen arbeiten heute dank moderner Kommunikationstechnik von zu Hause aus, aber den direkten Kontakt mit dem Patienten kann Skype nicht ersetzen. Da bin ich eben konservativ.«
Bernd fuhr sich über die Glatze. »Das verstehe ich gut. Wir sind halt alte Männer und werden unsere Methoden nicht mehr ändern.«
Wolfgang nickte andächtig. Ein Lächeln der Verbrüderung legte sich in das angespannte Gesicht. »Ich sage es ja nicht gerne, aber vielleicht haben Sie Recht, Herr Borcherts. Die Jüngsten sind wir jedenfalls nicht mehr, nicht wahr?« Er erhob seinen Zeigefinger. »Aber nichts ist schlecht, nur weil es alt ist.«
Bernd zog demonstrativ das Notizbuch aus seiner Arschtasche. »Da sind wir uns einig«, antwortete er selbstironisch. »Ach so, ich wollte Sie noch was fragen …« Er blätterte durch das zerknautschte Büchlein. »Oxycodon! Genau so hieß das Zeug«, sagte er halblaut, als er die richtige Seite gefunden hatte. »Haben Sie davon schon mal was gehört?«
»Natürlich!«, antwortete Wolfgang, als würde er sich von der Frage beleidigt fühlen. »Das ist ein synthetisches Opiat. Ein Schmerzmittel, aber das wird in Deutschland selten verschrieben. Höchstens bei sehr starken chronischen Schmerzen oder in der Palliativmedizin.«
»Interessant«, murmelte Bernd in seinen Dreitagebart.

»In meinem beruflichen Alltag spielt es keine Rolle. Ich bin ja nicht palliativ im Einsatz, und meinen Sportlern verschreibe ich keine Opiate. Aus Prinzip.« Wolfgang hatte die Arme in die Hüfte gestützt. »Es gibt genügend nicht-opioide Analgetika«, fügte er entschlossen hinzu.
»Mag sein«, sagte Bernd zögerlich. »Aber wissen Sie, ob Carla damit zu tun hatte?«
Wolfgang seufzte. »Kommen Sie doch erst mal rein!«
Bernd deutete auf die Zigarre in seiner Hand.
»Ach, kein Problem. Ich mag den Geruch, und das hier ist ja keine Praxis.« Wolfgang schob die Glastür weit auf. »'n Whiskey gefällig?«
Bernd nickte zufrieden. »Bevor ich mich schlagen lasse.«
Sie liefen durch die Küche ins Wohnzimmer des geräumigen Betonkubus', den Wolfgang sein Haus nannte. Im Gegensatz zur hellen Küche fühlte sich das Wohnzimmer schwer an. Das dunkle Holz der alten Möbel drückte auf den edlen Teppich genau wie die Couch mit den vielen Sesseln, die vergeblich den Raum zu füllen versuchten. Das Ambiente war wie geschaffen für Whiskey und Zigarren.
Wolfgang stellte eine grüne Flasche Mineralwasser und einen gläsernen Aschenbecher auf den Tisch. Dann verschwand er kurz. »Ein Singlemalt Scotch, 25 Jahre gereift! Ist das was für Sie?«
Bernd lächelte zufrieden. »Kann man schon mal haben. Necht?« Er schaute auf die kantige Flasche. Das dicke Glas wirkte solide und edel zugleich. Der Whisky hatte denselben satten Ton, wie das Mobiliar. Wolfgang wollte gerade zwei Gläser einschenken, als Bernd ihn unterbrach. »Ich weiß, ich bin ein Banause, aber könnte ich vielleicht das Glas dort drüben haben?« Bernd zeigte auf ein flaches Glas mit dickem Boden, das in der Vitrine gegenüberstand.
Wolfgang hatte aber feine Gläser mit Stiel und Bauch gewählt, die an Miniaturweißweingläser erinnerten.

»Natürlich. Hauptsache Sie können den Mortlach genießen, Herr Borcherts.« Wolfgang reichte ihm das Glas aus der Vitrine und schenkte ein. »Zum Wohle!«, prostete er Bernd zu. Der schaute ziellos in den Garten, während er an dem Scotch nippte. »Sie haben es geschafft. Jetzt bin ich wunschlos glücklich! Wenn ich doch nur auch so ein schönes Auto, so guten Whiskey und solch ein Wohnzimmer hätte. Da könnte man sich schon dran gewöhnen.«
Wolfgang nahm ebenfalls einen Schluck aus seinem Glas. »Also, um ehrlich zu sein, hätte es mich nicht sonderlich überrascht, wenn Carla jetzt auch Opiate nehmen würde. Sie hat sich früher schon immer alles reingepfiffen, was sie kriegen konnte, und seit sie mit diesem Halsabschneider zusammen ist, ist das sicher nicht besser geworden. Da können Sie mal von ausgehen.«
Bernd nippte erneut an dem Mortlach.
Wolfgang stellte sein Glas auf den Tisch. »Die beiden haben sich auf 'ner Trockenkur kennengelernt. Das sagt doch alles. Nicht wahr? Und Alkohol war das kleinste Problem bei denen.«
Bernd nahm wieder einen Zug von seiner Zigarre. Er ließ den Rauch langsam aus seinem Mund hinaus und über sein Gesicht gleiten. »Es gibt einfach nichts Besseres, als eine Zigarre und einen guten Whiskey am Sonntagnachmittag.« Er hielt inne. »Sie halten nicht viel von Herrn Berger, oder?«
»Er ist ein Korinthenkacker, der nicht mit Geld umgehen kann, und bei ihm klebt mehr Koks im rechten Nasenloch, als alle Okulisten der Welt zusammen im Safe liegen haben. Nein, ich mag ihn nicht. Daraus mache ich kein Geheimnis.«
Bernd schaute noch mal auf sein Telefon. Er zuckte zusammen, bevor er es zurück in die Hosentasche steckte. »Wow, das ist aber schon spät. Da muss ich mich jetzt sputen. Sie wissen, wie die Frauen sind. Mann kommt eine Minute zu spät … und schon ist der Zug abgefahren! Vielleicht kann

Mann mit etwas Glück noch aufspringen, aber dann hat Mann sicher den ganzen Urlaub lang Ärger!« Bernd setzte das halbvolle Whiskyglas an und trank es in einem Zug aus. Dann stellte er es zurück auf den Tisch. »Das will ich nicht riskieren. Danke für den Scotch und Ihnen noch 'n schönen Abend. Es tut mir wirklich leid, dass ich Sie hier noch mal gestört habe, aber Sie waren eine große Hilfe.«
»Kein Problem! Immer gerne!«, antwortete Wolfgang zufrieden.
»Jetzt muss ich aber wirklich los! Oh, wie ich mich auf diesen Urlaub freue!«
»Aber Herr Borcherts, müssen Sie nicht diesen Fall erst lösen?«
Bernd schaute verlegen zu Boden. »Ich weiß nicht, ob dieser Fall jemals gelöst werden wird! Eine Woche werden die Kollegen auch mal ohne mich ermitteln können!«, sagte Bernd resigniert und stand auf. »Man muss auch loslassen können, Herr Roth.« Bernd blickte an dem nachdenklich schauenden Wolfgang vorbei in den Flur. »Das ist ja praktisch!«, schoss es aus seinem Mund wie ein Pfeil.
»Was?«
»Der Koffer neben der Treppe im Flur!«, erklärte Bernd.
»Ja, ich habe immer einen gepackten Koffer bereitstehen! In meinem Beruf kommt es oft vor, dass ich von jetzt auf gleich losmuss. Ein Anruf aus Mailand, Barcelona oder München und ich sitze im Flieger!«
Bernd schüttelte ungläubig den Kopf. »Was für ein aufregendes Leben Sie führen! Wirklich beeindruckend! Tja, ich schätze, das wird bei mir nichts mehr mit Ruhm und Reichtum!« Er zuckte resigniert mit den Schultern, wie nach einer nicht bestandenen Prüfung.
»Machen Sie sich nichts draus!«, erwiderte Wolfgang. »Manchmal ist weniger mehr, nicht wahr?«, fügte er hinzu.

Bernd nickte und lief nachdenklich durch die Glastür hinaus in den Garten. »Da haben Sie wahrscheinlich recht!«, murmelte er.
»Aber so eine G-Klasse und einen 911 Turbo, hmmm ... das wäre schon auch was für mich!«
In Gedanken vertieft schlenderte er zurück zu seinem Käfer.

Tischlein versteck nichts

Sonntag, 7. August, 10:43 Uhr, Sylt

Daniel musste jeden Moment eintreffen. Er würde die beiden mit auf die Wache nehmen, um sie zu verhören. Das bisschen Kokain auf dem Spiegel, die zwei Gramm Gras und das silberne Döschen, das vermutlich mit MDMA gefüllt war, würden reichen, um sie heute festzuhalten. Aber nichts davon würde als Beweis für seine widerlichen Taten taugen. Wie schaffte er es nur jedes Mal wieder, seinen zugedröhnten Kopf aus der Schlinge zu ziehen? Katja fluchte innerlich.
Unglaublich auch, dass sich Carmen dafür hergab, ihm ein offensichtlich gefälschtes Alibi zu verschaffen. Als ob sie wirklich die ganze Nacht dieses perverse Spiel gespielt hätten. Immerhin war es mittlerweile Vormittag. Dass Holger ein Soziopath war, stand spätestens jetzt außer Frage. Jemand, der sich nach einem versuchten Doppelmord zudröhnt, eine Frau fesselt, schlägt und halb vergewaltigt, war sicher nicht normal. Carmen musste unglaublich naiv gewesen sein. Nicht auszudenken, was er mit ihr gemacht hätte, wäre sie nicht rechtzeitig gekommen, um dieses sadistische Spielchen zu beenden. Wie blind konnte man sein? Ihr Schoßhund kauerte zitternd in der Ecke. Wahrscheinlich weil dem Chihuahua bewusst war, was sich hier abspielte. Er wäre der nächste verschwundene, gefolterte und ermordete Hund geworden und Carmen das vierte erpresste, reiche Frauchen.
Katja konnte beim besten Willen nicht verstehen, was diese gestandenen, erfolgreichen Frauen an einem nie aus der Pubertät gekommenen Loser wie Holger fanden. Aber egal! Das musste sie ja zum Glück auch nicht verstehen. Das Wichtigste war, dass er diesmal nicht wieder einfach so davonkommen würde. Es gab nichts, das frustrierender war, als wenn man genau wusste, wer der Täter war, aber nicht genügend Beweise fand, um ihn zu entlarven. Als Holger nach dem

zweiten Fall mit einem Lächeln auf den Lippen aus der Untersuchungshaft spaziert war, hätte sie vor Wut am liebsten ihre Kaffeetasse gegen die Wand geworfen. In Momenten wie diesen zweifelte Katja ernsthaft am Rechtsstaat. Die Gewaltenteilung hatte Holger die Zeit verschafft, mindestens einen Menschen zu ermorden. Noch mal durfte das nicht passieren. Sie fasste in ihre Tasche und fand den Schlüssel, den ihr Bernd gegeben hatte. Sie hatte ihn nicht benutzen müssen, um sich Zugang zu verschaffen, denn die Tür war nicht abgeschlossen gewesen. Was, wenn dies hier nicht die Hütte war, von der Bernd geredet hatte? Was, wenn es noch eine zweite Hütte gab? Sie lief zur Eingangstür und schob den Schlüssel ins Schloss. Er passte.

»Woher haben Sie den?«, fragte Holger überrascht. Er saß mittlerweile angekleidet auf der Couch neben Carmen, die ihren Chihuahua auf dem Schoß hatte. Er schien sich dem Ernst der Lage noch immer nicht bewusst zu sein und lächelte die ganze Zeit zufrieden. So als ob er damit gerechnet hätte, von ihr verhaftet zu werden. Entweder war das alles hier Teil seines perfiden Plans oder er war einfach nur verrückt. Katja tendierte zu Letzterem und sah absolut keinen Grund, ihm zu sagen, woher sie den Schlüssel hatte.

»Haben Sie sich den besorgt, um mir gefälschtes Beweismaterial unterzuschieben?« Holger stampfte auf den Boden. »Tja, was für ein Pech für unsere prüde Oberspießerin, dass wir hier waren! Jetzt haben Sie nicht nur einen Schock fürs Leben, sondern auch noch die Gelegenheit verpasst.«

Was für ein Schwachsinn! Dass dieser dummdreiste Wahnsinnige es jetzt auch noch wagte, sie zu beschuldigen, war wirklich die Krönung! Am liebsten hätte sie ihm einmal zwischen die Beine getreten, damit er seine vorlaute Klappe hielt, aber Katja entschied sich dafür, einfach so zu tun, als hätte sie den Kommentar nicht gehört. Es war das Beste, sich nicht provozieren zu lassen.

Frustriert schweifte ihr Blick abermals durch die Hütte. Wo hätte man hier einen Vierbeiner verstecken sollen, ohne dass es jemand mitbekam? Klar, die Hunde waren nicht groß gewesen, aber außer einem halb zusammengefallenen Geräteschuppen mit verrosteten Schaufeln stand nur diese Hütte auf dem Grundstück. Es war unmöglich, ihn hier zu verstecken. Katja hörte in der Ferne Sirenen, während sie ruhelos durch das Chaos wandelte. Sie konnte beim besten Willen nichts Auffälliges sehen. Nicht hinter der Couch, auf der die beiden saßen, nicht in den Schränken oder unter dem Bett. Nirgends war auch nur annähernd genug Platz, um einen Hund zu verstecken.

Holger beobachtete sie die ganze Zeit und schien es zu genießen. »Ja, such nur, Fifi! Gut machst du das!«, rief er ihr zu und lachte laut.

Weil Katja sich nicht länger unter seinen Augen zum Affen machen wollte, stellte sie die Suche vorläufig ein. Sie würde warten, bis Daniel eintraf, um Holger und Carmen mit auf die Wache zum Verhör zu nehmen. Dann würde sie noch mal ganz in Ruhe alles durchsuchen. Entnervt setzte sie sich auf einen der beiden klapprigen Stühle, die um den sperrmüllreifen Ikea-Tisch standen. Verzweifelt ließ sie den Kopf hängen. Jetzt hörte sie die Stimmen der Kollegen näherkommen, ihre Schritte, und plötzlich machte es klick. Da war es, das fehlende Puzzlestück, von dem Bernd geredet hatte. Das Detail, das er übersehen haben musste. Es war so offensichtlich, dass es in diesem Chaos glatt untergegangen war. Er war viel zu sauber. Der Teppich unter dem Tisch war viel zu sauber. Der Rasen war nicht gemäht, die Hecke nicht geschnitten, das Grundstück verwildert und die Hütte unaufgeräumt. Ein Müllberg unter der Spüle, ein klappriger Schrank in der Ecke und ein vom Zerfall bedrohter Tisch. Fenster so dreckig, dass selbst jetzt, bei bestem Wetter, kaum ein Lichtstrahl hindurch kam. Katja schob die schwedische Presspappe beiseite und hob den Teppich an. Erst nur an einer Ecke und dann, ganz vorsichtig, komplett.

Sesam öffne dich

Sonntag, 7. August, 10:54 Uhr, Sylt

»Nicht schlecht für eine Missionarin mit Stock im Arsch! Aber zu spät.«, feixte Holger. Wie gut, dass er und Christian gemeinsam rechtzeitig das Versteck ausgeräumt hatten. Katja hatte den Teppich angehoben und nach genauer Inspektion der Lage die kleine Kante in den Dielen unter dem Tisch gefunden. Geschickt schob sie ein Messer in den Spalt zwischen den Fichtenbrettern und hebelte, aber es tat sich nichts, außer dass sich das Messer verbog. Selbst ein blindes Huhn trinkt manchmal einen Korn, dachte Holger. Er drehte sich zu Carmen. »Ist unsere Missionarin nicht süß, so auf allen Vieren da unten?«
Carmen kicherte, antwortete aber nicht.
Daniel, der jetzt gemeinsam mit zwei Kollegen neben ihm stand, packte Holger am Schlafittchen und drückte ihn gegen die Wand. »Pass mal auf, mein Freundchen!« Seine Faust quetschte Holger das Lachen aus dem Gesicht. »Hier weht jetzt ein anderer Wind, und wenn du noch ein bisschen die große Klappe riskierst, dann ist das ...« Er zog das Knie ruckartig an und kickte Holger volle Wucht zwischen die Beine, während seine Hand zu würgen begann. »... nur der sanfte Hinweis auf eine härtere Gangart!«
Daniel schaute ihn mit weit aufgerissenen Augen an, als sein Telefon plötzlich klingelte. Der feste Griff um Holgers Hals lockerte sich und er bekam wieder Luft. Es fühlte sich so an, als ob eines seiner Eier zerquetscht und das andere bis hoch zum Kehlkopf geprügelt worden wäre. Am liebsten hätte er geschrien und auf den Boden gekotzt, aber er verkniff sich beides. Stattdessen lächelte er und spuckte Daniel auf die Schuhe.

»Sie sind ja noch bescheuerter, als ich dachte! Unter Zeugen an wehrlosen Geiseln Gewalt auszuüben und Folter anzudrohen, wird Sie Ihren Job kosten.«
Doch Daniel hörte ihm nicht zu. Er hatte das Telefon abgenommen und war in den Nebenraum gegangen. Holger ließ sich auf den Boden sacken und blickte hinüber zu Katja, die noch immer vergebens versuchte, mit dem Messer die Klappe aufzuhebeln.
»Schauen Sie mal! Da ist ein Ast in einer der Bohlen. Wenn Sie da draufdrücken, funktioniert das wie Sesam öffne dich.«
Katja hielt inne. Mit einem Tipp von ihm hatte sie nicht gerechnet. Sie drückte auf den Ast, und die Klappe sprang tatsächlich auf. Eine Metallleiter führte ein paar Stufen hinab. Katja nahm ihr Telefon, um die Kellerkammer auszuleuchten. Sie war ungefähr genauso groß wie die Hütte.
Daniel kam zurück in den Raum. »Mehrere Zeugen haben unabhängig voneinander bestätigt, dass unsere Großklappe hier«, er zeigte auf Holger, »letzte Nacht im *Häangst* handgreiflich gegenüber Ralf Berger geworden ist und damit gedroht hat, ihn umzubringen. Es muss wohl drei Gäste, die Security und zwei vom Personal gebraucht haben, um ihn davon abzuhalten, das gleich an Ort und Stelle zu tun.«
»Verdient gehabt hätte er's«, antwortete Holger lächelnd.
Kurz darauf schlug Daniels Ellenbogen mit voller Wucht in seine Magengrube ein. Holger brach zusammen.
Daniel bewegte den Kopf leicht seitlich und ließ seine Nackenwirbel knacken. »Laut übereinstimmenden Zeugenaussagen war das so gegen zwei Uhr«, fügte er hinzu, als wenn nichts passiert wäre.
Katja stand die Genugtuung ins Gesicht geschrieben, als sie Holger am Boden liegen sah. »Also ungefähr eine Stunde vor der Tat«, antwortete sie lächelnd.
Daniel nickte.
»Von was für einer Tat reden Sie?«, fragte Carmen zögerlich.

»Das wissen Sie ganz genau!«, antwortete Katja und zog ihre Handschuhe über, bevor sie vorsichtig die Leiter hinabkletterte. »Dann wollen wir mal Licht ins Dunkel bringen.«
Holger rief ihr hinterher: »Das war unser *Project Growroom*. Wir haben ein halbes Jahr probiert, darin anzubauen. Nutzhanf versteht sich, aber *no way*! Das Grundwasser hat zu stark gedrückt. Dagegen kamen wir nicht mal mit Pumpen und Luftentfeuchtern an. Keine Chance, und weil es durch die Lampen und den Entfeuchter scheiße heiß war, hat alles zu schimmeln begonnen. Natürlich haben wir mit einer Lüftungsanlage und Aktivkohlefiltern versucht, das Raumklima in den Griff zu bekommen, aber es war alles vergebens. Die ganze Arbeit umsonst. Sie können sich ja nicht vorstellen, wie lange es dauert, so ein Loch auszuheben, zu verschalen, es zu betonieren – und das alles, ohne dass es jemand merkt. Was meinen Sie, wie viele Nächte wir uns hier um die Ohren gehauen haben. Haben wir als Partys getarnt. Die Nachbarn haben sich immer über die laute Musik beschwert. Wenn die gewusst hätten, was hier wirklich abging. Drücken Sie doch mal auf den Schalter, gleich links an der Wand. Müsste eigentlich alles noch funktionieren. Dann wird Ihnen ein Licht aufgehen, und Sie können Ihre Funzel ausschalten.«
Er wollte aufstehen, um Katja den Schalter zu zeigen, aber noch bevor er sich halb hochdrücken konnte, stieß Daniel ihn zurück auf die Couch. »Sie bleiben, wo Sie sind, und Katja, drück auf keinen Fall auf den Schalter. Vielleicht will er dich reinlegen.«
Holger lachte. Seine Lippe blutete, aber seine Augen funkelten angriffslustig wie eh und je. Er hörte es klicken. Sie musste den Schalter gedrückt haben.

Nichts für ungut

Sonntag, 7. August, 10:56 Uhr, Hamburg

Wolfgang stand hinter der Gardine des Flurfensters und schaute auf die Straße vor dem Haus, aber er konnte Bernd immer noch nicht sehen.
»Ach, eines noch, Herr Roth.«
Er zuckte überrascht zusammen. So sehr, dass die Hälfte des Whiskeys auf den Boden schwappte. Geschockt stellte er das Glas ins Flurregal.
Bernd schaute ihn mitleidig an. »Entschuldigen Sie. Ich wollte Ihnen keinen Schrecken einjagen«, flunkerte er.
»Herr Borcherts, ich hätte fast einen Herzinfarkt bekommen. So etwas macht man doch nicht mit einem alten Mann wie mir.«
»Es tut mir wirklich leid, aber eine Sache noch. Ich hatte eben vor lauter Bewunderung vergessen zu fragen.« Bernd hielt sein Notizbuch aufgeschlagen vor sich. »F-e-n-t-a-n-y-l-d-i-h-y-d-r-o-g-e-n-c-i-t-r-a-t«, haspelte Bernd sich einen ab. »Haben Sie davon schon mal was gehört?«
Wolfgang lachte erleichtert. »Und dafür kommen Sie zurück und jagen mir so einen Schrecken ein? Das können Sie doch einfach googlen.«
»Ich hab's nicht so mit dem Internet«, antwortete Bernd verlegen.
»Selbstverständlich weiß ich, was Fentanyl ist« entgegnete Wolfgang verständnisvoll. »Das Zeug kriegen Sie mittlerweile bei jedem x-beliebigen Dealer in Hamburg. Es ist billiger als Heroin und mindestens hundertmal so wirksam.«
»Das ist ja sehr interessant.«
»Saugefährlich das Zeug, wegen der unheimlich geringen therapeutischen Breite. 0,02 mg pro Kilogramm Körpergewicht und Sie haben den Trip ihres Lebens, 0,03 mg und Sie sind tot. Das knockt die Junkies hier reihenweise aus.«

»Nicht nur die Junkies.«
»Was wollen Sie denn damit sagen?«
»Wir haben Hinweise darauf, dass Carla und Ralf …« Bernd hob die Hände. »Ach, Entschuldigung. Ich darf Ihnen doch noch nicht mehr erzählen.« Er steckte das Notizbuch wieder ein. »Ach so, und sagen Sie mal. Ich bin ja kein großer Fußballfan und kenne mich nicht gut aus, aber Christian Arnoldo spielt doch in der englischen Premier League, oder bringe ich da was durcheinander?«
Wolfgang nickte nachsichtig.
»Im Moment dürfen Sie Deutschland nicht verlassen. Reine Formalie! Aber wenn der Verdacht auf Ausreise besteht, muss ich Sie leider festnehmen.« Bernd kratzte sich schuldbewusst am Hinterkopf. »Ich dachte ja nur ...«, er deutete neben die Tür, »wegen dem Koffer.« Er stockte. »Ich dachte, ich sage besser Bescheid, bevor Sie Schwierigkeiten bekommen.«
Das Sonnenlicht schien auf Wolfgangs Ohrläppchen und ließ sie noch größer erscheinen, als sie ohnehin waren. »Das ist sehr freundlich von Ihnen, aber wir treffen uns in meiner Praxis in München.«
»Sie haben eine zweite Praxis?«
»Ja!«
Wolfgang verschränkte die Arme. »Die ist zwar nicht ganz so schön wie die hier in Hamburg, aber sie erfüllt ihren Zweck.«
»Warum kommt er denn nicht nach Hamburg? Das ist doch kürzer und einfacher für alle beteiligten.«
»Da haben Sie natürlich vollkommen recht.« Wolfgang schien angespannt. »Ja jetzt bin ich in einer Zwickmühle. Eigentlich darf ich nicht darüber reden.« Er schaute an die Decke und strich sich übers Kinn. »Also das muss aber unter uns bleiben! Sagen wir es doch mal so. Mein Patient kommt nicht nur wegen mir nach Deutschland. Man munkelt, er sei in Vertrags-

verhandlung mit einem renommierten süddeutschen Fußballverein. Deswegen treffen wir uns in München.«
Bernd lächelte erleichtert. »Ah ... verstehe. Christian Arnoldo verhandelt mit dem FC Bayern. Wer hätte das gedacht?«
Wolfgang zwinkerte Bernd zu. »Das haben Sie gesagt.«
»Bleibt selbstverständlich unter uns. Da können Sie sich drauf verlassen. Ein Mann, ein Wort! Necht? Was man nicht alles erfährt als Polizist. Da habe ich aber wieder eine Menge gelernt heute. Aber nichts für ungut. Jetzt muss ich wirklich los.« Er drehte sich um und lief wieder Richtung Ausgang. Auf halbem Weg machte er kehrt. Die Haustür war noch nicht ganz geschlossen. »Jetzt habe ich doch noch eine Frage! Nur eine noch. Ach, Entschuldigung.«
Wolfgang verzog die üppigen Augenbrauen. Er schien mittlerweile ziemlich genervt. »Ich hoffe, Sie vergessen Ihre Verabredung nicht vor lauter Fragerei.«
Bernd schaute auf die Uhr an seinem Handgelenk. »Ah, Sie haben vollkommen recht. Ich muss mich sputen. Nur noch eine Sache! Hat es hier heute geregnet?«
»Nein, wie kommen Sie darauf?«
»Ach, nur so! Wissen Sie, auf der Fahrt hat die ganze Zeit die Sonne geschienen und dann komme ich hierher und sehe den großen Wasserfleck in der Einfahrt! Da habe ich mich gewundert!« Er zeigte auf die Stelle neben dem Porsche.
»Wissen Sie, als mir die Zigarre vorhin unter Ihren Wagen gerollt ist, war sie ein bisschen nass. Erst dachte ich mir nichts dabei, aber jetzt kam es mir noch mal in den Sinn. Schon komisch, finden Sie nicht auch!«
Wolfgang lachte. »Ach Herr Borcherts, Sie sind zu lustig. Ich wollte den Wagen eigentlich kurz abwaschen, als ich ihn aus der Garage gefahren habe, aber dann ist mir der Eimer Wasser umgefallen und ich habe es bleiben lassen.«

»Ach so! Sehen Sie, es gibt für alles eine Erklärung! Man muss nur fragen! Ich danke Ihnen! Ein normaler Mensch würde Ihnen das sicher nicht glauben!«
»Wieso?«
»Na, da kommt einer nach Hause, holt den Rasenmäher aus der Garage und nimmt sich vor, das Auto auf Hochglanz zu polieren, obwohl er es eilig hat, weil er eigentlich gleich loswill, zu seinem Patienten! Können Sie froh sein, dass ich selbst Autoliebhaber bin! Sonst würde ich Sie für verrückt halten!«
Wolfgang seufzte erleichtert. »Ja, wir sind schon eine ganz besondere Fraktion, nicht wahr!«
»Sie haben vollkommen recht! So, jetzt muss ich aber wirklich los!«

Allein im Licht

Sonntag, 7. August, 10:58 Uhr, Sylt

Die Luft war feucht und kühl im Raum unter der Hütte, und es roch muffig. Obwohl Katja verhältnismäßig klein war, konnte sie nicht aufrecht stehen und musste aufpassen, sich nicht ständig zu stoßen. Ihre Schuhe waren komplett durchweicht, denn der Boden war knöchelhoch mit Wasser bedeckt. Sie drückte auf den Schalter an der Wand, von dem Holger geredet hatte, und es begann zu surren. Eine Pumpe sprang an und zwei riesige Lampen mit großen ausladenden Aluminiumreflektoren tauchten den Raum in tiefes Orange. Jetzt war es so hell hier unten, dass sie vollkommen geblendet war. Es dauerte einen Moment bis sich ihre Augen, an das grelle Licht gewöhnt hatten.

Wände und Decke waren mit silberner Folie beklebt. Vermutlich Rettungsdecken aus der Apotheke. In einer Ecke stand ein Plastiktisch, auf dem ein Sack Pflanzerde lag. Daneben waren Blumentöpfe gestapelt. Unter dem Tisch stand ein Regal mit verschieden großen Flaschen. Katja kniete sich hin, was ohnehin angenehmer war, als die ganze Zeit den Kopf einzuziehen. Es schien sich um Flüssigdünger und Pestizide zu handeln. Auf dem Tisch stand ein handelsübliches Pumpsprühgerät. Soweit Katja das beurteilen konnte, war der Pumpsprüher baugleich mit dem, der letzte Nacht in Carlas Haus verwendet wurde. Was für ein Zufall. Sie hob ihn an und schüttelte, aber es befand sich keine Flüssigkeit in dem Druckbehälter. Es wurde zunehmend heißer hier unten, und Katja begann zu schwitzen. Plötzlich sprangen Ventilatoren und zwei Lüfter an. Der eine schien Frischluft von außen anzusaugen, der andere die heiße Luft aus dem Inneren hinauszublasen.

An der Wand gegenüber stand eine große Kiste aus Aluminium. Katja kroch auf allen Vieren hinüber. Jetzt saugte sich

auch ihre Hose mit Wasser voll. Weil es aber unglaublich warm geworden war, störte es kaum. Die Kiste hatte ebenfalls zwei Lüftungsschläuche mit eigenen Aktivkohlefiltern. Katja öffnete den Deckel und traute ihren Augen nicht. Im Inneren der Kiste war eine zweite, etwas kleinere, schwarze Plastikkiste. Die Zwischenräume waren mit Bauschaum ausgefüllt. Sie ahnte, was sie hier vor sich stehen hatte. Wie konnte er nur so dreist und unglaublich dumm sein und ihr auch noch den Zugang verraten. Vorsichtig öffnete sie den Deckel der Kiste. Ein halbvoller Fünf-Liter-Kanister mit der Aufschrift *FullCare* lag auf dem mit Katzenstreu bedeckten Boden. Jetzt hatte sie ihn ein für alle Mal! Das hier war das Gefängnis, in dem Holger die Hunde eingesperrt hatte. Der Pumpsprüher war sein Mordwerkzeug gewesen und der halbvolle Kanister *FullCare* das Gift, mit dem er Ralf und Carla besprüht hatte. Das Spiel war aus. Sie hatte es geschafft. Sie hatte die Beweise gefunden. Auch dank Bernds Hilfe.
Sie dachte an den Schlüssel in ihrer Tasche und bemerkte, wie sich ein Gedanke in ihren Kopf schlich. Was, wenn Bernd die Kiste hier platziert hatte? Was, wenn Sonja und er hinter der Sache steckten? Nein, ausgeschlossen! Niemals würde er so etwas tun. Er saß mit Sicherheit jetzt schon seit einer Stunde auf dem Präsidium und wartete auf sie. Holger war es gewesen. Er war der Dog Donator. Er hatte Carla und Ralf auf dem Gewissen. Sie hatte endlich die Beweise gefunden und würde ihn jetzt verhaften.
Katja drehte sich entschlossen herum und stieß mit dem Kopf gegen eine der beiden großen Lampen, die von der Decke hingen. Sie erschrak, denn genau in diesem Moment fiel die Klappe zu. Was war passiert? Panik stieg in ihr auf. Mit einem Mal schienen sich die Wände zu bewegen und auf sie zuzukommen. Sie hörte Schreie und Schritte über sich. Ihre Hose war triefend nass von dem Brackwasser, das trotz der laufenden Pumpen noch immer bis zu ihren Knöcheln

reichte. In dieser Kammer hatte er schon die Hunde gefangen gehalten, gefoltert und ermordet. Katja schnürte es die Kehle zu und sie konnte die Hand vor Augen nicht mehr erkennen. Blind tastete sie sich hinüber zur Leiter, nicht ohne sich mehrfach den Kopf zu stoßen. Es war egal. Sie musste hier raus. Es fühlte sich so an, als würde sie jeden Moment ersticken.

Wer zu spät kommt

Sonntag, 7. August, 11:33 Uhr, Hamburg

Sonja saß wie auf Kohlen. Immer musste man auf ihn warten. Bernd hatte ihr vorhin noch versprochen, dass alles anders werden würde, und jetzt war er doch schon wieder zu spät dran. Sie hatte für zwölf einen Tisch bestellt in ihrem Lieblingsrestaurant, und danach sollte es eigentlich losgehen. Sie hatte ihre Koffer bereits gepackt und die Praxis vorläufig für vier Wochen geschlossen. Wenn es nach ihr ginge, bliebe sie für immer zu. Sonja hatte schon seit Wochen nach Projekten im Ausland geschaut, bei denen sie sich gemeinsam engagieren konnten. Faul am Strand liegen und die Sonne genießen war nicht ihr Ding. Es gab mehr als genug zu tun auf dieser Welt.

Sie hatte überlegt, nach Lampedusa zu fahren und dort im Flüchtlingscamp zu helfen, in Südafrika im *Town Ship* als Lehrerin an einer Schule zu arbeiten oder sich im Amazonas bei einer Wiederaufforstungsinitiative zu engagieren. Weil sie aber unter keinen Umständen fliegen wollte, waren die letzteren beiden Ideen ausgeschlossen. Heute Nachmittag wollte sie losfahren. Allein in ein neues Leben. Alles hinter sich lassen nach diesem aufreibenden letzten halben Jahr. Das ewige Hin und Her abhaken und neu anfangen.

Aber als Bernd vorhin vor ihr kniend um eine letzte Chance gebeten hatte, konnte sie nicht anders, als ihm zu verzeihen. Mit weißen Rosen in der Hand hatte er ihr offenbart, dass er ihr zuliebe extra seinen Job gekündigt habe und bereit sei, alles zu ändern. Natürlich hatte sie sich darüber gefreut. Endlich würde er sich die Zeit für sie nehmen, die sie verdiente. Nur so war die Beziehung zu retten.

Aber jetzt war er schon wieder 15 Minuten zu spät, und Sonja zweifelte an der Richtigkeit ihres Entschlusses. Vielleicht wäre es doch besser gewesen, alleine zu bleiben. Bernd war

Ende fünfzig und seine Verhaltensmuster so tief in die steinerne Tafel seines Wesens geritzt, dass kein Sandsturm vermochte, diese einzuebnen. So sehr sie es sich gewünscht hätte, ein kompletter Neuanfang war reine Utopie.
Sonja schaute auf die Uhr. Sie musste los. Dann würde sie eben alleine in ihrem Lieblingsrestaurant zu Mittag essen. Für ihn war der Zug jetzt abgefahren. Wenn er es nicht mal schaffte, sich heute an seine Versprechen zu halten, dann würde er es nie lernen.

Überraschungskiste

Sonntag, 7. August, 11:35 Uhr, Sylt

Ein Windhauch hatte die an den Tisch gelehnte Klappe zufallen lassen. Holger lachte laut, denn er wusste, dass sich Katja zu Tode erschreckt haben musste. Es war ihm selbst schon mehrfach passiert, und es war ein wirklich gruseliges Gefühl, in der Enge eingesperrt zu sein. Dass ein Wackelkontakt in der Elektrik auch noch dafür gesorgt hatte, dass das Licht und die Ventilatoren abschalten, hatte er nicht ahnen können. Es hatte aber nur dazu beigetragen, ihn noch mehr zu amüsieren.

Daniel hatte ihm eine Ohrfeige verpasst und ihn angeschrien, endlich mit den Provokationen aufzuhören. Dann war er hinüber zum Tisch gelaufen, um die Klappe wieder zu öffnen und die vollkommen panische Katja aus dem Loch zu befreien. Sie musste sich in die Hose gemacht haben vor Schreck, denn die war pitschnass. Wie ein begossener Pudel stand sie nun vor ihm und faselte irgendwas von einer Kiste.

»Wir haben ihn, Daniel. Da unten steht die Kiste, in der die Hunde gefangen gehalten wurden. Außerdem liegt ein halbvoller 5-Liter Kanister *FullCare* darin und zu guter Letzt steht auf dem Tisch der Pumpsprüher, den wir auf den Videoaufnahmen der Überwachungskamera gesehen haben.« Sie drehte sich zu Holger. »Du bist erledigt! Jetzt kann dich auch deine große Klappe nicht mehr retten.«

Die vielleicht nicht, aber er hatte ja noch Beziehungen. Herbert würde schon dafür sorgen, dass dieses Missverständnis hier aufgeklärt würde. »Wovon reden Sie?«, fragte Holger und zuckte mit den Achseln. »War noch nie ein Hund in einer Kiste da unten und was ist dieses *FullCare*-Gedöns?«

Katja kam ganz nah heran. Dann beugte sie sich zu ihm herab. »Es reicht jetzt! Wir haben dich!« Sie lachte erleichtert und drehte sich um.

Daniel nickte zufrieden. »Okay, die Spusi ist schon auf dem Weg und wird hier alles genauestens untersuchen.« Er drehte sich zu Holger und Carmen. »Sie sind verhaftet.« Daniel packte Holger am Oberarm und schaute Carmen ernst an. »Und Sie können froh sein, dass meine Kollegin rechtzeitig hier war, sonst wären Sie und Ihr Chihuahua die nächsten Opfer geworden!« Daniel schüttelte den Kopf. »Wie kann man nur so naiv sein nach allem, was in den letzten Monaten hier passiert ist!«

Holger spürte, wie Daniel ihn nach oben zog. Er war kräftig und hatte fest zugepackt. »Halt! Ich will die Kiste sehen, von der Sie reden!«, schrie Holger plötzlich.

Daniel schaute fragend zu Katja. Die nickte.

»Gut.« Er führte Holger zur Klappe. Der kniete sich hin, und Katja leuchtete mit der Taschenlampe in die Ecke, in der die Kiste stand.

Scheiße! Jemand hatte ihn reingelegt. Diese Kiste hatte er noch nie dort unten gesehen, geschweige denn selbst dort hingestellt. Sie konnte noch nicht lange dort sein, denn er hatte das Versteck ja erst gestern Morgen mit Christian zusammen ausgeräumt. Verflucht! Jetzt fiel es Holger wie Schuppen aus den Haaren. Christian! Deshalb hatte er sich so in die Hosen geschissen. Das durfte doch nicht wahr sein! Und er hatte es die ganze Zeit nicht gemerkt!

»Ich sehe diese Kiste gerade zum ersten Mal!«, sagte Holger etwas benommen und ohne den provokanten Ton, der sonst in seiner Stimme lag.

Addis Abeba

Sonntag, 7. August, 12:45 Uhr, Hamburg

Er ging zum Taxifahrer und flüsterte ihm etwas ins Ohr. Was war denn nun schon wieder in ihn gefahren? War das die nächste Überraschung? Gut, mit dem gedeckten Tisch samt Blumen und Kerzen hatte er sie wirklich beeindruckt. Oh, wie sauer sie war, als sie ganz alleine mit zehn Minuten Verspätung in ihr äthiopisches Lieblingsrestaurant gestiefelt war. Bernd hatte in ihrer Stammecke gesessen. An jenem gemütlichen Tisch für zwei Personen, an dem sie immer aßen, wenn sie hierherkamen. Sie hatte doch zu Hause auf ihn gewartet! Als er sie dann aber allen Ernstes fragte, was passiert sei und warum sie denn eine Viertelstunde zu spät komme, hatte sie nicht mehr an sich halten können. So laut und herzlich über sich selbst, hatte sie schon seit Jahren nicht mehr lachen können. Mein Gott, war sie spießig geworden. Wie sich die Zeiten doch änderten.
Das Essen hatte genauso köstlich geschmeckt wie immer, und sie hatte es sehr genossen. Bernd schien ihr jedoch ungewöhnlich unruhig. Das war sonst überhaupt nicht seine Art. Sie hatten keine halbe Stunde gesessen, als er aufgesprungen war, sie an der Hand nahm und aus dem Restaurant hinaus direkt in dieses Taxi geführt hatte. Jetzt saß sie auf der Rücksitzbank, und er lud gerade ihre Koffer ein. War das jetzt die nächste Überraschung? Sie hatten noch zwei Stunden Zeit bis sie am Bahnhof sein mussten, um in den Zug nach Rom zu steigen.
»Was hast du vor?«, fragte sie, als Bernd sich neben sie auf die Rückbank setzte.
»Du kannst alles essen, aber nicht alles wissen!«, antwortete er und gab ihr einen Kuss auf die Wange.
Sie legte ihren Kopf auf seine Schulter und schloss die Augen. Heute schien wirklich alles anders zu sein. Normalerweise

war sie es, die die Hosen anhatte, die bestimmte, wo es wann hingehen würde. Aber jetzt genoss sie es, einfach loszulassen. Hauptsache, sie würden pünktlich am Bahnhof sein.
Das Taxi fuhr los, und Sonja ließ die Augen zu. Sie war müde. Die ganze Aufregung der letzten Tage hatte geschlaucht, und weil sie so übereilt aufgebrochen war, hatte sie nicht mal Zeit für einen Espresso nach dem Essen gehabt. Sie genoss das sanfte Dahingleiten des Taxis. Das gemütliche Schwanken durch die Kurven Hamburgs. Sie öffnete ihre Augen erst wieder, als das Taxi anhielt und Bernd ihr einen Kuss auf die Stirn gab. Sonja schaute sich um. Sie standen auf einem großen Parkplatz. Nein, einem sehr großen Parkplatz. Das war der Flughafen. Bitte nicht! Er wusste doch genau, dass sie niemals fliegen würde. Sie war doch nicht völlig verantwortungslos. Nach Italien konnte man bequem mit dem Nachtzug fahren und der CO2-Fußabdruck war ein Zehntel von dem eines Flugzeugs. Außerdem hatte sie bereits Tickets besorgt. Wollte er sie jetzt überrumpeln? Eine gut gemeinte Überraschung? Ein Flug in die Karibik? Bitte nicht!
Der Fahrer drehte sich um. Bernd öffnete blitzartig die Wagentür, stieg aus und rannte los. Das war nicht sein Ernst! Er wollte sie doch jetzt hoffentlich nicht auch noch alleine lassen. Sonja rappelte sich auf und strich durch ihr Haar. Der Taxifahrer schaute sie halb ungläubig, halb mitleidig an.
»Ihr Mann hatte es aber eilig auf Toilette zu kommen«, sagte er, als ob er Bernd in Schutz nehmen wollte. »23 Euro und 60 Cent bekomme ich«, sagte der Fahrer mitleidig.
Sonja gab ihm 25 Euro.
»Darf ich Ihnen noch beim Gepäck helfen?«, fragte der junge Mann höflich.
»Das bekomme ich schon selbst hin!«, antwortete sie trotzig. Sie hatte nur zwei Rollkoffer. Trotzdem war es eine Frechheit von ihm, sie einfach so sitzen zu lassen. Und überhaupt, was wollte er verdammt noch mal hier am Flughafen. Sie waren

jetzt seit drei Jahren ein Paar. Kannte er sie denn immer noch überhaupt nicht? Wie konnte er nur auf diese Idee kommen? Er hätte ihr wenigstens noch sagen können, dass er dringend auf Toilette musste. Hoffentlich hatte er nicht vor, sie einfach vor vollendete Tatsachen zu stellen. Sonja spürte, wie sie innerlich kochte.

Als sie wenig später den Flughafen betrat und Bernd unter dem Schild des Kranichs sah, war es zu spät. Es war eine Frechheit, sie einfach so zu übergehen. Sie war stinksauer auf ihn. Vielleicht war es ja gut gemeint, aber das blieb eben das Gegenteil von gut gemacht. Kurz bevor sie den Schalter der Airline erreicht hatte, drehte sich Bernd freudestrahlend um. Er hatte zwei Tickets in der Hand und Sonja einen hochroten Kopf.

»Überraschung!«, sagte er freudestrahlend. »Ich weiß, ich weiß, du fliegst nicht gerne! Beruhige dich erstmal. Es tut mir leid, dass ich dich eben habe sitzen lassen, aber es musste ganz schnell gehen.« Er drückte ihr eines der beiden Tickets in die Hand. »Wenn wir uns nicht beeilen, kommen wir zu spät. Ich erkläre dir alles später. Okay?«

Noch bevor sie antworten konnte, lief er zum Security Check.

Kranich geht gar nicht

Sonntag, 7. August, 13:03 Uhr, Hamburg

»Nicht zu glauben, dass ich Sie hier treffe!«, sagte Bernd und setzte sich an den Tisch nebenan. »Aller guten Dinge sind drei. Ich schätze, diesmal muss ich einen ausgeben. Cappuccino oder Espresso?«, fragte er etwas außer Atem aber gut gelaunt.
Wolfgang Roth schien sichtlich überrascht. Er fuhr sich durch das schüttere Haar und rückte die Brille zurecht.
»Ah ... sehr freundlich, aber ich muss gleich los!«
»Wo soll's denn hingehen?«
»Habe ich doch gesagt! Ich treffe mich mit Christian Arnoldo in München.«
»Was für ein Zufall. Dann sind wir ja in derselben Maschine.«
Wolfgangs rechtes Auge zuckte nervös. »Fliegen Sie auch nach München?«
»Ja«, antwortete Bernd.
»Sie werden mir doch nicht hinterher spionieren?«
Bernd lachte herzhaft und schüttelte seinen Kopf ungläubig.
»Ich fliege zusammen mit meinem Sonnenschein. Sie werden sie gleich kennenlernen. Echt eine Wahnsinnsfrau. Sie leben bestimmt alleine seit der Trennung von Carla. Bei so viel Arbeit ist es schwer, ein Privatleben zu führen. Necht? Wissen Sie, ich habe fast mein ganzes Leben allein und mit Arbeiten verbracht. Klar, das geht schon alles irgendwie, aber mein Sonnenschein ist wirklich das allergrößte Geschenk. Mittlerweile kann ich mir ein Leben ohne sie gar nicht mehr ...«
Der Kellner kam und unterbrach Bernd mitten im Satz. »Was wünschen die Herren?«
»Einen Espresso für mich und ...«, er schaute Wolfgang fragend an. »Kommen Sie schon, wir haben doch noch eine Stunde Zeit! Tun Sie mir den Gefallen.«
»Na gut, ich nehme auch einen Espresso.«

Bernd nickte zufrieden und wandte sich an den Kellner. »Dann machen sie drei Espresso, meine Frau kommt gleich.« Die Bedienung verließ den Tisch, und Bernd fuhr fort. »Wissen Sie, ich habe ihr vorhin von Ihren Autos erzählt und wie neidisch ich bin.«
Wolfgang schmunzelte gönnerhaft.
»Von so einem Porsche habe ich immer geträumt. Wirklich! Das sage ich nicht nur so. Und diese G-Klasse, boah! Einfach atemberaubend.
»Danke, Herr Borcherts.«
»Aber wissen Sie, was ich mich gefragt habe?«
»Natürlich nicht! Schießen Sie schon los.«
»Als mir vorhin die Zigarre runtergefallen war und ich unter den Wagen kroch, um sie aufzuheben, da ist mir aufgefallen, ...«
»... dass es nass war? Aber das hatten wir doch geklärt! Mir war der Eimer umgefallen.«
Bernd lehnte sich zurück.
»Ja, aber ich wollte auf etwas anderes hinaus. Mir sind ein paar frische Kratzer am Unterboden aufgefallen. Da habe ich mich gefragt, wie bei einem Fahrzeug mit so viel Bodenfreiheit da wohl Kratzer hinkommen, zumal es ja wochenlang in der Garage gestanden hat?«
Wolfgang schwieg.
»Und dann habe ich noch das hier im Profil gefunden.« Bernd griff in die Manteltasche und kramte etwas hervor. Während er es auf Tisch legte, ertönte eine Durchsage.
»Wir bitten alle Passagiere des Flugs LH0913 nach Mexiko City, zum Gate 7 zu kommen.«
»Wissen Sie, was das ist?«
Wolfgang schüttelte den Kopf. »Keine Ahnung! Sieht aus wie ein Splitter, ein Steinchen oder so was! Nicht wahr?«
Bernd nickte, sagte aber nichts.

Wolfgang legte den Splitter wieder auf den Tisch und zuckte mit den Achseln. »Wenn Sie mich kurz entschuldigen würden, ich muss auf Toilette.«
Er stand auf, aber Bernd fasste ihn am Unterarm.
»Einen Moment noch, Herr Roth! Bitte nur noch einen Moment! Setzen Sie sich noch mal kurz zu mir. Also, ich habe Ihnen doch von meinem Sonnenschein berichtet.«
Wolfgang nickte genervt.
»Wissen Sie, was sie mir gesagt hat, als ich ihr beim Mittag von diesem komplizierten Fall berichtet habe?«
»Nein, natürlich nicht«, antwortete Wolfgang und verzog das Gesicht. »Ich muss wirklich dringend auf Toilette. Wären Sie so freundlich, zum Punkt zu kommen.«
»Aber selbstverständlich. Ach, wissen Sie, das hatte ich schon wieder total vergessen. Also, sie sagte, dass es durchaus denkbar sei, dass Carla Sie erpresst hat.«
»Herr Borcherts, jetzt schlägt's dreizehn bei Ihnen! Warum hätte sie so etwas tun sollen?«
»Das habe ich mich auch gefragt. Genau das gleiche. Sehen Sie, wir sind uns doch ähnlich. Naive, alte Männer, die nichts anderes als Autos im Kopf haben. Aber mein Sonnenschein hat vermutet, dass Carla sauer auf Sie war, weil Sie den gemeinsamen Sohn auf dem Gewissen haben.«
»Jetzt reicht's, Herr Borcherts!«
»Nein, nein! Das habe ich ja auch gesagt. SIE doch nicht! Aber mein Sonnenschein meinte, Carla wusste bestimmt auch, dass Sie nach wie vor Sportler dopen und damit Millionen machen.«
»Herr Borcherts! Das muss ich mir nicht gefallen lassen!«
»Mein Sonnenschein meinte, Carla wollte bestimmt nur einen Teil des Kuchens abhaben, gerade weil Ralf so ein Krümelmonster war. Verstehen Sie?«
Wolfgang stand auf. »Jetzt ist Schluss!« Er drehte sich um und ging.

Bernd folgte ihm mit zwei Schritten Abstand. Wolfgang schien es eilig zu haben.
»Carla hat Sie regelmäßig erpresst! Sie wollten die Gelegenheit beim Schopf packen und sie aus dem Weg räumen. Da haben Sie sich in ihre G-Klasse gesetzt und sind in der Nacht über den Hindenburgdamm gefahren. Sie haben ihr statt des dreckigen Geldes eine saubere Abreibung verpasst. Die Gelegenheit war günstig. Sie haben sich verkleidet und sie extra so umgebracht, dass jeder denken musste, es war dieser Hundeentführer. Wären da nicht die Kratzer am Unterboden gewesen und die Ecke von der Sylter-Royal, die im Profil ihrer Reifen stecken geblieben war. Diese Nordseeaustern sind fast so hartnäckig und scharfkantig wie die Friesen selbst. Sie haben sich solche Mühe gegeben und den Mercedes extra noch einer gründlichen Reinigung in der Waschanlage unterzogen. Deshalb auch die Wasserflecken in der Einfahrt.«
Wolfgang lief immer schneller, ohne zu antworten, doch Bernd blieb auf einmal wie angewurzelt stehen. »Schauen Sie doch nur mal. Da kommt sie. Mein Sonnenschein.«
Wolfgang lief schnurstracks weiter.
Bernd lächelte stolz. Wie er sich freute, sie zu sehen.
»Ich bin stinksauer! Was soll dieser Quatsch? Nach München fliegen? Willst du mich verarschen? Du weißt ganz genau, dass ich das niemals machen würde!«
Während sie wütend auf ihn zumarschierte, ertönte erneut eine Durchsage.
»Letzter Aufruf für Passagier Wolfgang Roth, Flug LH0913 nach Mexiko City. Bitte kommen Sie zu Gate 7. Ich wiederhole: Letzter Aufruf für Wolfgang Roth, Flug LH0913 nach Mexiko City. Bitte kommen Sie zu Gate 7.«

Keiner Schuld bewusst

Montag, 14. November, 10:01 Uhr, Hamburg

Sie war ein bisschen früh dran und würde sich deshalb wohl eine Weile gedulden müssen. Egal! Sie hatte es sich auf dem Stuhl im Warteraum bequem gemacht. An der Tür gegenüber hing ein Schild. Um genau zu sein, war es eine Schiefertafel, die von ausgebleichten Treibhölzern gerahmt war. Auf die dunkle Steinplatte hatte jemand in Schönschrift mit weißer Kreide geschrieben:

Psychology in a Nutshell

»Wenn du vor einer schweren Entscheidung stehst und nicht weißt, was du machen sollst, dann rate ich dir, die Ruhe zu bewahren. Atme tief durch und dann tue einfach genau das Richtige!«

Dipl. Psychologin & Heilpraktikerin Sonja Leitner

Als sie das erste Mal hier war, hätte sie die Tafel am liebsten abgerupft und auf den Boden geschmissen. Heute konnte sie darüber lachen. Lotta schlug die Beine übereinander und die aktuelle Ausgabe der *Spiegelbild* auf. Gut, dass sie noch ein bisschen Zeit hatte. Es brannte ihr nämlich unter den Fingernägeln, endlich den Leitartikel lesen zu können.

Tausend Täter & zwei Dog Donator

Letzter Akt des Dramas

Ein Artikel von S. Reiter

Ich sitze im Gerichtssaal 908 des Amtsgerichts Lyon. Heute ist der Auftakt eines viel zu wenig beachteten Verfahrens gegen den französischen Erdölgiganten *Absolut*. Die Klage wurde eingereicht von einer nigerianischen Staatsbürgerin, deren Grundstück im Mündungsdelta des drittgrößten Flusses Afrikas liegt. Verschiedene europäische Konzerne fördern hier seit Jahrzehnten Öl, wobei es immer wieder zu Zwischenfällen kam, bei denen Millionen von Litern Rohöl austraten. Bei dem letzten und größten Zwischenfall vor zwei Jahren, als aus mehreren gebrochenen und leckgeschlagenen Pipelines mindestens 100.000.000 Liter Rohöl in die Umwelt flossen, wurde auch das Grundstück der Klägerin vollständig verseucht. Sie wirft *Absolut* vor, durch grob fahrlässiges Verhalten im Zusammenhang mit der Wartung der Anlage die Lecks provoziert und später aus reiner Profitgier die Förderanlage nicht rechtzeitig abgeschaltet zu haben. Fakt ist, dass der Konzern nach Feststellung der Defekte wochenlang weiter Rohöl durch die Pipelines pumpte und so für die größte Ölkatastrophe in der Geschichte Afrikas sorgte. Große Teile des Nigerdeltas wurden langfristig zerstört. Konservative Schätzungen gehen davon aus, dass es ungefähr dreißig Jahre dauern und fünf Mrd. Euro kosten würde, die verursachten Schäden zu beheben. Genau das verlangt nun die Klägerin Bisi Ransom Kuti. Die Enkelin der bekanntesten nigerianischen Menschenrechtsaktivistin wird dabei von Greenpeace finanziell unterstützt. Es wird damit gerechnet, dass sich das Verfahren über mindestens zehn Jahre hinzieht. Greenpeace hat angegeben, dass die kürzlich gespendeten 500.000 Euro für etwaige Prozesskosten zur Verfügung gestellt werden.

Wie cool!, dachte Lotta. Das hat ja gut funktioniert. Aufgeregt blätterte sie um.

Es handelt sich bei diesem Prozess um den letzten in einer Reihe von spannenden Verhandlungen, die allesamt von einem als Dog Donator bekannt gewordenen Umweltaktivisten angeregt wurden. Wie wir nun wissen, lautet sein wahrer Name Holger A.

Sie musste beim Lesen schmunzeln. Holger war es also. Wer hätte das gedacht? Sie jedenfalls nicht.

Er wurde vor Kurzem zu vier Jahren Freiheitsstrafe wegen räuberischer Erpressung, Sachbeschädigung und Diebstahl verurteilt.
Sein mutmaßlicher Komplize Christian A. beteuerte bis zum Schluss, unschuldig zu sein. Er verweigerte im Gegensatz zu Holger A. jedes Interview und schien während des Prozesses zunehmend frustriert. Das Gericht verurteilte ihn schließlich zu zwei Jahren Freiheitsstrafe, die jedoch zur Bewährung ausgesetzt wurden.
Auch Holger A. war nicht geständig, wurde aber ebenfalls aufgrund der drückenden Beweislast und unzähliger Indizien verurteilt. Er genoss die Aufmerksamkeit der Presse während der öffentlichen Verhandlungen und nutzte die ihm gebotene Bühne, um sich selbst in den Mittelpunkt zu rücken. Auf jede von der Anklage oder dem Richter gestellte Frage antwortete er lächelnd:
»Ich bin mir keiner Schuld bewusst!«

So ein cleveres Statement hatte sie ihm gar nicht zugetraut. Alle würden nun denken, dass er es war. Auf diese Weise konnte Holger den Ruhm einstreichen, ohne die Taten, die er nicht begangen hatte, gestehen zu müssen. Dass er dabei nur sich selbst und nicht ihr Anliegen in den Mittelpunkt rückte, war ein kleiner Preis. Sie würde schon noch mal die Gelegenheit bekommen, die Themen für den öffentlichen Diskurs zu setzen. Vier Jahre Knast für ein Verbrechen, das keines war und dass er nicht verübt hatte, waren deftig, aber es schien ganz so, als wäre ihm der Medienrummel die Sache wert. Ihr konnte es recht sein. Sie hatte erreicht, was sie wollte, und auf den ganzen Hype sowieso keinen Bock. Viel lieber würde sie Bisi Ransom Kuti in ihrem Kampf unterstützen. Neugierig blätterte sie um.

Im Gegensatz zu Holger A. war der Angeklagte in einem weiteren indirekt mit dem Dog Donator zusammenhängendem Prozess vollumfänglich geständig.
Wolfgang R., der bei seinem Fluchtversuch am Hamburger Flughafen von Kommissar Bernd Borcherts gestellt und verhaftet wurde, gab an, in der Tatnacht die Opfer erst mit einem opioidhaltigen Anästhetikum betäubt und im Anschluss mit *FullCare*, einem hoch umstrittenen Produkt von *MenSanta*, besprüht zu haben. Das Desinfektionsmittel, das normalerweise in der Hühnermast eingesetzt wird und im Verdacht steht, hochgradig krebserregend zu sein, verätzte Schleimhäute und Atemwege der Opfer. Seine Ex-Frau verstarb infolge des Anschlags. Ihr Partner Ralf B. überlebte schwerverletzt. Aufgrund der großflächigen Verätzungen von Haut und Lungengewebe wird er jedoch nie wieder ein normales Leben führen können.

Lotta fand es fast ein bisschen schade, dass es nicht umgekehrt war. Ralf hätte es viel mehr verdient gehabt zu sterben.

Sie wickelte eine ihrer engelsgleichen, goldenen Locken um den Zeigefinger. Obwohl? Wenn sie recht überlegte, war es doch eine viel angemessenere Strafe, dass er jetzt für den Rest seines Lebens wie ein gerupftes Huhn herumlaufen musste. Vielleicht würde er ja auf die Idee kommen, sich nun für die Rechte von Tieren einzusetzen. Man darf die Hoffnung nie aufgeben, dachte sie und las weiter.

Nach seinem Motiv befragt, gab Wolfgang R. an, in der Vergangenheit mehrfach von seiner Ex-Frau und ihrem Lebensgefährten erpresst worden zu sein. So hatte er auch in der Tatnacht 2.000.000 Euro in bar an Carla R. übergeben sollen.
»Ich wollte die Gunst der Stunde nutzen, um sie aus dem Weg zu räumen und die Tat diesem Psychopathen unterzujubeln. Also musste alles so aussehen, als ob er es war. Ich habe ein Kaninchen gekauft, ihm eine blaue Babystrickjacke übergezogen und den Spruch in das Monokel geritzt. Ich habe mir überlegt, wie ein Umweltaktivist sie wohl umbringen würde, und da bin ich auf das Desinfektionsmittel gekommen. Wenn dieser Geisteskranke kein Rettungsschwimmer gewesen wäre, sondern ein halbwegs gebildeter Mensch, hätte er es genauso gemacht.«

Lotta schmunzelte. So ein Quatsch. Erstens handelte es sich beim Dog Donator weder um einen Rettungsschwimmer noch um einen Psychopathen, und zweitens …
Plötzlich schob sich ein mit Sommersprossen übersätes Gesicht in den Türrahmen gegenüber. »Ich bin so weit. Es kann losgehen. Magst du reinkommen?«
»Okay, wenn es unbedingt sein muss«, antwortete Lotta voller Ungeduld. Sie musste den Artikel unbedingt noch fertiglesen, bevor sie sich nachher mit Basti treffen würde.

Blatt im Wind

Montag, 14. November, 10:11 Uhr, Hamburg

Jetzt saßen sie vor dem großen Fenster in Sonjas Studio. Auf dem kleinen Beistelltisch zwischen ihnen standen zwei Gläser und eine Flasche Mineralwasser. Die Tage waren wieder kurz, die Bäume kahl und die Jacken dick. Es fühlte sich so an, als wäre nur eine Woche vergangen, seit sie sich das letzte Mal gesehen hatten. Ein aufregender Sommer allein in Hamburg und ein sehr bewegender Herbst mit Bernd in Italien lagen zwischen dem Ende des letzten und dem Beginn dieses Winters.

»Wie war dein Sommer?«, fragte Sonja so ruhig wie immer.

»Aufregend. Es ist so viel passiert. Ich kann es immer noch nicht glauben«, antwortete Lotta sichtlich besser gelaunt als beim letzten Besuch.

»Das freut mich für dich«, entgegnete Sonja. »Das Lächeln steht dir auch unglaublich gut.«

»Danke.« Lotta legte beiläufig die *Spiegelbild* auf den Tisch. Selbstverständlich wusste Sonja, was darin geschrieben stand. Bernd hatte ihr die Zeitung noch vor dem Frühstück unter die Nase gehalten. Seit ihrer Rückkehr von Lampedusa verfolgten sie sehr aufmerksam die News um Bernds letzten glorreichen Fall.

»Hast du das schon gelesen?«, fragte Sonja vorsichtig.

Lotta nickte zurückhaltend. »Hab gerade im Wartezimmer angefangen, aber bin noch nicht ganz fertig.«

»Was hältst du von Holgers Taten?«, fragte Sonja neugierig.

»Ein bisschen zu extrem vielleicht für meinen Geschmack«, erwiderte Lotta zurückhaltend.

Zu extrem? Sonja musste sich beherrschen. Ein paar Hundchen entführen, um die Herrchen und Frauchen für ihre Verbrechen bezahlen zu lassen, war also zu extrem für die Jugend von heute. Sie konnte es nicht fassen.

Ihr Blick hatte sich an dem letzten noch verbliebenen welken Blatt des Walnussbaums gegenüber verhangen. Es schwankte im Wind wie die Boote auf See, die, voll mit geretteten Menschen, nicht in europäische Häfen einlaufen durften, weil die Haut der gerade noch am Leben Verbliebenen die falsche Farbe hatte.
Sie musste unweigerlich an all die Flüchtlinge denken, die sie in den letzten Wochen gerettet hatte, und an jene, für die jede Hilfe zu spät gekommen war. Ihr schossen die Bilder durch den Kopf von den völlig unterkühlten Menschen, die sie aus dem Wasser gefischt hatte. Manche waren schon tot gewesen, manche waren erst in ihren Armen gestorben und manche davon waren so jung gewesen, dass sie nicht mal ihren ersten Geburtstag hatten erleben dürfen. Das war zu extrem gewesen. Sie musste sich beruhigen. Nur nicht emotional werden.
»Hat es dir wenigstens Mut gemacht, zu sehen, dass man etwas bewegen kann, wenn man nur will? Ich meine, klar, dieser Fall ist vielleicht …« Sonja stockte. Es kostete sie einiges an Überwindung, aber es gelang ihr schließlich doch, sich professionell zu verhalten, »… etwas extrem«, fügte sie mit einem Kloß im Hals hinzu. »Aber ich finde, er zeigt doch recht gut, wie viel geht, wenn man sich richtig einsetzt.«
Lotta lächelte und schien erleichtert. »Ja, aber es war doch illegal. Ein Verbrechen. Sicher ein gut gemeintes, aber macht das die Sache besser?«
Gute Frage. Sonja lehnte sich zurück und überkreuzte die Beine. War es Zufall, dass genau jetzt ein Windhauch jenes letzte Blatt des Wallnussbaums zu Boden segeln ließ?
»Das Recht verändert sich im Laufe der Zeit, im Wandel der Gesellschaften. Früher war es legal, Menschen als Sklaven zu besitzen, Frauen gegen ihren Willen zu verheiraten und Kinder arbeiten zu lassen. Es war Menschen verboten, homosexuell zu sein, Frauen war es untersagt, zu studieren, und Kindern war es nicht erlaubt zu widersprechen.« Sonja hielt inne.

»Weißt du, was ich zu extrem finde?« Sonja räusperte sich, sichtlich um Fassung bemüht. »Ich finde es viel zu extrem, dass die meisten Menschen gar nichts tun. Und sich dabei auch noch gut fühlen.«
Lotta lachte erleichtert, und Sonja wunderte sich ein wenig. Damit hatte sie nicht gerechnet. Eigentlich war es ihr unangenehm, dass es einfach so aus ihr herausgebrochen war, aber Lotta sah aus, als hätte ihr gerade jemand die Beichte abgenommen.
»Ja, Sie haben mal wieder vollkommen recht. Wirklich erstaunlich.« Lotta hielt inne, und es war ruhig für einen Moment.
»Wissen Sie, was ich mich den ganzen Sommer über gefragt habe?«, durchbrach Lottas zarte Stimme das Schweigen.
Natürlich wusste Sonja das. Sie hatte es schon gewusst, seit Lotta im Frühjahr die Praxis verlassen hatte. »Vielleicht was du selber tun kannst, um deinem Leben einen Sinn zu verleihen?«
Lotta lachte herzlich. »Nein, darauf habe ich längst eine Antwort gefunden. Aber ich habe mich gefragt, wo ihr Finger eigentlich zum Stehen gekommen ist.«
Sonja war verwirrt.
Lotta schaute auf ihre Hände, die sie ganz ruhig auf den Knien abgelegt hatte. »Bei dem Spiel mit der wunderschönen, alten Bibel. Erinnern Sie sich noch? Als ich dreimal Stopp sagen sollte.«
Ach so. Natürlich erinnerte sie sich noch. Sie hatte den Bibelvers damals selbst gar nicht gelesen. Das Spiel war nur als Eisbrecher gedacht, um Lotta etwas aus der Reserve zu locken, sie zum Reden zu bringen – und das hatte ja auch funktioniert.
»Ich will wissen, was da stand, wo ihr Finger zum Stehen gekommen ist.«

Sonja nickte vorsichtig. Ja, eigentlich eine schöne Idee. Sie drehte sich langsam um und griff ins Regal. Andächtig legte sie das Erbstück in ihren Schoß und blätterte vorsichtig, bis sie die Stelle erreicht hatte, an der der Papierstreifen klemmte. Sie nahm ihn heraus, räusperte sich und lass vor:

Das Wenige, das ein Gerechter hat,
ist besser als der Überfluss vieler Frevler.
Denn die Arme der Frevler werden zerbrechen,
aber der HERR erhält die Gerechten.

Psalm 37:16-17

Zeig mich an und ich öffne einen Sekt

Montag, 14. November, 11:33 Uhr, Hamburg

Lotta schlug die Beine übereinander und nahm einen Schluck von dem Prosecco, der vor ihr auf dem runden Tisch stand. Den gönnte sie sich heute zur Feier des Tages. Zufrieden schaute sie sich um. Er war noch nicht da, aber das Café, in das er sie eingeladen hatte, war seltsam gemütlich. Ein bisschen dunkel, etwas unaufgeräumt und ganz ohne Latte Macchiato auf der Karte. Sie holte die Zeitung aus der Tasche und schlug sie genau da auf, wo sie im Wartezimmer unterbrochen wurde. Dann begann sie erneut zu lesen. Wo war sie noch mal stehen geblieben? Sie überflog den letzten Abschnitt.

Nach seinem Motiv befragt, gab Wolfgang R. an, in der Vergangenheit mehrfach von seiner Ex-Frau und ihrem Lebensgefährten erpresst worden zu sein. So hatte er auch in der Tatnacht 2.000.000 Euro in bar an Carla R. übergeben sollen.
»Ich wollte die Gunst der Stunde nutzen, um sie aus dem Weg zu räumen und die Tat diesem Psychopathen unterzujubeln. Also musste alles so aussehen, als ob er es war. Ich habe ein Kaninchen gekauft, ihm eine blaue Babystrickjacke übergezogen und den Spruch in das Monokel geritzt. Ich habe mir überlegt, wie ein Umweltaktivist sie wohl umbringen würde, und da bin ich auf das Desinfektionsmittel gekommen. Wenn dieser Geisteskranke kein Rettungsschwimmer gewesen wäre, sondern ein halbwegs gebildeter Mensch, hätte er es genauso gemacht.«

Ah ja. Genau hier. Lotta schmunzelte: Also nur fürs Protokoll, erstens handelte es sich beim Dog Donator weder um einen Rettungsschwimmer noch um einen Psychopathen, und zweitens hatte sie nie vorgehabt, irgendjemanden umzubringen. Das war zu keinem Zeitpunkt eine Option gewesen. Aber die Idee, Ralf Berger mit FullCare, zu bestrafen, fand sie ziemlich sympathisch. Dieses Teufelszeug, das er selbst wider besseren Wissens und nur um sich zu bereichern verteidigt hatte, hatte ihn nun böse zugerichtet.

Lotta hatte FullCare immerhin dafür benutzt, die Boxen, in denen sie Mr. Magoo, Ray und Precious gefangen gehalten hatte, im Nachhinein zu sterilisieren und so die Spuren zu verwischen. Die Sache war perfekt durchdacht. Niemand wäre auf die Idee gekommen, dass sie etwas damit zu tun hatte.

Jetzt musste sie doch laut lachen. Lotta schaute sich unauffällig um. Zum Glück schien es keiner der übrigen Gäste mitbekommen zu haben. Auch wenn die Prozesse vorüber waren, durfte sie unter keinen Umständen leichtsinnig werden.

Lotta las weiter und verspürte mit jedem Wort, das folgte, ein tieferes Gefühl der Befriedigung.

Wolfgang R. wurde wegen heimtückischen Mordes und versuchten heimtückischen Mordes mit schwerer Körperverletzung zu lebenslänglicher Freiheitsstrafe verurteilt.

Und so jemand durfte sich Arzt nennen! Wolfgang Roth war das ganze Gegenteil. So lange, wie er es verdient hätte, konnte er gar nicht mehr hinter Gitter. Aber es war gut und richtig, dass er wenigstens noch die letzten verbliebenen Jahre im Knast verbringen würde. Wenn Bastis Artikel stimmten, hatte er nicht nur das Leben seiner Ex-Frau auf dem Gewissen, sondern auch das seines eigenen Sohnes. Neben Ralf Bergers Gesundheit hatte er vermutlich auch jene Hunderter Leistungssportler ruiniert.

Lotta seufzte. Es war verrückt, wie der Zufall manchmal das Ruder übernahm. Für sie war die Aktion beendet, nachdem Carla und Ralf nicht gezahlt hatten. Es hatte genug wehgetan, Precious an Kaa zu verfüttern, obwohl nichts dabei war. Eine Schlange braucht nun mal Futter, und ob sie ein Hündchen oder ein Kaninchen frisst, spielt keine Rolle. Lotta hatte einzig und allein die Gelegenheit nutzen wollen, um zu zeigen, dass die emotionale Bindung zum Opfer für die Bewertung einer Tat entscheidend war. Ein Kaninchen war mindestens genauso süß wie ein Zwergpinscher, und es handelte sich bei beiden Arten um Säugetiere, die evolutionär in etwa auf derselben Stufe standen. Hätte Carla ein Kaninchen als Haustier gehabt und Lotta hätte es geklaut und verfüttert und dafür einen Zwergpinscher verschont, hätte Carla genauso betroffen reagiert. Das Gedankenexperiment zeigte deutlich, dass alles, worauf es ankam, die emotionale Bindung war.
Am Sterbebett ihrer Tante hatte Lotta beschlossen, aufzuhören. Auch wenn sie vorsichtig gewesen war, hatte sie einfach zu viel Staub aufgewirbelt. Es war zu gefährlich geworden. Gegen die Ignoranz, Habgier und den Dickkopf von Carla und Ralf hätte sie sowieso keine Chance gehabt. Die beiden hätten niemals freiwillig gezahlt. Das hatte sie einsehen müssen. Sie war froh und dankbar, dass bis dahin alles so gut gelaufen war. Das hatte sie natürlich dem Allmächtigen zu verdanken gehabt, aber auch ihrer Tante. Sie hatte sie auf die Insel geholt, ihr als Kind den geheimen Bunker im Naturschutzgebiet des Listlands gezeigt, der ihr als perfektes Versteck gedient hatte, und sie schon immer ermutigt, unkonventionelle Wege zu gehen. In der Nacht, als ihre Tante starb, wusste Lotta, dass es Zeit war, die Hasenmaske an den Nagel zu hängen. Sie war zum Bunker gefahren und hatte die Kiste geholt, in der sie die Hunde versteckt hatte, um sie in Holgers Gartenlaube zu bringen. Dass er dort ein unterirdisches Versteck hatte, in dem er seine Pillen und Pülverchen aufbe

wahrte, wusste die halbe Insel. Er hatte immer damit geprahlt, »die einzige Schneekanone unter dem Meeresspiegel« zu besitzen. An dem Abend, als sie ihm zum Abschied in die Eier getreten hatte, hatte er ihr von der gemütlichen Gartenhütte berichtet und sie eingeladen, dort mit ihm »die Nacht zu verbringen«. Als ob sie mit in seine After Häängst Arena gegangen wäre. Dass jedoch in dem stickigen, drückend niedrigen Keller keine illegalen Substanzen herumlagen, als sie ihm die Kiste untergeschoben hatte, hatte sie etwas verwundert. Sie hatte weder Kokain noch Marihuana und auch keine Pillen oder Pülverchen gesehen. Gut, sie hatte auch nicht stundenlang danach gesucht, aber eigentlich hatte sie bei einem Typen wie Holger damit gerechnet, dass es einfach dort unten auf dem Tisch liegen würde. Vielleicht war ihm die Sache zu heiß geworden, nachdem er das erste Mal in U-Haft gesessen hatte. Wahrscheinlich hatte er alles in einen Sack gestopft und irgendwo anders versteckt.

Lotta hatte kein schlechtes Gewissen, ihm die Hundeentführungen angehängt zu haben. Er hatte es die ganze Zeit genossen, verdächtigt worden zu sein, und so viel mediale Aufmerksamkeit wie beim Prozess hatte er sich sicher immer schon gewünscht. Er hatte den unbeabsichtigten Tritt zwischen die Beine damals genauso verdient, wie die vier Jahre Gefängnis, die er sich nun selbst eingebrockt hatte. Sie blätterte auf die nächste Seite. Der Artikel war noch nicht zu Ende.

Ein weiterer Prozess gegen Wolfgang R. ist anhängig. Er wird beschuldigt, wesentlich am größten Dopingskandal in der Geschichte des Fußballs beteiligt gewesen zu sein. Die Staatsanwaltschaft spekuliert aufgrund der lebenslänglichen Haftstrafe darauf, dass Wolfgang R. sich als Kronzeuge im anhängigen Prozess zur Verfügung stellt. Außerdem gibt es auch außergerichtliche Neuigkeiten. So hat

Simone Schrink beispielsweise angekündigt, nun jedes Jahr für das Clean Ocean Project zu spenden. Sie ließ verlauten, dass sie, im Nachhinein betrachtet, im Grunde dankbar für den Anstupser war. Sie gab an, nie einverstanden gewesen zu sein mit den international üblichen Praktiken, sich aber nicht getraut zu haben, Kritik zu äußern oder gar Konventionen zu brechen. Jetzt aber will sie sich mit voller Kraft in ihrer Funktion als CEO von Green-Solutions dafür engagieren, Anlagen zu entwickeln und in Deutschland bauen zu lassen, die vollautomatisch, klimaneutral und effizient recyceln. Die Bundesregierung hat angekündigt, das Vorhaben mit fünfzig Millionen Euro zu unterstützen. Außerdem wurde ein runder Tisch der Industrie einberufen, um Vorschläge zu sammeln, wie beispielsweise Verpackungsmaterial neu designt werden kann, damit es nach der Verwendung leichter zu recyceln ist. Als mittelfristiges Ziel wird eine Recyclingquote von 60% anvisiert. Es sollen dabei weniger als 5% des zu recycelnden Materials exportiert werden dürfen. Langfristig wird eine Quote von über 80% bei 0% Export angestrebt. Frau Schrink gibt sich unterdessen selbstbewusst. »Das Ziel ist ambitioniert, aber durchaus realisierbar, wenn wir gemeinsam anpacken. Am Ende wird es besser für alle Beteiligten sein, die Produzenten, die Verbraucher, die Kreislaufwirtschaft und die Natur!«, fügte sie hinzu, während sie ihren Mops streichelte. Auf der anderen Seite des Atlantiks hat MenSanta angekündigt, das umstrittene Allzweckdesinfektionsmittel FullCare vom Markt zu nehmen. Das Unternehmen hat zwar eine Stellungnahme verweigert, aber Experten gehen davon aus, dass der Mutterkonzern Sachs, aufgrund des enorm gestiegenen öffentlichen Drucks als direkte Folge der Geschehnisse im Fall Dog Donator, für diese Entscheidung verantwortlich war. Vermutlich soll ein

noch größerer Imageschaden vermieden werden. Ob diese Taktik aufgeht, wird sich zeigen.
Zu guter Letzt bleibt zu erwähnen, dass Bernd Borcherts, einer der Ermittler im Fall Dog Donator, in Vorruhestand gegangen ist. Er bedankte sich noch mal bei seiner Kollegin Katja Jansen für die lange und vertrauensvolle Zusammenarbeit.
»Ich schätze mich glücklich, auch diesen letzten Fall meiner langen Karriere gelöst zu haben, und freue mich nun auf neue kleine Aufgaben und einen ruhigen Lebensabend.«

Lotta atmete tief durch. Sie war so unglaublich froh, dass Bernd heil aus der Sache herausgekommen war, denn der schusselige Kommissar war ihr im Laufe des Sommers immer sympathischer geworden. Trotzdem hatte sie ihn für die erfolgreiche Durchführung ihrer Pläne benutzen müssen. Die Idee war ihr gekommen, als sie Sonjas Ratschlag befolgt hatte und im Frühjahr auf diese Demo gegangen war. Zufällig hatte sie ihn dort gefilmt, wie er durch die Baumkronen sprang. Als sie seinen Käfer dann auch noch mitten in der Nacht, in der sie den vollgefressenen Python unter Carlas Strandkorb versteckte, vor der Windhose parken sah, war ihr klar; sie musste es tun.
Damit sie ihr schlechtes Gewissen nicht ins Grab bringen würde, beschloss sie, ihm gleichzeitig unter die Arme zu greifen. Unglaublich, wie einfach es heute war, sich als jemand anderes auszugeben. Gleich als sie Basti das erste Mal gesehen hatte, wusste sie, dass er der Richtige für dieses Spielchen war. Sie hatte seine Stimme aufgenommen, nachdem er sie völlig verliebt angestarrt und tollpatschig in einen Smalltalk verwickelt hatte. Dass sie mit ihm alles machen konnte, war ihr sofort klargeworden.

Mit einer einfachen App und den Aufnahmen hatte sie sein Stimmenprofil imitiert. Es klang nicht perfekt, hatte aber gereicht, um Bernd am Telefon zu täuschen. Eigentlich hatte Lotta gehofft, dass er mit dem Schlüssel dann auch die Kiste finden würde, die sie für ihn bereitgestellt hatte. So sollte er sich selbst entlasten und zum Helden werden. An dieser Stelle war ihr Plan nicht aufgegangen. Es war schon Ironie des Schicksals oder vielleicht eher das Glück des Tüchtigen oder zumindest von Gott gut arrangiert, dass es Holgers Eitelkeit war, die Bernd dazu verholfen hatte, seinen schusseligen Kopf aus der Schlinge zu ziehen, weil Basti ihm dann tatsächlich noch den entscheidenden Tipp gab, um den Mörder zu schnappen.
Wenn man vom Teufel sprach. Da kam Basti auch schon hereinspaziert.

Der rote Faden

Samstag, 17. Dezember, 22:22 Uhr, Hamburg

Er spürte einen Ellenbogen in seiner Seite. Basti schreckte hoch. Verdammt! Wahrscheinlich war er eingeschlafen. Wie peinlich. Aber der Abend war länger und anstrengender geworden, als sie erwartet hatten. Basti hatte mit der Frage gerungen, ob er die Einladung überhaupt annehmen und in die Elbphilharmonie zur Verleihung des Annen-Preises gehen sollte. Auszeichnungen bedeuteten ihm nichts, und dass der unvermeidliche Smalltalk auf solchen Veranstaltungen ihm den letzten Nerv rauben würde, hatte er vorher gewusst.

Er rieb sich die Augen und schaute auf die Bühne. Da stand ein Nadelstreifenanzug im Spotlight und redete.

»Der letzte Beitrag, den wir ausgesucht haben, wurde von den Kollegen der Spiegelbild veröffentlicht. Der Artikel steht quasi sinnbildlich für die gesamte Berichterstattung eines Falles, der unsere Nation bewegt hat, wie es lange kein Verbrechen vermochte, in einer Zeit, in der auch wir von der Unterhaltungsindustrie uns kritisch fragen müssen, ob vieles von dem, was im Fernsehen und Kino gezeigt wird, nicht absichtlich übertrieben brutal und blutrünstig ist, weil wir den Voyeurismus der Gewalt, der zum Fetisch der Masse geworden ist, bedienen wollen. Sind es höhere Auflagen und Einschaltquoten wert, unsere Ideale zu verkaufen? Nachdem in den 70er, 80er und 90er Jahren der linke Terrorismus der Roten Armee Fraktion über dreißig Menschen das Leben gekostet und mehr als 200 verletzt hat, und den 2000er Jahren dem nationalsozialistischen Untergrund mindestens zehn weitere Leben zum Opfer gefallen waren, hatten wir uns daran gewöhnt, dass die Verbrechen politisch motivierter Täter so skrupellos und ekelhaft sind wie vieles von dem, was wir tagtäglich den Menschen auf unseren Kanälen präsentieren.

Abgeschnittene Köpfe, Kugeln in der Brust und blutüberströmte Körper.
Doch der Ökoterrorismus der 20er Jahre des neuen Jahrtausends kommt ganz anders daher und hat gerade deshalb für Sympathie in der Bevölkerung gesorgt, weil er kein sinnloses Blutvergießen provozierte, sondern zum Nachdenken anregte, weil er klug war und nicht brutal. Weil er für Gerechtigkeit sorgen wollte, statt noch mehr Unrecht in diese Welt zu bringen.«
An die Wand hinter dem wortgewaltigen Nadelstreifenanzug wurde Bastis Artikel projiziert.

Tausend Täter & zwei Dog Donator

Letzter Akt des Dramas

Die Laberbacke im feinen Zwirn dachte nicht daran, Ruhe zu geben, und fuhr mit der Laudatio fort:
»Sebastian Reiter war es, der den beiden Rettungsschwimmern Holger A. und Christian A. in seinen Artikeln den Namen Dog Donator verpasste. Der durch kluges Reflektieren und allseitiges Beleuchten offenbarte, dass es sich bei den beiden Tätern eher um Robin Hoods handelte als um Terroristen im Stil von NSU und RAF. Natürlich waren und sind sie verurteilte Verbrecher, und das möchte ich hier auf keinen Fall unter den Tisch kehren. Verbrechen bleibt Verbrechen, aber genau wie er es in seinen Artikeln getan hat, muss uns Journalisten, nachdem wir ausführlich recherchiert, die Lage differenziert betrachtet und kritisch geprüft haben, erlaubt sein, Stellung zu beziehen. Und das hat Sebastian Reiter nach allen Regeln der Kunst getan. Ich glaube, ich übertreibe nicht, wenn ich sage, dass wir alle ihn bewundern und unseren Hut ziehen im Angesicht seiner Verdienste im letzten Jahr. Seine umsichtige und differenzierte Berichterstattung, die sich auch

oft kritisch mit den Opfern beschäftigte, ist uns allen im Gedächtnis geblieben und sein Abschlussartikel, den die Kollegen der Spiegelbild veröffentlicht haben, zeigt stellvertretend für die gesamte Berichterstattung, dass es sich bei dem Autor um eine wirkliches Ausnahmetalent des deutschen Journalismus handelt. Es ist das erste Mal, dass die Jury drei Artikel ein und desselben Autors für den Annen-Preis in der Kategorie ›Investigation‹ nominiert hat. Doch wir waren uns alle einig, dass dies die besten Beiträge des Jahres waren.«
Jetzt wurden zwei weitere Überschriften hinter den Nadelstreifenanzug gebeamt.

Das dreckige Geschäft der Sauberfrau
Wie Simone S. uns alle hinters Licht führte

Vom Lupus in den Arsch gespritzt
König Fußball verliert seine Unschuld

»Deshalb möchten wir dir von ganzem Herzen danken und gratulieren. Sebastian, wir bitten dich, jetzt zu uns zu kommen, um deinen Preis entgegenzunehmen. Einen herzlichen Applaus für den Journalisten des Jahres und den Gewinner der Kategorie Investigation!«
Basti fühlte sich wie festgenagelt auf seinem Stuhl. Dass er nominiert war, hatte er vorher gewusst, aber dass er gewinnen würde, damit hatte er nicht gerechnet. Es war ihm peinlich. All die Menschen, die ihm jetzt zujubelten. Verleger, die seine Reportagen ein ums andere Mal abgelehnt hatten, und Kollegen, in deren Augen er Enttäuschung sah, weil sie selbst nicht gewonnen hatten. Sie alle taten nun so, als freuten sie sich für ihn. Selbst Reiner klatschte und schlug seinem Nebenmann auf die Schulter. Vermutlich sagte er so etwas wie: ›Ich hab's

doch immer gewusst.‹ oder ›Den Jungen habe ich groß gemacht.‹

Nachdem sich der Applaus etwas gelegt hatte und Basti noch immer auf seinem Platz saß, spürte er, dass Lottas Ellenbogen ihn in die Seite stupste. Handflächen von wildfremden Menschen drängten ihn dazu, endlich aufzustehen und auf die Bühne zu gehen. Lotta schaute ihn erwartungsvoll an, während ihn jemand an den Schultern packte und in eine aufrechte Position beförderte.

»Du schaffst das!«, sagte sie und gab ihm einen Luftkuss, bevor er, von einem Schubs angestoßen loslief. Langsam und unsicher, aber er lief Richtung Bühne. Noch nie hatte er vor so vielen Menschen geredet. Er hatte keine Angst davor, aber er wusste einfach nicht, was er ihnen sagen sollte. Nachdem er die in kaltem Schweiß getränkten Hände der nervösen Juroren geschüttelt hatte und durchs Rampenlicht gelaufen war, hielt er nun ein Mikrophon in der Hand. Er räusperte sich und begann zu reden. Einfach so drauflos.

»Wissen Sie ...« Basti schluckte. Es war noch peinlicher als erwartet, hier oben zu stehen und sich auszeichnen zu lassen.

»Ich bin ein Hypokrit«, sagte er ruhig und ließ den Kopf enttäuscht hängen. Basti schaute auf seine Schuhe. Es ging nicht anders. »Ein Scheinheiliger, dessen Heiligenschein mal eben hell genug ist, um hier oben im Rampenlicht noch gerade so meine eigene und ja, auch eure Heuchelei zu überdecken. Deshalb habt ihr mich ausgesucht. Deshalb stellt ihr mich heute hier hin. Damit ihr euch gut fühlen könnt.« Er hielt die Luft an.

Fünfhundert geladene Gäste. Politiker, Journalisten, Verleger, Intellektuelle, aber kein Mensch wagte zu atmen.

»Dafür stellt ihr mich hier oben auf diese Bühne. Schämt euch! Bitte, bitte schämt euch wenigstens!« Basti verschränkte die Hände und legte sie auf das Rednerpult. Den Blick noch immer starr auf seine Füße gerichtet. »Wer hier in diesem

Raum hat Jura studiert?« Jetzt schaute er auf, auch wenn er fasst nichts erkannte, weil er viel zu geblendet war. »Kann mal jemand die Beleuchtung runterdrehen, damit ich erkennen kann, was im Raum passiert?«, sagte er ruhig und der Scheinwerfer, der auf ihn gerichtet war, wurde gedimmt. Basti wartete, doch niemand meldete sich. »Keiner? Ist das euer Ernst?«

Vereinzelt und zögerlich ging hier und da ein Arm nach oben. Am Ende waren es in etwa eine Handvoll.

»Danke! Wenigstens ein paar mit Arsch in der Hose! Wie Sie vielleicht wissen, läuft seit ungefähr einem Jahr ein Prozess, dessen Wichtigkeit für uns alle nicht überschätzt werden kann.« Wieder ließ er eine Pause. Basti spürte, wie Unruhe aufzog. Keiner sagte etwas. Die meisten dachten vermutlich nicht mal und trotzdem lud sich der Raum auf. Hoffentlich war es die Stille vor dem Sturm. Für ihn gab es jetzt kein Zurück mehr, sondern nur noch die Flucht nach vorne. Wahrscheinlich würden sie ihn nach seiner Rede vom Podest prügeln, aber so what? Holger hatte getan, was er konnte, und saß jetzt im Gefängnis. Es war seine Pflicht, weiterzumachen, und wenn er dafür ins Krankenhaus musste, war es nur ein kleiner Preis. Er war jedenfalls bereit zu bezahlen, egal was es kosten würde.

»Ein nigerianischer Kleinbauer, ich nenne ihn mal David, der aufgrund der Ölkatastrophe des französischen Konzerns, ich nenne ihn mal Goliard, sein fruchtbares Land verloren hat, hat vor einem französischen Gericht geklagt. Jetzt sagt die Handvoll Juristen hier im Raum sicher: Ja, ja, das kennen wir schon. Goliard heuert die 150 besten Anwälte der Welt an, zieht den Prozess ewig in die Länge, in dem er das Gericht mit einem 1000-seitigen Antrag nach dem anderen zuscheißt. Das Spiel geht so lange, bis David das Geld oder die Geduld ausgeht, den Prozess zu Ende zu führen. Dann einigen sich die beiden auf einen außergerichtlichen Vergleich. David

bekommt ein kleines Vermögen, das Verfahren wird eingestellt und Goliard kann weitermachen wie eh und je. Pustekuchen! Diesmal nicht! Denn David klagt nicht auf Entschädigung, sondern weil Goliard gegen europäische Umwelt- und Sicherheitsauflagen verstoßen hat. Es geht ihm nicht darum, sich zu bereichern, sondern darum, für Gerechtigkeit zu sorgen. Es geht darum, dass Großkonzerne endlich für die Verbrechen an Mensch und Natur geradestehen müssen, egal wo sie sie verüben.
Greenpeace unterstützt den Kläger mit den Mitteln, die die Dog Donator beschafft haben. Holger A. ist ein Märtyrer. Seine Methoden waren zweifelhaft und deshalb sitzt er zurecht hinter Gittern, aber seine Werte sind sozioökologische Utopien, die den Menschenrechten entwachsen sind und im Greenhouse Europe gezüchtet wurden. Er hat für seine Ideale gekämpft und ist in den Bau gegangen, ohne sich einer Schuld bewusst zu sein. Er hat die Strafe des Rechtsstaats akzeptiert, in der Hoffnung, dass dieser die Kraft und Einsicht hat, sich selbst zu erneuern. Genau für diesen Prozess hat er eine halbe Million besorgt – und das ist ein guter Start! Aber wo sind die Jurastudenten, die Anwälte und Kanzleien, die seinen Weg zu Ende gehen und David jetzt vertreten wollen? Wo ist die Bildungsbourgeoisie, der akademische Adel des 21. Jahrhunderts, der bereit ist, auf Privatkapitalmaximierung zu verzichten und für einen schmalen Taler zu arbeiten, um einen Präzedenzfall zu schaffen? Um den gierigen Goliard endlich zur Rechenschaft zu ziehen für seine Verbrechen in Übersee? Um allen Goliards ein für alle Mal die Ausbeutung auszutreiben. Es muss endlich Schluss sein damit, dass Gewinne im Westen privatisiert, aber die Kosten auf die Umwelt und Menschen in den wehrlosesten Teilen der Welt abgewalzt werden. Wir müssen unsere Brüder und Schwestern und das Ökosystem Erde schützen und verteidigen. Es ist Zeit, dass David die tausend besten Anwälte der Welt

bekommt und Goliard in die Knie zwingt. Dass David recht hat, ist klar wie Kloßbrühe. So offensichtlich wie banal. Dass er aber recht bekommt, ist unwahrscheinlich und vor allem anderen eine Frage Ihres Engagements! Nutzen Sie Ihre Netzwerke und Kontakte und stellen Sie einen Prozess auf die Beine, der beispiellos ist in der Geschichte der Menschheit. Wir müssen einen Präzedenzfall schaffen! Wir müssen dafür sorgen, dass ein Schritt in die richtige Richtung gemacht wird. Ein Schritt, der das gerechte Zusammenleben aller Menschen auf dem einzigen bewohnten Planeten, den wir kennen, fördert und für die Zukunft sicherstellt.« Er zog das braune Sweatshirt aus, das er leger über der zerfetzten Jeans trug.

»Den hab ich heute in einer Filiale des größten Textilkonzerns der Welt gekauft. Für zehn Euro. Er war runtergesetzt von 17,99. Ich habe heute Abend hier fünf Komplimente erhalten. Drei dafür, wie schön er ist, und zwei dafür, wie clever ich bin, solch ein Schnäppchen gemacht zu haben. Geiz ist geil.«

Basti legte ihn auf den Boden und kniete sich daneben. Mit den Fingern strich er über die Oberfläche, sodass sich Rillen bildeten. »Für zehn Euro musste ein Acker bestellt, eine Pflanze umsorgt und die Baumwolle geerntet worden sein.« Er hob den Pullover auf und schüttelte ihn aus.

»Sie musste gereinigt, gesponnen, verwoben, geschnitten und vernäht worden sein.« Er legte ihn feinsäuberlich zusammen. »Das Sweatshirt wurde verpackt und von Bangladesch einmal um den Globus bis nach Deutschland transportiert, in Zwischenlagern verstaut und ...« Basti legte ihn aufs Rednerpult. »... in der Filiale ins Regal geräumt. Weil die Mitarbeiter in Deutschland einen Mindestlohn bekommen, blieb die Hälfte der zehn Euro in der Filiale. Für den Rest der Produktionskette standen also fünf Euro zur Verfügung. Fünf Euro!«, wiederholte er langsam.

»Vor drei Jahren war ich in Bangladesch, um für eine Reportage zu recherchieren. Sie ist gut geworden und hieß:

Der rote Faden des globalen Konsumimperialismus

Warum wir alle ruhigen Gewissens AUSBEUTEN

Sie und ich kennen die Antwort.

Weil uns selbst der Furunkel am Arsch wichtiger ist als der Sack Menschen, der in China umfällt. Wir haben mehr Empathie für einen kleinen, süßen, kuscheligen Hund, der uns gehört und dem ein halbes Haar gekrümmt wird, als für Hunderte Menschen, deren Gesundheit und Existenz zerstört wird, Tausende Tiere, die auf elendige Weise gequält und ganze Ökosysteme mit unzähligen Lebensformen, die komplett ausgelöscht werden.

Und warum? Weil das eine hier vor Ort und Teil unserer Welt ist und das andere weit, weit weg auf einem anderen Planeten. Der ›Manchester Kapitalismus‹ wurde vom Proletariat überwunden, weil die Opfer, die Arbeiter selbst, ihr eigener Körper, ihre Frauen und Kinder und die entjungferte Natur vor ihrer Tür waren. Weil eine direkte, persönliche Beziehung zum Zerstörten und Ausgebeuteten bestand, engagierten sich die Menschen. Weil die Zerstörung und das Leid täglich sinnlich erfassbar waren, weil sich alles vor ihren Augen abspielte, organisierten sich Arbeiter in Gewerkschaften und politischen Parteien. Sie bezwangen die Gier der Unternehmer und verhalfen der sozialen Marktwirtschaft zum Durchbruch. Ein System, auf das wir heute stolz sind! Leider ist der Begriff eine Lüge und unser Stolz nur durch Scheuklappen aufrechtzuerhalten. Denn eigentlich handelt es sich dabei um national-soziale Marktwirtschaft. Versteht mich nicht falsch! Zu seiner Zeit war es ein Schritt in die richtige Richtung. Doch wir sind

seither auf der Stelle getreten und der nächste Schritt ist lange überfällig. Es ist endlich an der Zeit, die globalisierte nationalsoziale Marktwirtschaft zu überwinden und in eine internationale ökologisch-soziale Marktwirtschaft zu überführen. Also krempelt die Arme hoch und legt los!«
Eine Person im Publikum sprang auf und begann laut zu klatschen. Eine weitere erhob sich und noch eine. Auf einmal stand der ganze Saal Kopf. Standing Ovations. Basti drehte sich zur Jury und ignorierte den Applaus.
»Sie reden von dem Europa der Menschenrechte, dem Bollwerk und der lautesten Stimme der Gerechtigkeit? Vielleicht ist das ihr Ernst und nicht mal gelogen. Aber was nützt es, wenn die lauteste Stimme schweigt? Vom Herzen der westlichen Welt aus diffundiert die soziale und ökologische Gerechtigkeit langsam zu den Außengrenzen hin, dort wechselt sie die Phase und schlägt um. Je weiter sie sich in die Peripherie hinauswagen, umso deutlicher wird die zum Himmel schreiende Ungerechtigkeit. So sieht es aus, und wir alle wissen es. Ich erzähle hier nichts Neues! Die Informationen stehen jedem online zur Verfügung.«
Basti warf wütend das Sweatshirt ins Publikum.
»Schauen Sie sich an, wie dieser Pullover produziert wird, wie die Menschen leben und arbeiten, die ihn herstellen und wie die Umwelt zerstört wird, damit ich nur 9,99 zahlen musste. Morgen früh, wenn Sie damit zur Arbeit ins Büro fahren ...«
Basti zeigte auf den Herren, auf dessen Kopf das Sweatshirt gelandet war.
»... werden Sie die Kollegen beneiden. Dafür, dass Sie ein pfiffiger Schnäppchenjäger sind. Was für eine absurde Welt.«
Er schüttelte den Kopf und es war wieder mucksmäuschenstill geworden.
»Vor zweihundert Jahren kümmerte sich die Bourgeoisie reichlich wenig um politischen Fortschritt. Die adeligen Damen und Herren saßen lieber auf englischem Rasen im edlen

Garten, tranken Tee und feierten Feste. Heute bin ich der westliche Konsument, der Geadelte, der im Garten Europas Tee trinkt und die üblichen Festlichkeiten feiert. Entweder wir Bourgeoisen lernen aus den Fehlern der Vergangenheit und leisten endlich unseren Beitrag zum Fortschritt, oder das Proletariat wird sich wieder erheben und kämpfen, mit dem Unterschied, dass es sich diesmal um Hunderte Millionen handelt, die aufstehen werden, in einer Welt, die Atombomben, künstliche Intelligenz und Robotik erfunden hat. Kein Mensch weiß, ob der Planet das überleben kann. Ich sage, lasst uns dem zuvorkommen und, statt auf das Unvermeidliche zu warten, lasst uns aktiv werden! Lasst uns eine friedliche, eine marktwirtschaftliche Revolution von innen heraus gestalten! Alle zusammen, international ökologisch und sozial. Lasst uns heute beginnen und nicht aufhören, bevor es vollbracht ist! Wie das gehen soll? Mit vielen kleinen Schritten, von vielen kleinen Menschen, die alle gemeinsam in die richtige Richtung laufen. Aus den engen Straßen der globalisierten nationalen Marktwirtschaften hinaus in Richtung einer universalen sozial-ökologischen Utopie.«
Basti ließ das Mikrophon fallen, den Preis stehen und lief los.

Epilog

Hallo liebe Leser*Innen. Mein Name ist Sebastian Reiter und wie Sie wissen, habe ich einen nicht unwesentlichen Anteil zu dieser Geschichte beigetragen. Ich hoffe, meine linksversifften Artikel haben Ihnen nicht zu sehr vor den Kopf gestoßen. Falls doch, möchte ich mich auf keinen Fall dafür entschuldigen.

In Zusammenarbeit mit dem momentan leider inhaftierten Aktivisten Holger Arndt und seinem Komplizen Christian Anderst habe ich nun ein Spendenprojekt gestartet. Falls Sie nach der Lektüre dieses Thrillers das Bedürfnis entwickelt haben, sich in dieser wunderbaren Welt zu engagieren, möchten wir Sie darauf hinweisen, dass unter anderem die Möglichkeit für Sie besteht, Ihre gehorteten Satoshis, auf die im Kapitel Wo ist mein Schatz angegebene Bitcoin-Adresse zu überweisen. Ihr Geld wird dann zu gleichen Teilen an die drei im Buch erwähnten Umweltschutzorganisationen gespendet.

Eine andere Möglichkeit uns zu unterstützen, besteht darin, ein weiteres Buch zu kaufen und an eine*n Freund*In zu verschenken. So schlagen Sie gleich drei Fliegen mit einer Klappe. Sie können einem geliebten Menschen eine Freude machen, unsere Geschichte in die Welt tragen und indirekt spenden. Das tapfere Schneiderlein hat mir nämlich versprochen, ein Viertel seiner Einnahmen aus diesem Buch ebenfalls für diesen Zweck zur Verfügung zu stellen.

Nähere Informationen zu den jeweiligen NGOs finden Sie unter: theoceancleanup.com, Greenpeace.de und save-nature-group.de

Ich bedanke mich im Namen aller Figuren, die in diesem Roman mitgespielt haben, für Ihre Aufmerksamkeit. Nur wenn Sie lesen, erwachen wir zum Leben. Wenn ich ganz, ganz ehrlich bin, muss ich gestehen, dass ich Sie, liebe Leser*Innen, beneide. Ja, ich beneide Sie um die Möglichkeit, wirklich und wahrhaftig leben zu dürfen, um die Chance, eingreifen zu können in den Wandel der Welt und tatsächlich einen Unterschied machen zu können. Welch ein Geschenk das sein muss. Genießen Sie es, und vielleicht bis zum nächsten Mal.

Ihr Sebastian Reiter

Printed in Poland
by Amazon Fulfillment
Poland Sp. z o.o., Wrocław

93538350R00179